AF398603

# STACKARS LILLA RIKA FLICKA

Förlag: BoD – Books on Demand, Stockholm, Sverige
Tryck: BoD – Books on Demand, Norderstedt, Tyskland

ISBN: 978-91-7969-696-2

# PROLOG

*Vem sa egentligen att normen var att vara god och inte ond? Visst, det var normen i vårt samhälle. Men var det verkligen människans norm? Var godhet normen i samhället för att människor verkligen var goda, eller för att vi blev uppfostrade till att verka goda?*

*Uppfostrade att skjuta undan de sanna instinkterna som egoism, överlevnad och suktandet efter det vackra – "survival of the fittest".*

*För att gå tillbaka till begynnelsen – människans begynnelse – var det väl ändå, övervägande, egoism och överlevnadsinstinkt som färgat människor?*

*Kanske var det så att Petra egentligen var en människa helt enligt normen som haft styrkan att stå emot det goda höljet vi människor så tacksamt, och falskeligen, beklädde oss i.*

*Var det inte värre att ljuga människor rakt upp i ansiktet? Att med en sådan enkel falskhet säga motsatsen till det man egentligen kände? Borde det inte te sig mer gott, rentav, att faktiskt vara kallt ärlig?*

*Det innebar ju även att man var ärlig med de goda saker man sa och gjorde. Att man förmedlade äkta godhet.*

*Nåväl, det här hade alltid varit Petras största problem: att få andra människor att förstå exakt hur hon menade då hon inte tillhörde den generella kategorin av hycklare i detta samhälle.*

*Enklare var att bara kort och gott säga vad hon kände – i alla situationer hon ansåg det passande.*

*Det fanns inte många undantag.*

# Kapitel ett

Petra samlade ihop sina saker och tryckte ner dem i den svarta Gucci-väskan. Hon hade ett sjukt pressat schema den här dagen. Modellfotograferingen var avslutad. Bilderna hade blivit bra.

Som vanligt.

Nu skulle hon fortsätta hem till sin närmsta väninna, Martika Gemzell, och påbörja kvällens förströelser.

Hon vinkade till George, en av fotograferna, innan hon lämnade byggnaden. Närmare bestämt *Katrin D*, hennes mammas modehus. Petra var klädmärkets ansikte utåt.

Hon klev ut på trottoaren utanför höghuset, som var beläget i centrala Stockholm, där hennes mamma hade sitt kontor. Hon drog djupt efter andan och tog sig tid att njuta av avgaser och diverse föroreningar som fyllde hennes näsborrar i den milda sommarluften. För Petra innebar detta lycka; hon älskade stora städer, hon älskade tung trafik. Och hon *älskade* att befinna sig i centrum.

Av allt.

Och detta lyckades hon oftast med. Hon var född med alla förmåner man kunde önska: dotter till Tony och Katrin Dahlén; fadern en framgångsrik brottmålsadvokat med egen byrå och ärvd förmögenhet, och modern skapare av det toppsäljande klädmärket *Katrin D*.

Inte nog med att Petra var född rik, hon hade vunnit stort i genlotteriet med sin långa slanka kropp, det långa glänsande svarta håret och de mandelformade ögonen som skiftade i violett.

Läpparna var det enda hon själv var missnöjd med, detta enbart för att överläppen var ett uns större än underläppen, något som irriterade henne fatalt. I betraktarens ögon var hon dock en fulländad skönhet – en skönhet utan någon som helst respekt för det lidande det innebar för en man att vara förälskad i henne. Och sådana fanns det gott om.

Petra klev in i den svarta Mercedes som svängde in framför henne – taxi eller tunnelbana existerade inte i hennes värld. Antingen fick hon skjuts med någon av familjens anställda eller så körde hon sin egen bil, allt beroende på vilket humör hon var på för dagen.

"Karl, min älskling, kör mig till Martika." Petra kastade Gucciväskan med alla kläder på det ljusa skinnsätet bredvid sig. Den blåa Berkinväskan gick samma öde till mötes. Hon kastade av sig sina Manolo Blahnik-skor, i samma färg, på det välstädade bilgolvet och spretade med tårna.

"Jag borde få dubbelt betalt för det lidande jag får utstå under de här fotograferingarna", muttrade hon och lutade huvudet bakåt med slutna ögon.

"Tro mig, Petra, du har *tillräckligt* betalt", skrattade Karl sarkastiskt.

"Var snäll, Karl, annars ser jag till att du blir den som får hämta oss från krogen i natt."

Vad det innebar visste de båda gott och väl, och Karl var inte det minsta intresserad av att se vem den lycklige för kvällen skulle bli. Han själv var djupt förälskad i Petra – något han aldrig erkänt men de båda kände till.

Han var glad att hans mörka solglasögon dolde irritationen i hans blick väl.

"Av vad jag har förstått har James redan ordnat chaufför för kvällen. Han gillar inte att låta sin syster gå ut obevakad."

Petra stönade missnöjt. Hon älskade förvisso sin bror djupt. Men hon älskade även uppmärksamhet. Och dessa båda gick inte att kombinera. Så fort hennes bror var med höll sig männen på respektfullt avstånd. Till och med Robert och Andreas, hennes ständiga följeslagare.

Både Martika och Petra levde i Djursholm, där de mer bemedlade människorna i Stockholm levde. Martikas pappa var Tonys kompanjon. Familjerna hade umgåtts i flera år.

Martikas hus var enormt, som alla andra hus i deras grannskap, byggt i ljusrosa sten. Här trängdes de med diverse arvtagare, VD:s och andra lysande stjärnor.

Petra hann inte ens upp på bron förrän Martika slog upp dörren för att välkomna henne. "Älskling! Jag trodde aldrig du skulle komma."

"Och jag trodde aldrig att fotograferna skulle släppa mig. Ge mig vin! Jag behöver det desperat efter den här dagen."

Hon följde efter Martika ut på den rymliga terrassen. Här tillbringade de mycket tid tillsammans under sommarhalvåret. Martikas föräldrar var oftast borta, hennes mor var överläkare på Danderyds sjukhus och hennes far var Tonys kompanjon; Martika var enda barnet. Till skillnad från hemma hos Petra fick de oftast vara ostörda här. Martikas hem var som Petras andra hem och Martikas föräldrar var som Petras extra-föräldrar.

Liksom Petra var Martika kopiöst bortskämd, flickornas största problem i livet bestod i vad de skulle ha på sig för dagen och var de största festerna hölls någonstans.

Och att festa var en konst de bemästrade drottninglikt. Deras blotta närvaro på en nattklubb genererade ökat klientel för kvällen. De hade självfallet VIP-kort till samtliga klubbar värda att nämna runt Stureplan.

Inte mer än 20 år gamla hade de lyckats lägga Stockholm för sina fötter. De hade all avsikt att fortsätta med resten av världen.

Petra var redan fotomodell och gjorde jobb för *Katrin D* över hela världen. Martika pluggade journalistik på universitetet, hon planerade att vidga vyerna och arbeta för en utländsk tidning i framtiden. Helst i USA. Hon hade dock inte för avsikt att vara någon sorts politisk korrespondent eller liknande. Hon ville jobba med nöjesmagasin, mode och fester.

Ja, allt som hon redan var intresserad av.

Petra lutade huvudet mot den bekväma solsängsdynan och blundade med ansiktet vänt mot den ljuva solen. Tack och lov att hon hade hunnit avsluta dagen innan solen gick ner. Hon sträckte ut handen efter det kalla glaset med vitt vin utan att öppna ögonen samtidigt som hon drog efter andan och lät doften från trädgårdens många blommor fylla hennes näsa. Sommaren var den absolut bästa tiden på hela året. Precis allt som var roligt inträffade på sommaren. Vilket självklart betydde att Petra lämnade Sverige för varmare breddgrader så fort hösten gjorde antåg.

"Gör det mycket för dig om Terese Edin följer med ikväll?"

"Du driver med mig. Ska vi vara barnvakter nu också?"

"Petra, hon är arton."

"Exakt vad jag menar", suckade Petra och himlade med ögonen. "Döda mig långsamt om jag ska behöva lyssna på hennes babbel hela kvällen."

"Jag lovar att hon ska utgöra minimalt med störning för dig", bedyrade Martika och blinkade med sina bruna rådjursögon. Hon blottade en rad vita jämna tänder när hon höjde insatsen med ett leende.

Petra suckade och hällde i sig resten av vinet. "Bäst för dig. Jag ska träffa både Robert och Andreas ikväll. Jag har inte tid att torka babydregel."

Martika skrattade hjärtligt och hämtade flaskan med vin från barskåpet i det angränsande uterummet. Hon älskade Petra mer än allt annat på den här jorden. Fanns ingen roligare att hänga ute med än henne. Ingen vildare heller. Martika var själv en aning lugnare – med precis allt. Petra hade oftast dubbelt upp av alkohol, män och nöjen generellt.

Martika satte sitt bruna halvlånga hår bakom ena örat när hon åter fyllde glasen. Någon timme till i solen, sen kunde de så sakteliga börja göra sig i ordning. Hon anade att Petra inte hade någon som helst plan att flytta sig hem till sitt eget badrum. Hon hade antagligen i åtanke att beordra Karl tillbaka med diverse hon behövde – och i ytterligare två vändor med saker hon hade glömt till att börja med.

Petra var mitt i ett intensivt träningspass i familjen Dahléns välinredda gym när hennes mamma Katrin hittade henne. Med tanke på de irriterat ihopdragna, och som vanligt välansade, ögonbrynen stannade Petra upp och torkade svetten ur pannan med en liten handduk. "Det måste vara väldigt viktigt om du tar dig tid att söka upp mig här."

Petra var en kopia av sin mor så hon var redan nu medveten om hur hon skulle se ut när hon blev äldre. Och även om det var jobbigt att se sig själv som sin mamma var hon fullt medveten om att Katrin var en mycket vacker kvinna.

Katrin lutade sig mot dörrposten och lade armarna i kors över bröstet. "Snälla", muttrade hon retsamt, "som om du inte vet vad jag gör här." Hon knep ihop välmålade läppar och väntade på att Petra skulle träffas av insiktens pilar.

Petra gled ner på benpressens säte och tittade frågande på sin mor.

"Allvarligt talat, Petra–", en snabb inandning, "– vi har känt familjen Edin i nästan femton år! Varför gjorde du det?" Det Katrin syftade på var att Petra bestämt sig för att introducera deras dotter i sitt vilda partyliv, vilket var tillräckligt illa för vem som helst. Men inte nog med det hade Petra sedan lämnat henne ensam utan någon bekant i närheten. Lämnad åt sitt öde bland gamarna till män som vistades i Stockholms nattklubbsliv.

Petra förstod inte problemet. Terese hade velat följa med. Petra ville inte att hon skulle det. För fridens skull hade dock Petra tagit emot henne med öppna armar och sett till att hon hade haft minst lika roligt som Petra själv. Ingen skada skedd. Men, hon hade aldrig skrivit på något kontrakt om att agera barnvakt. De som inte visste själva hur de skulle ta sig hem fick gå på fest med någon annan.

"– för en kille, Petra"

Petra återvände till nuet utan en aning om hur lång Katrins utläggning varit. Hon log åt minnet men återvände snabbt till verkligheten när hon hörde att Katrin gnisslade tänder av ilska.

"Nåväl, kära mamma, en kille låter som att det var vilken kille som helst. Han kan knappast höra till den kategorin i alla fall", fnös Petra. "Dessutom skickade jag faktiskt tillbaka Karl efter henne direkt då han lämnat av oss."

"Två timmar efter, Petra. Inte *direkt* i någon annans värld än din."

"Okej, direkt när jag kom på att jag hade glömt bort henne", flinade Petra och knyckte med nacken så hennes lockiga hårknut studsade på hjässan. "Jag är inte van vid att ta hand om småbarn".

"Och barnen kan skatta sig lyckliga över det, Petra", suckade hennes mamma uppgivet.

"Nej, *jag* kan skatta mig lycklig över det", flinade Petra med en blinkning. "Så vad är det egentliga problemet? Stroppiga Eva blev upprörd för att hennes dotter hade roligt för första gången i sitt liv? Du gillar henne inte ens."

"Jag gillar henne ibland", försvarade sig Katrin och rättade till sitt hår så armbanden på hennes arm skramlade mot varandra.

"Mm, när hon gör reklam för dina klänningar på diverse tillställningar", skrattade Petra.

"Exakt så."

"Hur trevligt det än är att prata med dig, kära mor, har jag inte tid med våra intressanta reflektioner för tillfället, jag ska möta upp Julie på ett nytt café i stan."

"Julie? Umgås du med henne igen? Hur kan det komma sig?"

Det Petras mamma egentligen borde ha sagt var: *Julie? Hur kan du umgås med henne? Hennes föräldrar har inte ens råd att handla i min affär.* Petra skrattade kort och gav sin mamma en menande blick. "För att hon råkar vara tillsammans med bartendern på caféet som i sin tur är vän med en riktig läckerbit. *Därför* umgås jag med henne."

Läckerbiten förvandlades till Petras knähund under kvällen och åt ur hennes hand, vilket ledde till att han var förpassad till hundgården efter enbart några dagar.

"Åh, män gör mig galen. Varför är de så patetiska för?"

Martika skrattade roat och kastade en blick på killarna som var upptagna med grillen. De var på fest i Djursholm i en stor villa med flertalet likasinnade. Det var bara en tidsfråga innan husets kock fick komma och styra upp grillningen. Det här var killar som inte hade en aning om hur man verkligen tillagade kött. Martika uppskattade dock ansträngningen. Typiskt manligt att samlas runt en grill medan tjejerna satt och väntade på att ta del av bytet — både det döda och levande.

"Jag tycker ändå att du och Kim verkade ha trevligt de dagar ni hängde med varandra."

"Tills han tog för vana att fråga mig om precis allt", muttrade Petra föraktfullt. Hon slängde i sig martinin och viftade med glaset mot kvällens bartender. "'Petra, vad säger du om den här restaurangen?' 'Petra, går det bra om vi sitter här?' 'Petra, ska jag hämta dig vid sju eller kvart över?' Herregud! Välj själv liksom. Var en man, överraska mig! Fråga inte så jävla mycket."

"Jag är säker på att du hittar ett nytt offer under vår skidsemester" skrattade Martika roat. Hon rörde om med drinkpinnen i den gröna drinken och andades in lukten av kött. Det kanske artade sig ändå.

"Tack och lov för skidsemestern. Om det inte vore för den skulle jag gå under här. Jag har inte lust att ringa Jimmy igen heller. Shit, Martika, jag måste bara hitta på något! Jag dör av tristess. Samma människor varje kväll. Ge mig något nytt!"

Petra glömde dock sin frustration senare under kvällen efter att ha avnjutit en god måltid och dansat loss till kvällens DJ.

Till Martikas stora förtjusning slöt James, tillika Petras äldre bror, och hans vänner upp framåt småtimmarna. Petra var förvisso mindre glad över deras visit då hon kände sig tvungen att visa sin bättre sida inför sin bror. Framåt morgonkvisten åkte de tillsammans hem i familjen Dahléns bil. Petra, James och Filip, en av James nära vänner, hängde ett tag i familjen Dahléns kök och stoppade i sig kall potatisgratäng och oxfilé.

Helt omedveten om att Filip betraktade henne som om hon var guds gåva till männen i världen, och omedveten om att hennes bror betraktade henne på samma sätt, men med irritation och oro istället för upphetsning, höll Petra låda i köket. Hon åt och skrattade om vart annat och slängde med sitt tjocka mörka hår. "När den där dvärgen hoppade upp och dansade på bordet, jag trodde jag skulle dö av skratt! Vilken underbar kväll."

"*Dvärgen* har ett namn, syrran. Och han är ingen dvärg." James sköljde av sin tallrik och tittade en aning irriterat på sin syster.

"Men han är sjukt kort, James, det måste du erkänna." Petras fylliga läppar sprack upp i ett leende som fick alla Filips muskler att mjukna. En blick från James fick honom att sansa sig och han log ursäktande.

Hon reste sig upp och sträckte på sig i all sin slanka, kurviga, prakt. Varenda gest hon gjorde i livet var som förutbestämd för att fresta männen. Medvetet eller inte medvetet, reaktionen från det manliga könet var densamma. Hon slängde med sitt tjocka hår en sista gång innan hon gav sin bror en kram godnatt. Hon gled sedan självsäkert fram till Filip och lade sina armar runt hans hals för en godnatt-kram. Hon lät avsiktligt sina bröst gnida mot hans överkropp genom det tunna tyget i hennes blus. Filip tittade hjälplöst på James över hennes axel och tryckte henne tätt intill sig. James skakade allvarligt på huvudet.

"Jag måste säga att din vän är oförskämt stilig", kvittrade Petra innan hon gled ut ur köket.

# Kapitel två

Petra tittade allvarligt på Martika. "Jag tänker aldrig gifta mig Martika – *aldrig*. Vilken fruktansvärd tanke. Att vara bunden till en och samma man hela livet. Det är bara idioter som gifter sig."

Martika satte sitt mörkbruna hår bakom öronen och tittade tillbaka på Petra med sina rådjursögon. De lyste av sådan oskuldsfullhet – stora, vackra. De kunde lura vem som helst att ägarinnan var detsamma. "Du vet väl lösningen på det, min vän? En underbar uppfinning som kallas *älskare*."

De satt på ett mysigt café mitt i stadens vimmel nedslagna på mörka skinnstolar. "Mm, förvisso. Men bara tanken på att en man tror att han har ensamrätt är avskräckande." Hon rörde om med en lång sked i sitt väldoftande kaffe. Caféliv – vilken ynnest. De väntade på att ytterligare vänner skulle sluta upp innan de drog sig till någon trevlig restaurang på senheten för att äta och ha trevligt.

"Nej", Petra lade ner den långa kaffeskeden på bordet med en smäll, "jag måste resa. Jag står inte ut hemma längre. Det händer inget här."

Martika skrattade. "Petra, du reser hela tiden, både privat och i ditt jobb."

"Spelar ingen roll. Jag dör av rastlöshet. Jag måste resa igen. Träffa människor och ha roligt."

"Apropå att träffa människor–" Martika vinkade åt Nicola, Anton och Teres, som precis klivit in genom dörrarna till caféet. Alla var *rikemans-bratz*, precis den typen Petra gillade att omge sig med. Hon och Anton hade känt varandra sedan Petra var liten – en blond kille med snälla ögon och spikrak näsa. Han var lång och vältränad liksom de flesta killar Petra och Martika omgav sig med. Teres var mer

Martikas kompis än Petras men Petra tolererade henne. Hon gillade dock inte att Teres hade sårat en av James killkompisar. Alla James killkompisar var som bröder för Petra – ja, utom de hon hade sex med vill säga – och att såra dem var detsamma som att såra henne. Hon förlät *aldrig* någon som sårade henne. Nicola var James ex och till att börja med Petras kompis. Hon *kan* ha haft något med själva uppbrottet att göra. Hon trivdes bäst med att ha både sin bror och sina kompisar för sig själv.

Efter att ha hängt på caféet ett tag gick sällskapet en shoppingsväng på stan. De träffade här och var andra personer de kände och fikade ytterligare någon gång innan Petra vek av till sin mammas kontor.

"Petra, det var ju på tiden." Hennes mamma gav henne en ogillande blick och tittade snabbt upp från några skisser som låg på det vita skrivbordet framför henne. Hon gav två av sina anställda en snabb blick som fick dem att skyndsamt lämna rummet efter att ha hälsat snabbt på Petra. Petra släntrade in på höga klackar och slängde sin dyra väska på en av flera svarta skinnfåtöljer vid ett fläckfritt glasbord.

Katrin reste sig upp och tryckte in en svart kaffekopp i espressomaskinen och hällde samtidigt upp ett glas mineralvatten från en stilren vattenflaska ståendes på ett serveringsfat i silver. "Vill du ha?" frågade hon, fortfarande med missnöje i rösten, utan att vända sig om.

"Behöver du fråga?" skrattade Petra. "Jag har gått i stan hela dagen i gassande solsken. Kaffe också." Hon andades in aromen av dyra bönor och lutade sig hemmavant bakåt i den bekväma fåtöljen hon glidit ner i.

"Har du gjort något vettigt idag över huvud taget?" fnös Katrin. "Petra, du måste börja komma till kontoret i tid när jag behöver dig. Du är inte fjorton längre."

"Jag har umgåtts med vänner, mamma och jag har shoppat. Du vill väl att jag ska se bra ut när jag rör mig på Stockholms gator? Jag är trots allt Katrin D:s ansikte utåt."

Katrin himlade kärleksfullt med ögonen åt sin dotter. "Få mig inte att ångra mitt val." Hon gick trött fram till sin dotter och ställde kaffekoppen på bordet framför henne.

"Mamma, du älskar att jobba med mig. Jag påminner mig om dig själv när du var i min ålder och du längtar tillbaka", flinade Petra retsamt.

Katrin skrattade hjärtligt. "Du får mig snarare att vara tacksam över att den tiden är över. Men ja, jag älskar att jobba med dig, det vet du. Framför allt är jag stolt över att ha den vackraste dottern i världen." Katrin böjde sig fram och strök en väl-manikyrerad hand över sin dotters hår. "Men du driver mig fortfarande till vansinne." Hon gled ner på stolen mittemot med kaffekoppen i hand och fäste sina violetta ögon på sin dotter. "Var har du din ohängde bror någonstans?"

"Ingen aning. Har inte pratat med honom sedan i morse när jag gick upp. Han pratade om att möta några vänner och åka någonstans."

"Och din pappa?"

"På jobbet. Var annars liksom? Han kan lika bra flytta dit."

"Har James berättat för dig att han har kommit in på college i Washington?"

Petra satte nästan kaffet i halsen och tittade förskräckt på sin mor. "Va? När då? Och vad ska han plugga där? Räckte det inte med universitet i Sverige? Måste han plugga utomlands också?"

"Det är bra. Han behöver komma härifrån, göra något vettigt. Sluta umgås med alla bratz här omkring som inte har några som helst framtidsplaner. För att svara på din fråga ska han plugga ekonomi. Han börjar i slutet av september, åker redan i augusti och blir borta i två år."

Det kändes som om Petra hade blivit träffad av blixten och huggen i bröstet med en kniv samtidigt. Hennes beskyddare, likatill hennes bror, skulle lämna henne i sticket. De hade alltid glidit genom livet tillsammans, sida vid sida, och nu skulle de glida på varsitt håll. "Hur kan det komma sig att jag inte kände till något om det här?" frågade hon anklagande.

Katrin skrattade hjärtligt. "Det är väl trevligt att jag och pappa för en gång skull vet något om James innan du vet det."

Petra himlade med ögonen och skruvade besvärat sin kaffekopp i händerna. "Och vad ska det här vara bra för?"

"Om du syftar på James studier så behöver han all utbildning han kan få om han ska vara delägare i både advokatbyrån och Katrin D i framtiden."

"Öff, please... Som om du och pappa var några stjärnstudenter när ni startade upp era affärsverksamheter. Ni vill bara hålla honom sysselsatt – inte något annat."

Katrin log retsamt och smuttade på sitt kaffe. "Absolut. Ju mer sysselsatt desto mindre skada kan han göra. Det är bra att han lämnar Stockholm och alla fester ett tag."

"För alla fester i Washington menar du?" skrattade Petra. "Snälla, mamma, fester bildas per automatik kring James, och dessutom kommer jag självfallet åka och hälsa på honom." Petra satte sina slanka bara ben i kors och lutade sig nöjt bakåt.

"Du borde också ta dig från alla fester i Stockholm, Petra. Göra något vettigt."

"Vettigt? Konstaterade inte vi alldeles nyss att jag åtminstone har ett jobb till skillnad från min bror?"

"Det är knappast en heltidssysselsättning."

"Måste allt verkligen vara en heltidssysselsättning, mamma? Är inte du bara en aning bakåtsträvare nu? Om jag tjänar supermycket på mitt jobb som modell för Katrin D så räcker det väl med de timmar jag jobbar?"

Katrin reste sig upp och serverade därmed Petra grodperspektivet. "Du kan inte leva på ditt utseende hela livet, Petra."

"Testa mig", utmanade Petra och sträckte ut ett välsvarvat ben framför sin mor på rent djävulskap.

Efter att ha skällt ut sin bror för att undanhålla saker för henne, och sedan förvisso lovat att spendera så mycket tid som möjligt i hans nya lägenhet i Washington, åkte Petra hem och umgicks med sin far. Tony Dahlén var en äldre tilldragande man som vid dryga femtio var omåttligt stilig. Han och hans fru utgjorde några av de mer utmärkande medelålders paren i staden; som klippta ur ett modemagasin och med sina vackra barn som accessoarer. Medan Katrin var en exotisk mörk skönhet med perfekta kindben och plutmun var Tony en lång vältränad man med det perfekta silversprängda håret. När han inte var på sitt jobb spelade han golf eller tennis med Martikas pappa och några fler utvalda välbärgade kamrater. Han och Katrin hade ett gediget umgänge med likasinnade och roade sig ofta med att åka till diverse svindyra resmål för att frottera sig med eliten runtom i världen. Tony avgudade sina barn, främst sin dotter. Hon var en kopia av sin mor, som han älskade högt, men med en extra touch som gjorde henne till den perfekta blandningen mellan dem. Han hade sedan hon föddes behandlat henne som den lilla docka hon sett ut som. Med stolthet hade han visat upp henne för omvärlden – och senare genom sin frus klädmärke, som ansiktet utåt, för hela världen att skåda. Det han hade missat var att hans dotter nu var en ung kvinna med männens lystna blickar vilande på sig och ett eget intresse av att stifta bekantskap med flertalet av dem. Medan Petras mor visste exakt vad hennes dotter gick för och hennes bror anade en hel del, så var Tony lyckligt ovetandes. Katrin skulle inte bli den som informerade honom om deras dotters vilda leverne och inte heller Petra själv. I Tonys ögon var hon felfri och antagligen praktiskt taget orörd. I framtiden planerade han att presentera henne för en passande städad man som han kunde styra över. Han anade dock att hennes temperament skulle bli en utmaning för vilken man som helst.

"Pappa, varför informerade ingen mig om att min bror tänker överge mig?" klagade Petra nedsjunken i en av de bekväma sofforna i familjen Dahléns salong. Det här var familjens officiella salong där de även tog emot gäster. Det fanns ett mer familjärt vardagsrum i en annan del av huset där man sällan tog emot gäster utan ägnade sig åt mer familjära förströelser som att titta på film och spela spel. Salongen var en populär samlingspunkt i huset innan familjen bestämde sig för vad kvällen skulle gå i för tecken. Den var inredd i antik stil med modern touch, ljusa textilier, tunga möbler och gedigna prydnadsföremål. Den hade en imponerande ljudanläggning och ett generöst utbud av dryck; fönster från golv till tak vette ut mot den välskötta trädgården och en ombonad terrass med allt man kunde önska sig för lyckade grillkvällar. Robert, Martikas far, brukade skämta med Tony om att denne förvisso slagit Robert i det mesta gällande lyx, men familjen Gemzell hade fortfarande den största poolen. Petra och Martika kunde intyga detta efter flertalet lyckade poolpartyn.

Tony hade satt på jazzmusik, något som fick Petra att gnissla tänder, och om det hade varit någon annan än hennes pappa som gjort det hade Petra helt sonika stängt av den. Hon gled istället fram till det tunga vitbetsade barskåpet och hällde upp en martini. Hon öppnade den inbyggda kylen och lade i den obligatoriska oliven.

"Älskling, kan du ge mig en whiskey?" frågade Tony med en snabb blick från sin mobil.

"Såklart", log Petra och hällde upp whiskey av dyrare sort till sin pappa – inga isbitar. Tony ansåg att det var samma sak som att förstöra en fulländad skapelse.

Hon placerade glaset framför sin far och kurade ner sig på tidigare utvald plats med sitt glas på det vita bordet framför sig. Hon hade slängt sina dyra märkeskläder på sängen i sitt rum och dragit på sig svarta mysbyxor och en vit tröja. Det tjocka håret hade hon slängt upp i en slarvig knut som i var mans ögon såg ut som ett mästerverk. Hon kastade en trött blick på ljusarmaturen i silver som stod på bordet och diverse andra ljuskällor och undrade om hon orkade hämta tändstickorna för att tända dem. Det var trots allt mysigt med levande ljus. Hon bet ihop när jazztrumpeterna bestämde sig för att vara extra intensiva och bestämde sig för att ge musiken typ tio minuter till innan hon tog sig friheten att sätta på något annat.

"James berättade för mig och mamma. Jag tog nästan för givet att du redan visste. Du visste väl åtminstone att han hade sökt till college?" Tonys blå blick sökte sig till sin dotters.

"Nej. Men nu när jag känner till det hela kan jag säga att James gör bäst i att ha en sängplats redo för mig."

"Du och din fascination för USA", muttrade Tony. "Det är inte så speciellt där som du tror."

"Nummer ett, så har jag redan varit där, pappa. Det är fantastiskt. Nummer två, så där säger du bara för att du vill behålla mig hemma."

Tony log och lade ner sin mobil på bordet. Han lät whiskeyn rulla runt i glaset innan han smuttade på drycken med en grimas. "Kanske det."

När James dök upp framåt senheten spände Petra anklagade ögonen i honom för utskällning rond två. "Sen när, James Dahlén, började vi dölja saker för varandra?"

James höll oskyldigt upp händerna och log ett av sina kändare leenden. "Syrran, jag ville inte oroa dig i onödan. Inte förrän jag visste om jag kommit in eller ej."

Hon höjde skeptiskt på ögonbrynen och noterade att Katrin log från sin plats tätt intill Tony i soffan. "Snälla, tror du jag är dum eller? Om du inte hade kommit in hade någon mutat någon för att rätta till saken."

James skrattade och placerade en puss på hennes hjässa. "Men nu klarade jag det själv. Du vet att jag älskar USA, Petra. Jag ser fram emot att bo där i två år. Jag har en stor lägenhet i centrala Washington och du är välkommen när du vill."

Petra lade armarna i kors och plutade med munnen. "Du vet att jag kommer ta dig på orden och missbruka din gästfrihet."

"Så länge jag inte har en tjej där", retades han.

Petra och James delade på mittenvåningen i familjen Dahléns tre våningar höga bostad. De hade ett rum i varje ände av våningen samt ett gemensamt vardagsrum i mitten. En balkong löpte hela vägen längs baksidan av huset med utgång från både sovrummen och vardagsrummet. Där brukade Petra och James samlas och umgås med sina vänner. James hade förvisso flyttat hemifrån och hade en modern lägenhet i Vasastan, en lyxigare del i centrala Stockholm, men hans rum stod kvar då han ofta sov över i Dahlénhuset. Tony och Katrin hade sitt sovrum samt ett

24

vardagsrum i husets översta våning. Förutom markplan med salong, arbetsrum och kök fanns även en källare med bar, spa, gym och biorum.

Den kvällen drog Petra och James ihop en buffé på den rymliga balkongen till deras våning – självklart catering, men de stod för planeringen. Bara de närmsta, runt tio, vännerna kom; däribland Martika, Robert, Andreas och Filip.

Petra dumpade snabbt nyheten att James skulle lämna dem – något som bemöttes med förskräckelse från flertalet, bland annat Martika som konstaterade att en fantastisk era var över. De skålade i alldeles för dyr champagne för att fira honom.

"James, nu får vi en alldeles perfekt anledning att umgås mer med Set och Jeanne!" påminde Petra och log så de perfekta tänderna blottades. Set och Jeanne var deras kusiner på Tonys sida – barn till Tonys syster, Claudia Dahlén Harris – och bosatta i Washington.

"Du tänker att du har en perfekt partypolare i Jeanne antar jag?"

"Ja, förvisso, käre broder, men jag *gillar* även våra kusiner. Ju fler anledningar jag har att åka till USA, desto bättre", blinkade hon, "och helt plötsligt har jag massor."

"Åh, nu måste jag också hitta på en anledning för att flytta dit", suckade Martika. "Jag kan inte stanna här medan ni hänger på andra sidan jordklotet för jämnan."

Martika hade planerat att antingen plugga eller jobba ett år i USA direkt efter sina studier. Hon hade bara ett år kvar och de hade tidigare lovat varandra att då flytta tillsammans till någon passande stor stad i USA och dela bostad och festliv. Men nu när James redan var på väg visste inte Petra om hon kunde vänta. Hon hade redan ett jobb och det spelade ingen roll var i världen hon bodde när hon jobbade för sin mamma och *Katrin D.* Märket sålde bra i

USA, det fanns ett mindre kontor även där och foton kunde skickas för godkännande över hela världen.

Petra lade tröstande huvudet mot Martikas axel. "Klart du ska. Jag klarar mig inte utan dig", konstaterade hon.

James studerade eftertänksamt sin syster under kvällen – som vanligt utmanande klädd, vacker som få och med en charm som både avsiktligt och oavsiktligt förvred huvudet på omgivningen. I och med flytten till Washington kunde han inte längre hålla sitt löfte till Tony att bevaka och skydda systern när hon rörde sig ute i Stockholms nattliv. Hans blick fästes på Robert och Andreas, Petras ständiga följeslagare, som höll sig så nära henne som möjligt var än hon rörde sig. Samtliga män hon omgav sig med såg mycket bra ut och hon lekte med dem ohämmat; retades; charmade; hade sex och förkastade. Hans egen vän, Filip, gjorde sitt bästa för att inte visa hur desperat han var att närma sig henne. James gissade att det skulle bli annat ljud i skällan när han försvann till Washington. Han smuttade på sin gin och höjde samtidigt uppskattande ögonbrynen åt en av de kvinnliga vänner han bjudit in. Festen var perfekt, maten var perfekt liksom umgänget. Det var en varm sommarkväll – inte ens pelarna med infravärme behövde sättas på.

Allt var perfekt förutom James oro över systern. Hon kastade precis huvudet bakåt och skrattade hjärtligt åt ett av Filips skämt. Hennes tjocka hår föll ner över klänningens bara rygg. Han konstaterade att systern var den absolut vackraste kvinnan här ikväll och den absolut största faran för sig själv. Hon var helt enkelt för vacker, och i sättet för tilldragande och oförsiktig, för att komma undan helskinnad.

# Kapitel tre

"Hur kan det egentligen komma sig, Petra, att du valde att träffa Robert kvällen efter att du hade varit hemma hos mig? Har vi ingenting som du kan klassa som seriöst? Hade du sex med Robert också?"

"Jag tar ett glas rött", log Petra åt bartendern och undvek Andreas fråga. Det fanns ingen mening att lägga sin energi på detta ändå, och definitivt ingen anledning att komma med några erkännanden över huvud taget. Hennes devis var att det hon inte erkände högt hade antagligen inte inträffat heller.

Hon älskade att ha sex med Robert och Andreas, men kände inte ett dugg mer än det. De var roliga att hänga med, visst, men det fanns ingenting hos dem som fick mer än hennes mellangärde att dunka.

Hon tackade med ett brett leende för glaset vin som bartendern, en jävligt snygg sådan också, ställde framför henne. Hon svepte med sina långa svarta ögonfransar och slängde med det långa svarta håret innan hon placerade fylliga läppar mot det kalla glaset för att ta en godkännande klunk. "Utsökt", mimade hon mot den rodnande bartendern. Andreas gnisslade tänder och svepte i sig sin gin på nolltid.

Hon kunde dock inte bry sig mindre om hans känslor, eller någon annan mans sådana för den delen. Hon hade aldrig förstått varför en kvinnas sexualitet var en sådan stor fråga för män. Inte heller varför dessa män ansåg att de hade rätt att styra densamma. Själva kunde de doppa sig i vem som helst men krävde att framtida flickvänner skulle vara så nära oskulder som de kunde komma. Vilken dubbelmoral.

Petra tittade in i kameralinsen – *genom den*, som fotograferna brukade säga. Hon var en mästare på att förföra kameran. Varenda person som skådade en bild på Petra Dahlén fick känslan att hon tittade på just denne. Hon vinklade de slanka benen i den korta kjolen perfekt så att varenda kurva på kroppen följde med och kom till sin rätt. Hennes rosamålade läppar putade förförande och de skarpa ögonen lät fransarna fläkta i den perfekta bilden. Fotografen kunde knappt koncentrera sig och kände hur en del av honom spände i byxan. Han hatade att ta kort på Petra då det enda han kunde tänka på när han tog dessa bilder var att trycka upp henne mot skrivbordet och ta henne hårt bakifrån – han ville knåda hennes förtjusande stjärt med sina konstnärshänder samtidigt som han stötte inuti henne.

Han visste att det aldrig skulle hända.

Varenda gång han jobbade med henne var han tvungen att besöka en bar för att bota sin spänningshuvudvärk med alkohol och därefter gå hem och tillfredsställa sig själv. Petra var lyckligt ovetandes om hur många av hennes bilder som hade spelat huvudrollen i hans runksessioner.

"Älskling", kvittrade Petra och skred fram till honom med gnistrande violetta ögon, "tack för idag. Skicka de bilder du vill använda till mig för godkännande innan du skickar dem till min mamma." Det fanns en lång historia av delad smak gällande bilder mellan Petra och hennes mamma. Petra hade enkelt löst problemet genom att plocka bort bilder hon inte var nöjd med *innan* hon skickade resultatet från sessionen till sin mamma.

Hon sträckte sig fram och gav Jim en varm kram, sen tog hon sin blå märkesväska och skred ut ur rummet – lämnade honom i ett moln av hennes förföriska doft.

Petra vandrade mot dubbeldörrarna till familjen Dahléns herrgård. Det var kväll. Hon hade varit borta hela dagen efter att ha arbetat klart – hängt med Martika vid poolen – druckit några glas vin och haft en snabb middagsdejt med Filip. Lamporna i trädgården lyste inbjudande och luften var sådär härligt sommarkvalmig bärandes på doften från en mängd blommor som färggrant smyckade de välvårdade rabatterna.

En snabb titt på huset visade att både salongen och köket användes då lamporna enbart var tända där. Hon kunde se städerskan städa undan i köket. Efter att ha tryckt in koden till dörren klev hon in och låste efter sig. Hon drog av sig den dyra jackan och slängde in den i den stora hallgarderoben med speglar. I den fanns de kläder familjen Dahlén använde just nu – säsongens. Övriga plagg, både inne- och ytterplagg, var belägna i välsorterade walk-in-closet's i angränsning till vartdera sovrum.

Petra var precis på väg uppför trappan när hon hörde dörren till sin pappas arbetsrum öppnas och röster som närmade sig. Hon stannade till högst upp i trappan och kastade en blick över trappräcket. Nere i hallen uppenbarade sig Tony tillsammans med en man som Petra aldrig hade sett förut. Han verkade lång, mycket längre än hennes redan långa pappa, och av vad hon kunde se var han muskulöst bygd. Hans kolsvarta hår var bakåtkammat och den släta huden ljusbrun. Han var oklanderligt klädd i mörk kostym som var perfekt sydd för hans gedigna kroppshydda. Han var inte svensk – snarare sydeuropé – en ledtråd var såklart att de pratade engelska med varandra.

Det fanns något tyranniskt över hans manliga tilldragande ansikte med hårt skurna käkar och kalla ögon. Dessa ögon riktade sig nu mot henne och mörka ögonbryn drogs ihop över dem; den genomträngande blicken sände en rysning nerför Petras ryggrad och hon noterade att hennes pappa nervöst tittade från henne till mannen. Han sa inte åt henne att komma ner och presentera sig, som han vanligtvis gjorde, utan verkade istället skicka henne en tyst uppmaning att försvinna. Petra tog ytterligare ett tveksamt steg uppåt och kastade en sista blick på den okände mannens allvarliga ansikte. Han tittade varken uppskattande eller nyfiket på henne utan istället kallt värderande – på ett sätt som fick hennes kropp att isa. Hon fann att hon inte hade någon önskan att stanna kvar utan skyndade sig med dunkande hjärta till sitt rum där hon omsorgsfullt stängde dörren efter sig.

Dagen därpå när Petra sällade sig till de andra vid frukostbordet, fäste hennes far en uppenbart fundersam och nervös blick på henne.

Katrin stod vid köksön iklädd en vit sidenblus och svart pennkjol, som vanligt snygg, redo för jobbet. Hon väntade på att juicepressen skulle göra sitt så hon kunde ta sitt dagliga glas nypressad apelsinjuice. "Vill du ha?" frågade hon Petra.

Petra nickade till svar och gled ner på en av barstolarna. Hon greppade en skiva mörkt bröd från marmorfatet och täckte den med smör och ost. Hon gjorde en gest till sin pappa att hon ville ha salladsfatet med paprika, gurka och diverse annat man kunde tänkas ha på ett frukostbord.

"Petra, jag måste prata med dig", sa Tony spänt när han räckte henne fatet. Petra placerade ut det hon ville ha på mackan och tog emot glaset med juice från sin mamma. "Okej?"

"Jag vill att du åker till Washington nu. Du behöver inte vänta på James utan kan bo i hans lägenhet tills han kommer dit och sedan löser vi det efterhand om du stannar hos honom eller vill ha något eget.

Katrin gled ner på barstolen bredvid sin man och riktade en lika frågande blick mot honom som Petra gjorde. "Är det första april idag?" skrattade Petra. "Driver du med mig eller? Vad snackar du om?"

"Jag citerar min dotter – typ", sa Katrin förundrat. "Vad snackar du om?"

"Det har kommit till min vetskap att Petra har svårt att fatta vettiga beslut utan sin bror närvarande", sa Tony kort. Han tittade allvarligt på Petra som nästan tappade mackan i bordet. Katrin höjde på ögonbrynen men var knappast lika förvånad som sin make.

"Vad fan... är det James som har hittat på det här?" fräste Petra. "Då vet jag inte vad jag kommer göra med honom. Och vadå åka till Washington? Nu? Varför? Alltså jag har inte något emot det egentligen men jag fattar inte. Varför kan jag inte åka samtidigt som James åker? Vi kan åka tillsammans."

"Tony, Petra har jobb här i Stockholm för mig", protesterade Katrin. Hon lade armarna i kors och borrade blicken i sin man. Det var sällan han sade emot henne när hon hade den blicken. Den här gången var det dock en annan visa.

"Spelar ingen roll. Hon kan göra det jobbet med fotografer i USA och bilder går att skicka över hela världen."

"Ursäkta, men jag är myndig och bestämmer själv när jag ska åka", insköt Petra.

"Du må vara myndig, men du är beroende av mig och din mamma för att finansiera ditt leverne."

Petra flämtade till. Hennes pappa pratade aldrig med henne på det här viset. Hon kunde inte fatta vad som hände. Vem hade sagt vad till hennes pappa? Kunde hennes bror svika henne så här? Och om det inte var James, vem skulle det då vara? Vad kände Tony till? I hans ögon var hon nästan oskuld så hur illa var detta? Det räckte med tio procent av sanningen för att vara tillräckligt illa. Men vad skulle James vinna på att berätta det? Om han så gärna ville att Petra skulle följa med honom kunde han bara ha frågat.

"Tony, jag måste säga att jag är lite förvirrad", inflikade Katrin. "Du vet att jag oftast håller med dig och är på din sida, men vad handlar det här om?"

Tony tittade hjälplöst på sin fru och dotter. "Du får lita på mig, Katrin, att det här är för det bästa. Du med, Petra", tillade han och kramade Petras hand.

Petras hjärna jobbade på högvarv. Om det var så att Tony kände till något om henne som han inte borde känna till var det mycket bättre att hon gjorde som han sa. Antagligen ville han inte ta upp det med Katrin då han antog att hon skulle bli upprörd och ledsen. Så tröttsamt att ha en pappa som trodde att hon var guds bästa barn och praktiskt taget orörd. Vem var egentligen det nu för tiden? Ingen. Hon tittade fundersamt på honom. Han såg betyngd ut. Hon gillade inte det alls. Hur illa var det? Vad kände han till? Petra älskade sin ängelstatus hos sin far. Hon var trots allt en person som utan problem skrek ut till omvärlden att hon inte var något helgon, men hon föredrog att hennes pappa hölls ovetande. Även om han säkerligen var medveten om att hon inte var oskuld så trodde han antagligen att hon träffat ett fåtal män och kanske legat med högst ett par stycken. Hon mötte sin mors blick – allvarlig och som vanligt en aning klandrande. Hon anade att hennes mor hade för avsikt att förhöra sin make senare om vad Petra hade ställt till med.

"Jag åker", sa hon utan att fundera närmare på saken. "Jag tänkte ändå åka. Det blir ingen större skillnad för mig att åka nu eller om sex veckor. Martika lär inte bli överlycklig, men hon får komma och hälsa på vid tillfälle. James lär inte heller bli överlycklig att jag hänger i hans lägenhet innan han får en möjlighet", flinade hon.

"Vist beslut. Jag bokar en resa till dig till imorgon."

"Imorgon?" flämtade Katrin. "Men... Jim ville ta fler bilder på Petra."

"Kan inte hjälpas", sa Tony bestämt och åt upp den sista biten macka innan han resolut reste sig upp. Han böjde sig fram och gav Petra en lätt puss på kinden innan han lämnade köket för att ta sig till kontoret.

Katrin höjde på ögonbrynen och vände sig mot sin dotter med armarna i kors. "Vad har du nu ställt till med?"

"Den här gången har jag absolut ingen aning", sa hon oskyldigt. "Jag har inte ens varit på en vild fest någonstans. Jag fattar ingenting."

"Din pappa brukar *aldrig* ge dig order på det här viset. Och varför skulle han vilja att du ska åka till Washington nu? För någon dag sedan ville han att jag skulle hindra dig från att åka. Om du är där har han ingen koll alls. Inte ens din bror är där än. Jag fattar inte vad som händer."

"Inte jag heller. Och nu när du säger så där så fattar jag än mindre", suckade Petra.

"Om du har den minsta aning hoppas jag att du informerar mig. Om du har gjort något som din far skulle bli så chockad över att han vill skicka dig till ett annat land så borde jag vara den första att veta." Katrin reste sig upp och sköljde av sitt glas under kranen."

"Finns ingenting. Jag skulle lätt berätta för dig." Petra följde sin mors exempel och gled sedan ner på barstolen igen. Hon hade ingen aning om vad hon skulle göra med den här dagen. Men att sola tedde sig mycket lockande. Kanske ringa över Martika på en drink och en simtur i poolen.

”Du måste komma till mitt kontor sedan. Jag vill att vi kollar på bilderna tillsammans innan du reser till USA. Jag gillar inte digitala överläggningar.”

Petra himlade med ögonen. ”Det blir i eftermiddag. Jag ska sola hela förmiddagen.”

”Gör så, men bli inte för sen. Klara kommer och tvättar senare idag. Lägg i allt du vill ha åtgärdat så det inte blir som förra gången när vi var tvungna att ringa tillbaka henne igen.”

”Vem var det som var hos pappa igår?”

Katrin stannade till på vägen ut från köket och vände sig om. ”Ingen aning. Visste inte ens att någon varit här. Var det på kvällen?”

Petra nickade. Den mannen hade etsat sig fast i hennes minne. Varför visste hon inte. Han hade fått kalla kårar att färdas nerför hennes rygg.

”Jag var nere och tränade då. Vadå då?”

”Jag undrade bara. Jag har aldrig sett honom tidigare.”

”Det är väl bara att fråga din käre far. Nu måste jag dra. Bli inte sen!”

Att försöka förklara för James att hon på deras fars order skulle bo i hans lägenhet innan han själv åkte dit, var en ansträngande historia. James reaktion fick henne dock att inse att han knappast hade sagt något till Tony om det mystiska beteende från hennes sida som hennes far hade nämnt den här morgonen. James gillade inte alls tanken på att han syster skulle vistas i Washington utan honom och med Set som enda närvarande beskyddare. Petra försökte trösta honom med att det bara var fyra veckor kvar tills han skulle komma ner. Detta var dock inte något som lugnade honom. Fyra veckor var en lång tid om man hade en syster vid namn Petra Dahlén som lockade till sig både män och andra bekymmer. Det var inte det att han inte litade på att hon kunde ta hand om sig själv om det behövdes – Petra gjorde sällan något mot sin vilja och kunde definitivt försvara sig själv – det han var rädd för var att hon ville för mycket. Han var fullt medveten om hur dubbelmoralisk han var. James var en mästare på att ha roligt – helst med kvinnor – men det var en annan sak med hans syster. James, liksom sin far, gillade tanken på en kvinna som var onåbar. Precis som Katrin. Hon var vacker som få och hade träffat Tony i unga år, och så vitt de kände till hade hon inte haft någon, eller max en, partner innan. Petra däremot bejakade sin sexualitet och makt och lekte ohämmat med männen. James hade ingen aning om hur många partners hon haft, men oavsett var det för många. Även om han var medveten om att Petra respekterade honom och brydde sig om både hans och hennes fars åsikter så stod hon närmare sig själv. Det fanns ingen som rådde på henne när hon väl bestämt sig för något. Om hon varit hans lillebror hade han inte brytt sig, men hon var inte det. Hon var hans mycket vackra lillasyster som behövde skyddas – delvis från sig själv. Han hade för avsikt att ta upp det här med Tony omgående och förhindra att hon åkte till Washington före honom.

Petra njöt av dagen i solen med Martika. Deras vältränade, bruna kroppar var beklädda I mycket små bikinis, Petra i guld och Martika i rosa. De låg i bekväma solstolar med inoljade kroppar och drack de cocktails som barskåpet på altanen hade att erbjuda. Petra poppade ohämmat musik och pratade och skrattade om vartannat med sin nära vän. Martika hade så fort hon fått höra nyheten om Petras avfärd protesterat högljutt och ställt samma fråga som alla andra ställde sig: varför? De kom snabbt överens om att Martika skulle komma till henne på höstlovet. Det var Martikas enda lediga tid under den hektiska nästsista terminen på journalistprogrammet. Petra kunde inte föreställa sig att vara så uppbunden – att varje dag var förutbestämd hur den skulle se ut. Hon ville inte byta sitt fria modell-liv mot något.

# Kapitel fyra

"Är de alla idioter verkligen?" skrek Petra och kastade, snarare än packade, kläder i resväskan. Hon skulle flyga till Washington samma kväll och var så grymt tacksam att hon skulle lämna denna dårskap bakom sig.

"–och för att inte tala om Jimmy! Herre min gud! Vet du vad den dåren gjorde?"

Martika skrattade roat åt Petra och tittade samtidigt på en serie på Petras plasma-tv.

"Ingen aning."

"Han kom till restaurangen mitt under min och Andreas middag. Han ställde till värsta scenen, Martika! Jag som hatar sådant. Ett tag trodde jag att de skulle kasta ut oss, och de andra gästerna glodde som satan. Fy fan, vad pinsamt. Jag ska bara packa ner fula underkläder när jag åker till Washington så kommer jag inte träffa en enda kille."

Martika lade sig ner i Petras bekväma soffa med ifrågasättande blick. "Mm, visst. Den logiken är ju skrämmande med tanke på att du har hur mycket pengar som helst att köpa nya för om andan faller på. Än viktigare är att du lämnar *mig* här att ruttna utan dig."

Petra vände sig om med en suck och gick fram till soffan där Martika låg. Hon satte sig på den mjuka mattan och lutade huvudet mot sin väns axel. "Jag kommer dö utan dig. Du får ordna så att du kan komma till mig så fort det bara är möjligt. Jag må tycka det är roligt att umgås med Jeanne, men inte *så* roligt."

Washington hade ingen aning om vad som väntade när Petra Dahlén anlände. Hon hade inte mer än dumpat sin resväska i James lägenhet, som hon för övrigt bedömde som toppen, innan hon hade lagt delstaten för sina fötter. De som inte innan känt till klädmärket *Katrin D*, gjorde definitivt det efter Petras ankomst. Allt från trappstädare och trädgårdsmästare till restaurangägare, krogägare och affärsägare; hon lyckades charma dem alla med sitt utseende, sin självsäkerhet och sin svenska svalhet – kantad med en oemotståndlig accent. Hennes energi att knyta nya kontakter och att hitta på nya äventyr var outtömlig. Det gick inte att missa henne eller tycka illa om henne – även om det förvisso fanns en del kvinnor som var mindre glada över hennes ankomst. Samtidigt stod det snart ganska klart att hon bara nöjde sig med det bästa, varför hon inte blev ett större hot mot gemene kvinna.

James lägenhet låg i Adams Morgan - Northwest, ett område känt för sitt nattliv – inte en slump med andra ord. Även Set, deras tjugosexårige kusin, hade en lägenhet där inte långt från James. Petra fick nästan "Vänner"-känsla av detta och älskade att ha Set i krokarna. Han kom förbi någon gång varje dag, antingen för att bara hänga eller för att dra med henne och Jeanne ut på trevligheter. Set och James var ganska lika varandra i utseendet; båda mörkhåriga med sammetsögon och markerade käkben. Även om Set var lite mer allvarligt lagd än sin yngre kusin så var han en sorglös själ precis som James.

Jeanne bodde med sina föräldrar och sin lillebror i ett lugnare område, Glover Park – ganska nära Vita huset och Kapitolium – och inte alltför långt från Set och James del av Northwest. Northwest innefattade även James universitet, *University of the District of Colombia*.

Familjen Harris var en typisk amerikansk övre medelklass-familj. Claudia hade till helt nyligen varit hemmafru och hade nu börjat jobba som sjuksköterska på ett sjukhus i närheten. Hennes make, Dick, var revisor på ett större företag där även Set jobbade med marknadsföring.

Jeanne studerade till tandläkare och Jamie, som bara var åtta år, gick fortfarande i grundskolan.

Claudia var som klippt ur en amerikansk film om hemmafruar. Hon var den glada, rultiga bullmamman med vänlig uppsyn som alltid lagade mat till en hel armé. Med andra ord, allt Petra inte ville vara. Hon var även en av de snällaste människor Petra kände.

Under den första middagen hemma hos familjen Harris tog de igen allt de missat sedan sist. Petra berättade om sitt liv och sina vänner i Stockholm, och den stundande höstkollektionen som skulle släppas i en nära framtid. Hon var tillsammans med andra modeller uppbokad för flertalet fotosessioner med de amerikanska fotografer som Katrin litade på. Hon hade med andra ord en hel del jobb som stod för dörren och inte bara nöjen. Claudia ställde miljoner frågor om sin bror och Katrin som hon, enligt henne själv, pratade med alltför sällan. Radhuset familjen bodde i var hemtrevligt och byggt i 30-talsstil som resten av kvarteret. Inredningen var bohemisk med många olika färger och prylar. Inte direkt Petras egen stil, men hon älskade den ändock.

"Det luktar gudomligt", prisade Petra när Claudia ställde fram grytan på bordet.

"Tack, kära du. Det är en egen köttgryta med lite sting i. Hoppas du gillar den."

Jeanne satt bredvid Petra. Hon var en mörkblond skönhet med ett lika snällt ansikte som sin mor. Petra älskade att hänga med sin kusin. De hade hittat på en hel del både bra och mindre bra saker genom åren.

Hon lade upp mat på sin tallrik och tog emot nybakat bröd som Jamie skickade runt. Om Petra velat ha barn hade hon velat ha ett barn som Jamie; lugn, söt och hjälpsam. Det värsta hon visste var skrikiga ungar – närmare bestämt, barn över huvud taget.

"Synd att inte James kom samtidigt. Jag trodde faktiskt att han skulle komma först", sa Set och log mot sin kusin.

"Jo, det skulle han. Och han är inte glad över att jag bor i hans lägenhet innan han själv har fått chans."

"Jag förstår det", skrattade Set. "Visst har jag gjort ett kap åt honom?"

"Mhm, jag anade att du låg bakom detta på något vis", log Petra. "Det är väl ingen slump antar jag att den ligger nära din lägenhet och dessutom i partyområdet?"

Han höjde utmanande på ögonbrynen men svarade inte på frågan. "Som jag ser fram emot att presentera min vackra kusin för alla mina vänner."

Claudia log brett och lade en hand på Sets arm. "Lägg inte beslag på Petra helt, vi vill också träffa henne medan hon är här." Hon vände sig därefter mot Petra så hennes mörkblonda lockar studsade mot den svarta bomullströjan. "Hur lång tid kommer du stanna i Washington egentligen?"

"Ingen aning. Någon månad antar jag." Hon visste till att börja med inte riktigt grunden till varför hennes pappa hade skickat iväg henne så hastigt, varför det var en aning svårt att veta när hon fick komma hem. Hennes ursprungliga plan hade varit att åka i början av september, stanna en månad cirka och komma hem. Hon gillade inte alls att vara i onåd hos sin far. Samtidigt hade hon inte något emot att vara borta ett tag. Ett telefonsamtal hem skulle kanske inte skada för att kolla läget. "Jag stannar tills jag ledsnar helt enkelt. Vilket osökt leder mig till det faktum att både jag och Jeanne är alkoholmyndiga den här gången och kan ge oss ut tillsammans i DC:s nattliv", flinade Petra retsamt. Hon hade förvisso två veckor kvar tills hon fyllde 21 år, men var säker på att det skulle ordna sig ändå.

"Du lär bli besviken om du tror att du får med dig Jeanne ut nu för tiden", muttrade Dick uppenbart missnöjd. Han fäste blicken på sin dotter som vägrade möta den.

Petra vände förvånat blicken mot sin kusin. "Vad har jag missat?"

"Ingenting", suckade Jeanne. "Pappa har fel. Det är klart vi ska gå ut."

"Jeanne har en kille, och pappa gillar inte honom", meddelade Jamie retsamt.

"*Godkänner inte*, skulle vara ett mer rättvist uttryck", inflikade Set.

"Ja, jag har träffat någon. Det är seriöst." Hon tittade på Petra med sina rådjursögon och Petra hoppades innerligt att denna "någon", förtjänade Jeanne.

"Han heter Tyler Snead–"

"– och är hur gammal då?"

Petra hade aldrig hört Dick arg tidigare och hon tittade förvånat och en aning förläget på sin farbror.

"Inte ska vi ta det här nu", lugnade Claudia och tittade ursäktande på Petra. Petra insåg att det här var månadens heta ämne och anade att det diskuterades flitigt hemma hos familjen Harris.

"Pappa är inte supernöjd direkt. Tyler är trettiotre, elva år äldre–"

"– och sysslar med vad?" avbröt Dick ännu en gång.

Petra lade sakta ner gaffeln i tallriken. Det var omöjligt att äta under den här plötsligt heta diskussionen. Hon var glad att hon inte bodde hemma hos familjen Harris den här gången – vem visste hur många diskussioner de hade om detta. Hon tittade på Dick och kunde inte se något uppenbart hot i denna lite runda man som dessutom hade ett mycket vänligt ansikte. Möjligtvis att ögonen mörknade avsevärt när han var arg, jämfört med hans vanliga ljusbruna färg. Men Tony var långt mer skrämmande när han var arg.

"Han är affärsman utan någon större definition", fortsatte Dick när Jeanne inte svarade.

"Man kan vara det! Pappa tycker det är skumt", sa hon vänd till Petra, "men huvudsaken borde ju vara att han har pengar att försörja oss medan jag pluggar. Pappa borde vara tacksam att jag får hjälp istället för att klaga. Eller hur?" envisades Jeanne och spände blicken i sin far som argt tittade tillbaka.

"Pappa är bara rädd om dig, och det är inte huvudsaken att han kan försörja dig. Han ska vara en bra människa också", suckade Set.

"Så, är han inte det?" frågade Petra förvirrat.

"Jo", sa Jeanne bestämt. "Det är det här med hans arbete som förleder pappa att tro att han är skum."

"Vad exakt arbetar han med?"

"Han jobbar för någon stenrik man i Chicago och sköter diverse. Jag har inte frågat om några detaljer."

"Okej, det där *lät* faktiskt skumt", skrattade Petra.

"Exakt", sa både Dick och Set i kör. Claudia himlade med ögonen och Jamie skrattade lågt och var den enda som fortsatte att äta trots diskussionen.

"Har ni träffat honom?"

Alla nickade utan någon ytterligare respons. Petra skrattade hjärtligt. "Och..?"

"Jag tycker han är trevlig", sa Claudia bestämt. "Han är en riktig gentleman. Sen tar han hand om Jeanne och ser till att hon har det bra."

"Du menar genom att låsa henne inne?" insköt Dick missnöjt.

"Pappa, nu är du orättvis! Du tyckte också att han var trevlig. Erkänn!" Jeannes ögon blixtrade och Petra strök sin kusin lugnande över ryggen. "Låsa inne?" frågade hon oroligt.

Jeanne himlade med ögonen. "Pappa ger dig en bild av Tyler som ett monster", muttrade hon. "Det stämmer inte. Han är den bästa kille jag har träffat."

"Tyler har strikta åsikter om var man bör röra sig och inte när man är i ett förhållande", förklarade Set avmätt. "Han kan delvis ha rätt men överdriver lite."

"Set, du vet att han inte låser mig inne!"

"Nej, han följer bara väldigt gärna med dig när du ska någonstans", retades Set och flinade mot sin syster.

Petra saknade James. Cirkeln skulle inte vara sluten förrän han kom till Washington. Vilka kvällar de skulle ha hela kusingänget – och Tyler. Hon hoppades innerligt att hon skulle gilla honom. Det fanns mycket få människor Petra brydde sig om i den här världen och Jeanne var en av dem. Hon skulle aldrig tolerera att en man behandlade henne illa.

"Du ska få träffa honom ikväll", sa Jeanne bestämt, "och bilda dig en egen uppfattning.

# Kapitel fem

Petra gillade Tyler. Faktum är att hon gillade honom från första början. Han behövde inte yttra så många ord innan hon hade bestämt sig. Att han uppenbart var superförälskad i Jeanne hjälpte honom på traven. Han hade mörkblont, lite rufsigt, hår och blå allvarliga ögon. En delvis ärrad man som uppenbart hade varit med om en del i livet. Det gjorde inget. Petra gillade män med livserfarenhet.

De var ute på en klubb med några av Sets vänner. Set och Tyler verkade komma bra överens. Den största skepticismen verkade med andra ord komma från Dicks sida. Å andra sidan kunde Petra förstå honom också. Jeanne var en så oskyldig och fin tjej, och Tyler var så... inte oskyldig.

”Du är bara för snygg i din silverklänning, Petra”, klagade Jeanne och tittade på Petra genom spegeln inne på damernas. Hon gjorde en gest mot sin svarta klänning som för att understryka orättvisan. Petra skrattade kort samtidigt som hon rättade till sitt tjocka svarta hårsvall. ”Jag rådde dig att ta den röda klänningen, Jeanne, men lyssnade du på mig? Nej.”

”Petra Dahlén, din klänning skriker 'sätt på mig' och min klänning säger 'jag är en duktig flicka ute med min pojkvän'”.

”Men den kunde ha sagt 'jag är ute med min pojkvän som inte kan vänta på att ta mig hem till sängen'”.

Jeanne skrattade hjärtligt. ”Din fuling. Okej, jag erkänner, den röda hade varit bättre. Så, vad tycker du?”

”Om stället?” retades Petra. ”Jo, jag känner mig lagom rund under fötterna, killarna ser okej ut och jag älskar att vara i Washington med mina kära kusiner.”

”Jag kommer att kväva dig med en av de här vackra handdukarna”, hotade Jeanne och lyfte på en vit tyghandduk som låg fint vikt ovanpå åtskilliga fler på ett porslinsfat.

"Jag tycker ärligt att han är fantastisk, Jeanne. Jag håller med om att det är lite skumt att han inte vill prata så mycket om sitt jobb, men han kanske har sina anledningar."

"Petra, jag är så kär i honom."

"Tro mig att jag vet. Ni har suttit ihop som kardborrar sen vi kom hit." Petra himlade med ögonen.

Efter att ha blivit avbrutna av andra nödiga tjejer tog sig Petra och Jeanne ut till det övriga sällskapet igen.

Tyler synade dem allvarligt när de satte sig i den bekväma soffgruppen. "Tjejskvaller?" frågade han roat.

"Kan man kanske kalla det", log Jeanne och placerade en lätt puss på hans kind.

"Så, Petra, du är inte trolovad, gift eller liknande?" sa han därpå och snurrade sitt whiskyglas mellan starka fingrar.

Petra skrattade lätt och sippade på sin *Cosmopolitan* – de var godare här än i Stockholm. Hon noterade att Sets tre vänner väntade spänt på hennes svar. "Nej, tack och lov. Jag tänkte förbli ogift och o-allt."

"Jaså?" frågade han förvånat. "Varför? Dålig erfarenhet av män?"

"Nej, tvärtom", retades hon.

"Jag förstår." Tyler rynkade för några sekunder fundersamt ihop ögonbrynen. "Sådant kan förvisso lätt ändras om rätt man övertygar dig", tillade han efter en stund.

"Den som lever får se", log Petra och slog ihop sitt glas med hans, "men jag tvivlar starkt på den saken."

"Jag kommer i alla fall göra mitt bästa för att hålla min kusin på rätt väg när hon är här i DC", lovade Set.

Petra strök honom lätt över den solbrända armen. "Vissa har pratat med min bror."

"Och din far."

"Fattades bara det", suckade hon låtsats förskräckt.

"Det låter betryggande", nickade Tyler. Han tittade på Jeanne med en dyrkande blick och lade armen om hennes axlar. Hon lutade kärleksfullt sitt huvud mot hans med slutna ögon.

"Och ni, har inte ni något att säga om saken?" retades Petra med blicken mot Sets tre vänner. Hon mindes inte deras namn men kunde sammanfatta dem som ganska alldagliga svärmorsdrömmar. Set behövde James, den saken stod klar. Eller så hade han gömt sina snyggaste vänner någon annanstans.

Petra jobbade mycket hårt med den kommande kollektionen de första veckorna i Washington. Hon avskydde fotografen som hennes mamma hade anställt och ringde ett antal samtal till sin mor för att klaga. Katrin, som redan var missnöjd över att Petra hade åkt så tidigt från Stockholm, slog dock dövörat till. När hon pratade med Martika blev hon varse att hon numer träffade Steve, James kompis, kontinuerligt. "Det är ju toppen!" utropade hon. "Steve är en bra kille. Men, jag vill fortfarande att du kommer på höstlovet", tillade hon varnande. "Och jag vill träffa party-Martika". Detta följdes av skratt från Martika och ett löfte att hon skulle anlända till Washington redo för diverse äventyr.

Jeanne och Petra försökte att ses så mycket som möjligt i de luckor de kunde skapa i Petras arbete och Jeannes studier. Vädret i Washington var just nu varmt och galet fuktigt. Petra och Jeanne gav sig trots detta ut på en lång promenad i den vackra parken *National mall* som sträckte sig mellan *Lincoln Memorial,* ett minnesmärke över Abraham Lincoln, och *Capitol,* mötesplatsen för den amerikanska kongressen. Petra hade svarta korta shorts på sig, ett tunt rosa linne och silverfärgade sandaler. Jeanne hade en kort klänning i vitt och var så söt att Petra kunde äta upp henne. De satt nedslagna på trapporna till *Lincoln Memorial* och åt en varsin munk de hade köpt en bit därifrån.

"Har jag sagt till dig hur mycket jag älskar solen?" suckade Petra förnöjt och blundade mot värmen.

"Typ ettusen gånger sedan vi kom hit", skrattade Jeanne.

"Minns du när vi var typ femton och vår skumma släkting från Norge kom hit och typ förbjöd oss från att vara i solen?"

"Ja!" utropade Jeanne. "Han med fräknarna. Herregud, jag hade nästan glömt att han existerar. Vad hette han? Typ, Marti eller något?"

"Marty. Usch, och ful var han också." Petra skrattade. "Han såg typ ut som gubben där borta på bänken." Hon nickade menande mot en man i svarta omoderna träningsbyxor och grå t-shirt som lekte med en liten brun hund.

"Och så hade han den där fula slitna väskan, som var sprucken i sömmen, med sig överallt", inflikade Jeanne.

"Vem var det egentligen som bjöd hem honom?"

"Det lär väl ha varit mamma som ömmade för honom. Skulle inte förvåna mig. Eller var det inte så att han skulle jobba i Washington någon månad och var för snål för att betala för uppehälle?"

"Så kan det ha varit. För det är väl ingen som har umgåtts med honom efter den gången?"

"Nej, det kan ju även bero på att Katrin vägrade vistas i samma rum som han efter att han fällt den där kommentaren om att alla klädmärken använder barnarbetare", skrattade Jeanne.

"Just ja! Det hade jag helt glömt." Petra instämde i skrattet.

De knölade ihop sina sockriga servetter och kastade dem i närmsta sopkorg, sedan strövade de omkring i solskenet och pratade minnen och kollade på folk. Jeanne övertalade Petra att avsluta dagen på ett mysigt café med, enligt hennes beskrivning, de godaste glassarna.

James ringde på kvällen när hon passande nog satt i hans soffa. Han ville veta hur allt gick och om hon höll sig i skinnet när hon hade världen uppdukad framför sig. Petra informerade med ett skratt att det inte var hennes grej att hålla sig i skinnet men försäkrade samtidigt att hon inte träffat någon kille som frestat henne det minsta sedan hon kommit till USA. "Jag är säker på att du och Set har någon ond plan där han bara presenterar mig för tråkiga kompisar." Hon lade sina välmanikurerade fötter på James svarta soffbord och viftade på de små söta tårna. Jeanne hade tagit henne till någon skum manikyrist som hade gjort ett helt okej jobb. Petra gillade dock inte att hänga på ställen som luktade halvsunkigt och inte hade välbonade golv och där manikyristerna knappt kunde bilda en mening på amerikanska. Hon skulle bli tvungen att hitta ett bra ställe att göra naglar och hår på – samt ett bra gym. Set tränade regelbundet så han borde kunna ta med henne – hon började bli en aning less på att jogga runt i Adams Morgan och snubbla över hundar och människor i varje gatuhörn.

Hon hade gjort James lägenhet mycket hemtrevlig med både blommor och doftljus. Hon hade till och med köpt en extra servis med tallrikar då han bara hade ett svart set. Nu fanns det ett vitt också och en uppsättning glas i samma dyra märke. Hon hade köpt extra täcken och kuddar och bäddtillbehör ifall han fick gäster – samt skohorn, slevar, handdukar och diverse saker hon upptäckt att killar ofta glömde bort – även en hårtork som hon placerat i hans vita toalettskåp för framtida kvinnliga gäster, inklusive hon själv. I den sandfärgade soffan hade hon placerat en röd filt och matchande röda prydnadskuddar; i köket hade hon satt upp små spotlights under köksskåpen som lyste vackert mot den svarta marmorbänkskivan.

"En sak är säker, han får vänta med att presentera sina snyggare vänner tills jag kommer."

"Det där var inte något svar på frågan. Du *är* skyldig med andra ord."

"Mamma verkar ruskigt upprörd på dig. Hon är säker på att du har gjort något mycket dumt eftersom pappa har skickat dig till USA."

"Och så bytte han samtalsämne utan att svara på frågan", retades hon. "Men jag har faktiskt ingen aning om vad det här handlar om. Jag har inte gjort något uppseendeväckande på sista tiden. Inte mer än vanligt i alla fall. Jag var säker på att det var du som låg bakom det hela. Även om jag förvisso inte förstod varför du skulle vilja skicka mig ur landet innan du själv åkte."

"Eh, nej. Det vore ju otroligt idiotiskt. Helst med tanke på att jag hade velat inviga min lägenhet själv. Inte att min lillasyster, som inte borde vara i Washington utan övervakning, skulle bli den första."

"Ursäkta jag är myndig–"

"Inte för att festa i USA."

"–och om du såg vad jag har gjort med din lägenhet så skulle du bli överlycklig."

"Okej, det där gjorde mig bara orolig. Ser den ut som ett tjejhak nu?"

"Den ser ut som ett trevligt hak."

"Ett *tjejhak*." James suckade. "Tänk att ingenting får vara modernt när en tjej är i närheten."

"Du kommer älska den."

"Vill du berätta nu vad du gjorde för att uppröra pappa?"

"Har mamma hjärntvättat dig eller? Jag sa ju att jag inte vet."

"Eller så är det så illa att du inte ens vill berätta för mig."

"Ge upp! Fråga pappa så får du veta. Informera gärna mig sedan för jag har inte heller fått informationen."

"Tro mig att jag ska."

"Hallå, Jeanne har skaffat kille och han är jättetrevlig! Dick gillar honom inte alls men Set tycker han är okej men lite för överbeskyddande. Snygg är han också."

"Klart du tycker han är trevlig. Ni tjejer har inte förmågan att se igenom de av manligt kön."

"Du måste inte tycka illa om honom innan du ens har träffat honom, James", muttrade Petra irriterat.

"Det blir väl upp till bevis när jag kommer. Det är bara en vecka kvar, syrran, sen blir det ordning på dig också", sa han skämtsamt.

Petra höll på att sätta hjärtat i halsen när det knackade hårt på dörren. "Måste gå, någon knackar."

"Va? Vem fan har du bjudit till min lägenhet? Du får inte ta dit någon kille, Petra!"

"Du kommer aldrig få veta", skrattade hon och tryckte bort honom.

Det var passande nog Set som hade tagit Petra på orden och kommit för att ta henne till ett gym.

"Jag hoppas du förstår att det här är enda gången i mitt liv jag har promenerat med en träningsväska till gymmet. Det är även den sista gången." Hon tittade menande på sin kusin som bara skrattade och skakade på huvudet.

"Du är alldeles för bortskämd, Petra Dahlén",
konstaterade han. "Men om det får dig att må bättre kan
jag bära din väska." Han sträckte ut handen efter hennes
svarta Balmain-väska, men Petra drog den intill sig. "Nej, nu
när du ändå har bestämt dig för att plåga mig kan vi gå all-
in."

"Du vet att det bara är femton minuters väg."

"Det är tio minuter för mycket. Du vet att du kommer få
bjuda mig på en drink efter det här."

"Jag lovar." Set skrattade och fortsatte sin vandring
längs den uteserveringstäta gatan. Han hade på sig grå
träningsbyxor och en vit t-shirt. Han var mycket vältränad
och Petra kunde tänka sig att tjejerna på gymmet ville äta
honom till kvällsmat.

Nu insåg hon att hon var hungrig också. "Och mat."

"Såklart. Vi kan ringa till Jeanne och Tyler så kan vi göra
det till en helkväll."

"Nu, käre kusin, börjar du tala mitt språk", sa Petra nöjt.

Efter långa femton minuters vandring förbi alla
uteserveringar, stimmande människor, matlukt och bilar
som körde alldeles för fort, kom de fram till ett större gym.
Redan fasaden, i vitt med stora fönster, lovade en intressant
insida; receptionen var välstädad med ljust möblemang och
grått marmorgolv. Längs ena väggen fanns vita bokhyllor
med diverse kläder och kosttillskott – samt annat som gick
att lura på människor som tränade. Receptionsdisken var
glänsande vit liksom den till synes bekväma soffgruppen
som dominerade resten av rummet. Set nickade i hälsning
mot några gymkompisar som hängde vid värdeskåpen.

Receptionen luktade överraskande gott för att höra till
ett gym men så fort dörren in till lokalerna öppnades kom
den sedvanliga gummi- och svettdoften sipprande genom

luften. Ljud av maskiner, stön och gummisulor mot golv avlöste varandra tillsammans med dunkande peppmusik.

"Var är Eddie?" frågade Set den uppiffade tjejen bakom disken. Petra noterade att hennes honungsfärgade extensions var i billigaste laget men kunde erkänna att hon i övrigt var ganska tilldragande. Uppenbarligen tyckte tjejen detsamma om Petra som hon kritiskt synade uppifrån och ner. Hon lät sedan blicken glida över till Set med ett aningens frågande ansiktsuttryck. Set, i sann killanda, hade ingen aning om vad som pågick framför hans ögon.

Petra lutade med ett retsamt leende huvudet mot Sets axel. "Set, vad du är go som tar med mig hit", spann hon sockersött.

Set tittade frågande på Petra och höjde ena ögonbrynet på exakt samma sätt som James brukade göra. Petra antog ett så oskyldigt ansiktsuttryck hon förmådde.

Tjejen bakom disken slet blicken från sin nyvunna fiende och fäste den på symbolen för hennes varmare känslor. "Ingen aning. Han gick ut en sväng och kommer antagligen tillbaka snart."

"Okej. Hälsa att jag är här. Jag ska betala för min kusin." Han gjorde en gest mot Petra och drog fram sitt kort.

*Glädjedödare.*

Tjejen drog kortet med ett plötsligt leende på läpparna och gav Petra en nyckel till förvaringsskåpen.

"Beundrare minsann?" sa Petra retsamt när Set höll upp dörren för henne.

"Va? Vem?"

"Du skojar med mig! Är ni killar helt blinda verkligen?"

"Du menar Sophie?" utropade Set förvånat. "Inte en risk."

"Nej, just det. Hon ville bara döda mig med nyckeln innan hon insåg att jag inte är något hot mot henne."

"Det är Eddies lillsyrra för guds skull. Känns som min egen syster nästan."

"Du kanske borde informera *henne* om det. Vem är Eddie?"

"Han äger gymmet. Du kanske får träffa honom sen."

"Är han snygg?"

Set stannade och satte armarna i kors. "Petra Dahlén, alla män är inte potentiella byten."

"Så han *är* snygg", konstaterade hon retsamt.

# Kapitel sex

"Jag är imponerad", berömde Set efter att han och Petra var klara med träningen. "Du klarar långt hårdare träning än den där slanka kroppen skvallrar om." Han synade Petra uppifrån och ner. Hon hade på sig svarta åtsittande träningsbyxor och en vit, ledigt sittande, Nike-tröja. Hennes svettiga hår var uppsatt i en tjock tofs och hon hade fått varenda kille på gymmet att beundra hennes spänstiga rumpa under träningspasset. "Men jag kan erkänna att du är en fara för dig själv. Du är som en köttbit bland rovdjuren. Du kommer bli stora problem för en framtida pojkvän – och just nu för din bror och mig."

Petra skrattade hjärtligt. "Jag kan inte för mitt liv förstå vad du menar."

"Eller hur", suckade han. "Kolla på dem. Det är helt otroligt."

Petra lät blicken vandra till gymmets användare – samtliga män, utom någon enstaka, hade blicken riktad mot henne. Vissa använde maskiner samtidigt men studerade henne ändå. Petra gav Set en utmanande blick. "Vänta, jag måste bara knyta min sko." Hon böjde sig framåt med den förtjusande baken riktad mot åskådarna och tog god tid på sig när hon knöt den redan knutna träningsskon.

Set tittade ner på sin kusin med tusen känslor stormande i kroppen. En del av honom såg vad andra män såg; en kvinna som inte bara såg ovanligt bra ut med sitt dockansikte, stora ögon och oförskämt fylliga läppar – och det där vackra håret som kontrasterade helt makalöst mot hennes ljusa ögon – utan även hade en otrolig karisma som fångade in samtliga i omgivningen. Det var någonting med Petra Dahlén som drog omgivningen till henne som en magnet. Han själv var inte något undantag. Den delen av honom var i kombination med den del av honom som insåg vilka problem som uppstod för de män som brydde sig om henne.

När han tänkte på problem så anlände mycket lägligt gymmets ägare, Eddie Warlock, och de första han noterade var Set och hans sällskap.

Petra rätade snabbt på sig när hon insåg att mannen som precis kommit in var på väg åt deras håll – och *man* var han; lång, reslig, vältränad, solbränd, mörkbrunt hår lite nonchalant uppsatt i en man-bun, och manligt snyggt, men samtidigt pojkaktigt, ansikte. För första gången på mycket länge kände Petra hur hennes hjärta hoppade över ett slag.

Set tittade på sin kusin och himlade med ögonen. "Såklart", muttrade han och vände sig därefter mot sin vän. "Eddie, hur är läget?" Han gav honom en snabb manlig kram med den obligatoriska ryggdunken.

"Det är bra. Själv? Du kom aldrig till Squashturneringen i tisdags. Det var hur kul som helst. Vi gick ut efter och käkade middag och tog några glas."

"Jo, jag har varit upptagen." Set tittade på Petra som lade på sitt vackraste leende; det där leendet som han kände igen för väl och som var känt att utlösa en mängd efterföljande händelser.

"Jag anar med vem", sa Eddie och vände sin sammetsbruna blick mot Petra. Petra mötte den med sin violetta.

"Eddie, det här är min kusin, Petra Dahlén. Hon är på besök från Sverige."

Eddie sträckte fram en stark hand som han slöt runt Petras medan han studerade hennes ansikte noga. "Kusin, sa du?"

Set nickade, väl medveten om vad Eddie tänkte.

"Trevligt att träffas", spann Petra. "Synd att vårt första möte sker när jag är klädd i träningskläder och svettig från topp till tå."

"Det finns inget sexigare än en kvinna i snygga träningskläder", konstaterade han. Sen var antagligen Petra den snyggaste svettiga kvinna han någonsin hade sett men den åsikten höll han för sig själv. "Kommer du stanna här lång tid?"

"Nja, vet inte riktigt. Min bror ska plugga internationell ekonomi här i två år – han kommer nästa vecka. Jag hade planerat att åka till Washington med honom men hamnade här i förväg. Jag åker väl hem när jag tröttnat."

"Jag hoppas vi hinner umgås något."

"Vi kan gå ut och ta en drink ikväll om du vill", sa Set hjälpsamt. Petra log brett mot Eddie och Eddie nickade nöjt.

De sa sina hejdå och Set tog Petras väska och kastade den över axeln. "Eddie är världens bästa kille, Petra. Om du inleder något med honom så får du göra det seriöst."

"Definiera 'världens bästa'".

"Han är snäll, omtänksam och har bara seriösa förhållanden – han leker inte med kvinnor."

"Han får gärna leka med mig", flinade hon.

Petra och Set åt den utlovade lunchen och träffade några av Sets vänner sen skiljdes de åt och Petra tog kontakt med sin mamma för att diskutera de senaste bilderna och kommande marknadsföring. Hon hängde sedan i James lägenhet och kollade på serier och käkade godis innan Jeanne kom över för att göra sig i ordning tillsammans med henne.

"Så, känner du Eddie?" frågade Petra när de stod bredvid varandra vid badrummets stora spegel. Hon målade sina ögonfransar men mötte samtidigt Jeannes blick i spegeln. Jeanne log retsamt.

"Förstod jag väl att du skulle få ögonen på honom. Är det anledningen att vi ska ut ikväll?"

"Att fira livet är anledningen till att gå ut ikväll. Men, ja, Eddie är en av anledningarna."

"Jag har en tenta nästa vecka och borde vara hemma och plugga ikväll så var glad att jag offrar min studietid för att hänga med ikväll."

"Jag är så tacksam", bedyrade Petra.

Efter att de gjort sig i ordning drack de ett varsitt glas vin i lägenheten och pratade med Martika på FaceTime. För Martika var det fortfarande förmiddag. Hon höll på att göra sig i ordning för en föreläsning och lät hälsa att det var grymt orättvist att de hade förfest samtidigt.

Den kvällen hände två saker; Petra visade folket i Washington hur man festade och hon insåg att det var fullt möjligt för henne att falla totalt för en kille hon precis hade träffat. Eddie Warlock visade sig inte bara vara en toppenkille generellt utan även en sådan kille Petra hade väntat på. Han fick alla små celler i hennes kropp att ticka igång samtidigt. Hon kände inte ens för att gå hem med honom första kvällen för en het stund, istället dök bilder av middagar och myskvällar upp i hennes huvud. Hon ville lära känna honom – på riktigt. Det här innebar att hon hade tappat sitt förnuft och det var mindre bra.

Men han var så fin, och luktade så gott, och klädde så bra i sin vita lediga skjorta och mörkblå slitna jeans. Och han var smart, drev sin egen verksamhet och gick att prata med utan att komma in på vilken som var den bästa nattklubben i staden. Han fick henne att vilja bli seriös – och detta efter att bara ha träffat honom en enda dag.

Eddies varma ögon iakttog henne när hon reste sig från soffgruppen de var nedslagna i. Sällskapet hade gått till ett lite mysigare ställe med skön musik, lagom med folk och gemytlig stämning. Vi snackade inte Stureplan i Stockholm med allt röj och rikemansbarn som tävlade om att köpa den dyraste champagnen. Det här stället hade ett klientel runt 30-årsåldern, skön inredning med många bekväma soffgrupper i mörkbrunt, och orientaliska inslag i övriga inredningsdetaljer. Hans blick gled uppskattande över hennes vältränade kropp – iklädd höga klackar, en svart åtsittande kjol och ett vitt mer exklusivt linne. Det långa självlockiga håret var plattat och låg som en blank tjock mantel över hennes rygg. Hon var för vacker, vilket fick honom att inse att hans blick knappast var den enda som var fäst på henne. Detta skulle definitivt innebära problem.

Hon tog sig målmedvetet mot dansgolvet tillsammans med Jeanne och Julie, och varenda steg hon tog fick hennes kurvor att spela en förförisk melodi för omgivningen.

"Jag måste ha henne, Set", informerade han allvarligt och tittade på sin gode vän.

"Tänk på att det är min kusin du pratar om", sa Set uppenbart besvärad. Han lät själv blicken vandra till de tre kvinnorna på dansgolvet.

"Jag menar inte bara på *det* viset – jag menar på *alla* vis. Jag har aldrig träffat någon som Petra."

"Hon bor i Sverige, Eddie. Hur hade du tänkt att det skulle fungera?"

"Ingen aning. Men hon har ju berättat ikväll att hela världen är hennes arbetsplats. Hennes bror flyttar hit i två år. Jag kan åtminstone börja träffa henne så får vi se vad som händer."

"Du vet att jag älskar min kusin nästan lika mycket som jag älskar min syster. Du måste behandla henne väl."

"Set, har jag någonsin behandlat en kvinna dåligt?"

Set kastade ytterligare en blick mot tjejerna som hade mycket roligt på dansgolvet. "Nej."

"Jag kommer ta mycket väl hand om henne."

"Om du börjar träffa Petra kommer du ha fullt upp att ta hand både om henne och den konkurrens du står inför. Du kommer bli paranoid."

"Tro mig att tanken har slagit mig." Eddie lät blicken vandra mot två av de män som hade blickarna riktade mot hans framtida flickvän. "Helst de där två irriterar mig sjukt mycket." Set följde Eddies blick mot ett bord längre bort där två män satt med blickarna allvarligt fästade vid Petra. De följde hennes minsta rörelse och utbytte då och då några ord med varandra. Ingen av dem såg ut att vara goda nyheter. "Vad vill de? De ser inte ens ut som om de är här för att ha roligt."

Set skrattade lätt och tog en klunk av sin dyra whisky.

"Som sagt, du kommer få att göra", retades han.

Den kvällen när de andra en efter en ursäktade sig för att gå, satt Petra och Eddie kvar och pratade till sent om allt mellan himmel och jord – hon kunde prata med honom som hon aldrig pratat med någon tidigare. Och han var så fin, så tilldragande på alla vis. Hade hon verkligen behövt åka ända till Washington för att hitta en man hon ville ha?

Hon följde inte med Eddie hem den kvällen och han försökte inte heller få henne till det. Istället skildes de åt med löftet att träffas igen. Petra berättade att hon hade en hel del jobb under veckan för *Katrin D,* men lovade att klämma in någon träning på hans gym.


"Så du har på fullt allvar skaffat en pojkvän i Washington?" var det första James sa när han en vecka senare anlände till sin lägenhet. "Och vad har du gjort med det här stället? Vad hände med stilrent?"

Petra som var överlycklig över sin brors ankomst skrattade bara och gav honom en kram. "Våga inte säga att det är fult här! Lägenheten är supersnygg. Men det var för kalt och jag såg till att göra den lite mer hemtrevlig."

Han lade armarna i kors och studerade sin syster med ett retsamt litet leende. "Så vem är han?"

"Inte min pojkvän i alla fall", muttrade hon med himlande ögon. Vi har haft tre dejter på tu man hand och inget mer."

"Inget mer?" James höjde förvånat på ögonbrynen.

"*Inget* mer. Jag gillar verkligen Eddie och vill göra ett gott intryck på honom."

"Min syster är kär?" sa han överraskat. Han gled in i vardagsrummet och lämnade väskan efter sig i hallen. Han lät blicken färdas över de detaljer Petra hade lagt till i form av färgglada textilier och ljushållare. "Inte ens hångel?"

"Nej, inte ens hångel." Hon noterade att hennes bror såg mycket utvilad och fräsch ut – klädd i ljusa slitna jeans och en enkel vit t-shirt. Hans hår var lite rufsigt efter den långa resan och hon anade att han kände av tidsomställningen en del.

Det var så härligt att ha honom här.

James satte sig i soffan och lade de strumpbeklädda fötterna på bordet. "Rött, syrran?" suckade han frågande syftandes på den röda filten och de röda kuddarna.

"Som passar perfekt till den sandfärgade soffan", påpekade hon menande.

Han skakade på huvudet och lade armarna bakom det i en viloställning. "Och det är jag som ska sova i soffan antar jag?"

Petra gled ner bredvid sin bror och tittade med sina mest bedjande ögon på honom. "Åh, kan du det? Jag älskar ditt sovrum, och din säng. Jag har gjort mig hemmastadd."

"Det kan jag tänka mig", muttrade han med en menande blick. "Sängen är specialbeställd, det är klart den är skön. Jag hade sett fram emot att sova i den."

"Du har två år på dig. Jag blir inte långvarig – så vitt jag vet. Och hur tänkte du ens när du skaffade en lägenhet med *ett* sovrum? Allvarligt, hade du inte räknat med gäster? Jag tyckte du sa att det var en stor lägenhet."

"Gäster jo, men inte långvariga sådana. Jag har ju en bäddsoffa. Och det *är* en stor lägenhet. Bara inte med många rum." Han tog upp en av Petras modetidningar från bordet och bläddrade bland bilderna. "Snyggt", log han stolt och höll upp en bild av Petra iklädd *Katrin D:s* senaste kollektion. "Så, Eddie äger gymmet du och Set tränar på?"

"Hur visste du det?"

"Vi har ju trots allt samma kusin. Jag hoppas verkligen jag kommer gilla honom nu när du har fallit så totalt." Han tittade en aning missnöjt på sin syster. "Är han normal?"

"James, du kommer bli förvånad. Han är för normal. Och jag har inte fallit totalt. Jag är bara intresserad."

"Om du säger så" retades han. "Jag hade åtminstone förväntat mig att min syster skulle beställa mat till mig." Han svepte med handen över det tomma bordet.

"Den kommer om cirka tio minuter – med Set", proklamerade hon överlägset. "Orkar du göra något sen? – eller är du för trött?"

"Jag är säker på att jag har varit med om värre." Han log varmt mot sin syster och studerade henne när hon började duka fram de svarta tallrikar han köpt sedan tidigare och korkade upp en flaska vitt vin. Hon tog fram tre vinglas men när det ringde på dörren visade det sig att de var två till – både Jeanne och Tyler var med.

Det blev ett virrvarr med kramar och skratt samt framdukande av mer porslin och upphällande av vin. Tyler hälsade på James som studerade honom vaksamt och erbjöd honom att sitta i fåtöljen medan Set intog en mjuk fotpall. Petra och Jeanne satte sig på varsin sida om James i soffan. De tog fram en till flaska vin och Set drog fram Kinamat från restaurangen nedanför. Set lät hälsa James att han såg fram emot att ha honom där så han ensam slapp ansvara för James syster och sin egen. Tyler var förvisso snabb att påpeka att Jeanne var i tryggt förvar. Petra meddelade att hon kunde ta hand om sig själv vilket Set invände emot. "Kan och bör är två helt olika saker", flinade han. James skrattade hjärtligt. "Skoja inte", underströk han.

James passade på att förhöra Set om Eddie, och Set lugnade honom med att detta var en superkille. "Jag får väl gå och träna på hans gym och bilda mig en egen uppfattning."

Petra mötte Tylers allvarliga ögon, han verkade inte riktigt lika förtjust i Eddie, men vad brydde hon sig om det? – det var inte som om Tyler betydde något för henne.

# Kapitel sju

"Var har du varit i hela mitt liv?" Eddie fäste sina sammetsbruna ögon på Petras ansikte och lät sin hand följa samma väg. Hans varma fingrar sände miljoner behagliga stötar in i hennes kropp. "I Sverige", sa hon mjukt. Han gjorde Petra till en bättre människa. Hon kunde inte minnas att hon någonsin tidigare varit så snäll mot en kille – eller man.

De satt tillsammans på ett lunchställe bredvid gymmet, inget speciellt sådant – inredningen hade mer att önska och hade antagligen inte blivit uppdaterad sedan 80-talet – men maten var toppen. Eddie kände samtliga väldigt väl, både personal och gäster, och småpratade med de flesta som passerade deras bord. Petra noterade några som regelbundet gick på hans gym. Han var så omtyckt, och att hon var med honom gjorde att denna värme även omslöt henne. Vilken intressant vändning hennes liv hade tagit. Hon hade inte ens varit hemma hos honom ännu, och än mindre varit i kroppslig kontakt med honom, och ändå kände hon som om hon kunde leva resten av sitt liv med honom. Hon hade verkligen blivit en tönt, och det bara efter några dejter. Vad hände med hennes storslagna framtidsplaner där hon inte skulle vara beroende av någon annan än sig själv och att lägga världen för sina fötter?

"Vad tänker du på? Du ser bekymrad ut." Han fattade sin gaffel och skar upp köttet han hade på sin tallrik. Petra hade valt tonfisksallad, hon älskade sallad. De hade precis tränat och väntade nu på att James och Set skulle komma. James hade bara snabbt hälsat på Eddie inne på gymmet när han kommit med Set för att träna, de hade inte hunnit prata utan hade istället bestämt att ta en kaffe efter att Eddie och Petra ätit.

"Jag är bara inte van att känna så här. Det är lite skrämmande", svarade hon och rörde om i sin sallad. "Jag hade räknat med att komma till Washington för att jobba och leva livet, inte för att träffa någon som jag inte vill sluta träffa."

Eddie lutade sig tillbaka och log brett mot henne. Fan vad snygg han var. Han hade på sig en svart t-shirt, grå mjukbyxor och vita Nike-skor, och han luktade så gott – och hans kropp… Petra insåg att hon definitivt måste hälsa på hemma hos honom vilken dag som helst.

"Så det är här ni gömmer er?" log Sophie när hon kom in tätt följd av Set och James, och hon såg mer än nöjd ut över sitt sällskap.

Eddie lade armarna i kors och tittade frågande på sin lillasyster. "Jag har rätt till en kaffepaus", invände hon bestämt. "Laura är i receptionen."

James sträckte fram handen och hälsade på Eddie sen satte han sig ner bredvid Petra och vinkade till sig personalen. "Vissa är bortskämda", retades Set. "Du vet att man beställer framme vid disken."

James himlade med ögonen mot Petra och frågade vad alla ville ha innan han gick fram till ägaren som stod bakom kassan med höjda ögonbryn.

"Vad ska man säga", flinade Petra. "Vi är vana vid ett annat liv."

Eddie skrattade och tittade på henne som om hon vore sänd från himlen. James fick åtminstone personalen att bära ut alla latte till sällskapet och Eddie passade på att skämta om sina rika vänner från Sverige med servitrisen som han kände mycket väl.

"Så, var bor era föräldrar och vad jobbar de med?" frågade James väldigt rakt på sak och tittade på Eddie och Sophie.

"Sällan du", klagade Petra och lade armarna i kors med en anklagande blick på sin bror.

Eddie tittade menande på Sophie och vände sig sedan mot James. "Vi har ingen aning. Våra föräldrar är okända och lämnade bort oss till ett barnhem när vi var små. Vi adopterades från Mexiko till USA av ett äldre par som nu för tiden själva lever i Florida."

"Wow", nickade James med en blick på Petra. "Mamma kommer bli överförtjust."

"James Dahlén!" utropade Petra anklagande.

Han tittade ursäktande på henne. "Jag är precis så ärlig som du själv brukar vara mot människor, syrran. Våra föräldrar är speciella och de har höga krav. Men helt ärligt, Eddie, tycker jag att du verkar toppen. Du har ett företag som går bra och du verkar vara en riktigt bra kille efter vad Set har berättat. Du kan få träffa min syster om du vill. Jag vill bara att ni ska ta detta för vad det är. Petra bor i Sverige, du bor i Washington, och vi har föräldrar som planerar en gyllene framtid för henne – och de är jävligt snabba med att meddela det till alla intresserade och icke intresserade."

Set skruvade obekvämt på sig.

"Det här är bara min, för mig, underbara bror som är en skitstövel", ursäktade Petra med en anklagande blick mot sin bror.

"Om jag hade dig till syster skulle jag också vara en skitstövel", konstaterade Eddie. "James, jag vet att ni kommer från en välbärgad familj och jag har full respekt för det. Jag gillar att träffa Petra och kommer att fortsätta med det så länge hon vill. Vad som händer i framtiden har ingen av oss någon aning om. Men jag kan lova att jag kommer behandla henne som en drottning."

James log gillande och tittade först på Petra och sedan på Eddie. Sedan räckte han fram handen som tecken på att de hade en överenskommelse. "Jag är mycket rädd om min syster och älskar henne mer än allt. Jag hoppas det går bra för er två."

De avbröts av Petras telefon som ringde. Det stod *Mamma* på displayen och Petra tittade anklagande på sin bror. "Det här var det du som framkallade", skämtade hon och svarade.

"Vi har kläderna här", log Luis Arnold, marknadsansvarig på *Chiquelle*, en fin butik som sålde märkeskläder i Washington. Petra följe den lille mannen till ett hörn i affären där den senaste kollektionen av *Katrin D* hängde. Hon satte armarna i kors över sin vita spetsblus och tittade på den preussiskt hängande raden av vackra kläder. Hon höjde på ögonbrynen och mötte frågande Luis blå ögon. "Hur ska man hitta *Katrin D* här?" Hon snörpte på sin välmålade fylliga mun och satte sitt långa hår bakom öronen. "En skylt. Är det allt?"

"Den är väl synlig, miss Dahlén. Det går inte att missa. Dessutom finns det en väl synlig skylt när man kommer in med samtliga märken vi säljer."

"Jag vill ha tre *väl synliga* skyltdockor med våra kläder tydligt utmärkta när man kommer in i det här rummet. Det här räcker inte." Hennes telefon ringde och hon ursäktade sig när hon såg att det var hennes pappa. De hade inte pratat med varandra sedan hon åkte till USA och hon visste ännu inte vad hon hade gjort för att bli så plötsligt ivägskickad. Luis försvann diskret iväg för att förbereda hennes nyss uttalade order. *Katrin D* var välkänt och betalade bra för sin marknadsföring runtom i världen, det fanns inte utrymme för att vägra företagets önskemål.

Petra hade ett fullspäckat schema den här dagen. Hon skulle övervaka marknadsföringen i två butiker till, för att sedan träffa Eddie en snabbis för mat och efter det träna med James och Set, för att därefter avrunda kvällen med ett affärsmöte med några av Katrins samarbetspartners i Washington och även träffa Jeanne för en drink på senheten. Därtill hade hon och Eddie pratat om att hon kunde komma över till honom efter träffen med Jeanne för att sova där för första gången. Petra fick fjärilar i magen bara vid tanken. Hon och Eddie hade bara kommit till kysstadiet än – och vilka kyssar. Han var för snygg för att det skulle vara bra för henne och han var för smart och för bra. Vilken ångest. Ingenting gick som hon hade planerat. Vad hände med att vara fri och leva livet i Washington? Och vem väntade så här länge med att hoppa i säng med en kille? Vem var hon ens?

"Pappa! Vilken överraskning. Hur är det?"

"Det är bra, Petra. Jag saknar min dotter. Hur går det för dig?"

"Bra, har fullt upp. Jag älskar Washington. Ännu roligare sedan James kom. Jag jobbar med kollektionen. Jag har knappt hunnit träffa Claudia och Dick för att jag varit så upptagen. Och jag saknar dig också, pappa. Vad gör mamma?"

"Jag trodde du hade full koll på henne med tanke på att ni jobbar ihop", skrattade Tony. "Just nu är hon i köket och övervakar middagen. Det är kväll här."

"Jag önskar att det vore kväll här också så jag hade en ursäkt att sätta mig i en soffa och inte göra något." Hon gav honom en snabb genomgång av hur hennes dag såg ut. "Har det hänt något intressant i Sverige?"

"Förutom att Martikas pappa slog mig i tennis så har det inte hänt något uppseendeväckande", muttrade Tony. "Men jag bjuder honom på ett nederlag framöver. Vem är Eddie?"

”Hur känner du till Eddie?”

”Jag har en syster som du kanske känner till – och eftersom min dotter inte berättar något för mig–”

”Pappa, det finns en naturlig anledning till att vi inte har pratat sedan jag kom till Washington. Du kastade ut mig. Jag är fortfarande chockad.” Petra log nöjt mot Luis som sett till att två skyltdockor burits ut till exakt den plats Petra pekat på.

”Vem är han?”

”Luis, finns det ett kontor jag kan låna?” Luis nickade och förde Petra till kontorsdelen bakom butiken. Han öppnade en av dörrarna och gjorde en gest mot ett svart skrivbord med matchande stol i läder. Det fanns modemagasin och klädprover överallt. Det verkade vara hans eget kontor och Petra nickade tacksamt när han lämnade rummet och stängde dörren efter sig. På skrivbordet stod en rosa halvdrucken kaffekopp, allt var en enda röra av papper, kläder och modellfoton. Någon drömde uppenbarligen om att bli designer. Petra tog bort kläder som låg slängda på skrivbordsstolen och kastade dem på en gräddfärgad tvåsitssoffa vid ett bord.

”Eddie äger gymmet vi går till. Set känner honom jättebra och vi dejtar. Han är en toppenkille verkligen, pappa. Inte alls ytlig.”

Tony suckade och tystnade. Sekunder tickade fram långa som minuter tills han tog till orda igen. ”Petra, kan du vara någonstans utan att träffa någon? Du behöver inte en pojkvän i varenda stad.”

Petra flämtade upprört till. ”Va? Jag har inte haft någon pojkvän någonsin. Jag har bara dejtat. Eddie är den första som jag verkligen vill vara seriös med. Jag vet att du skulle gilla honom, pappa. Han är fem år äldre, mogen och har sin egen verksamhet.”

"Vad tillhör han för samhällsklass?"

"Han är medelklass." Petra gnisslade tänder av ilska. Hon visste exakt vart det här samtalet var på väg.

"Ni kommer från helt olika världar, Petra. Jag förstår att du har fallit totalt, det har min syster redan upplyst mig om, men hur vet du att han inte bara ser dig som ett bra kap med pengar och en bra bakgrund?"

"Om du träffade honom skulle du inte misstänka det för en sekund. Han är den finaste man jag har träffat. Han behandlar mig med sådan respekt. Och fastän vi har träffats i flera veckor har vi inte ens–"

"*Det* är inte information jag vill ha. Och dessutom förväntar jag mig att du ska hålla på dig, Petra, vad än jag har hört om dig. Min dotter ska sköta sig."

"Din son också antar jag?" fnös Petra upprört.

"Självklart."

"Och ändå kan jag inte påminna mig om att du har kastat ut *honom* från hemmet på en skamresa."

"Det hör inte till saken här."

"Du har inte ens berättat för mig, pappa, ordentligt varför jag blev ivägskickad, inte ens mamma vet."

"Hur tänkte du lösa det faktum att du och Eddie bor i olika länder?"

"Du svarade inte på min fråga."

"Jag är din pappa och jag säger åt dig att svara på *min* fråga."

"Jag är ju i Washington nu."

"Jag vill att du kommer hem snarast."

Nu var det Petras tur att bli tyst – hennes hals blev torr och hon andades djupt. Vad pågick här? Hon hade aldrig någonsin varit med om att hennes pappa styrde henne så här. Det rubbade hennes värld på det mest överraskande sätt. "Va? Vad menar du? Jag skulle vara här på obestämd tid. Pappa, vad händer?"

"Mamma behöver dig här och jag känner mig tryggare om du är här."

"Pappa, handlar det här om Eddie? För du behöver verkligen inte oroa dig. Han är supertrevlig och jag vet att du skulle gilla honom."

"Nej, det handlar om att alla personer har sina plikter och du behövs i Sverige. Du kan alltid åka tillbaka till Washington och hälsa på senare. Din bror börjar ändå skolan snart han behöver studie-ro."

"Du skämtar med mig, eller hur? Jag är myndig, pappa. Du vet att jag kan ta hand om mig själv. Jag kommer hem snart, men inte nu. James har inte något emot att jag är i hans lägenhet."

"Du må vara myndig, men du behöver oss för att kunna försörja dig. Du får pengar av mig och mamma. Om du inte jobbar för *Katrin D,* så försvinner din inkomstkälla."

"Var det där ett hot?" viskade Petra.

"Självklart inte", lugnade Tony. "Jag vill bara att du ska förstå att allt i en familj bygger på samarbete."

"Jag har lovat Martika att komma hit om fyra veckor. Kan jag åka efter det? Hon ser fram emot det och jag vill inte svika henne."

Han funderade ett tag och suckade sedan djupt. "Okej. Du och Martika åker hem tillsammans efter den veckan."

"Tack." Tankarna snurrade i Petras huvud. Hon verkade helt ha förlorat greppet om tillvaron och hon bekymrade sig över sin pappa.

"Gör mig en tjänst den här tiden som är kvar."

"Självklart."

"Umgås med Jeanne och Tyler mer än vad du umgås med Eddie."

"Va? Varför? Och hur känner du till Tyler?"

"Som nämnts tidigare har jag en syster."

"Hur blev Tyler en favorit helt plötsligt? Dick gillar honom inte och Set är en aning skeptisk. James med. Jag är säker på att du skulle tycka att Eddie är ett bättre sällskap än Tyler."

"Gör bara som jag säger, Petra – och ta hand om dig. Jag saknar dig väldigt mycket."

"Jag med, pappa. Visst skulle du säga om något var fel? Behöver jag oroa mig?"

"Nej, du behöver inte oroa dig."

De avslutade samtalet och Petra noterade att hennes pappa inte svarat på den första frågan.

# Kapitel åtta

"Jag säger bara en sak, James Dahlén, och det är att mitt liv inte är enkelt." Petra stod vid badrumsspegeln och gjorde sig i ordning för hundrade gången den här dagen. Hon hade avklarat jobbet, arbetsmiddagen och drinken med Jeanne, nu var hon på väg till Eddie.

James satt i soffan och tittade på en fotbollsmatch. Set och en kompis till honom var på väg över – Petra var tacksam att hon skulle iväg, hon hade inte stått ut med att lyssna på sportsnack hela kvällen.

"De flesta skulle nog anse att ditt liv är mycket behagligt och enkelt."

"De har inte levt det, därför." Petra duttade på ett dyrt rosa läppglans och drog borsten en sista gång genom håret. Hon hade satt på sig en enkel vit klänning som gick väldigt väl till hennes solbrända hud. Hon var fullt medveten om att hon såg makalös ut.

James synade henne när hon kom ut i vardagsrummet, han höjde på ett ögonbryn och skakade nästan obemärkt på huvudet.

"Vad?"

"Så du ska stanna över natten?"

"Kanske, om jag inte ångrar mig. Och du behöver inte se så upprörd ut över saken. Du vet att du gillar Eddie."

"Absolut. Bara för det behöver jag inte gilla att han är med min syster."

"Vad är det med dig och pappa på sista tiden? Ni har fått fnatt båda två. Ska jag leva i celibat tills jag dör? Jag trodde ni skulle bli glada över att jag är seriös för en gång skull."

"Jag kan inte svara för pappa, men jag uppskattar om du tänker bli mer seriös."

"Han ringde mig idag – äntligen. Han vill helt plötsligt att jag ska komma hem. Har han helt tappat förståndet?"

"Jaså? Han har inte sagt ett ord till mig. Han har väl dåligt samvete och vill träffa dig."

"Jag tänker inte flyga hela vägen till Sverige för att han har dåligt samvete. Jag sa åt honom att jag kommer efter att Martika har varit här. Och hur kan det komma sig att han styr varje sekund av mitt liv men inte av ditt?"

"För att jag bara gör bra saker, " flinade han retsamt.

"Mm, visst. Eller så är det bara för att du är kille och jag är tjej. Jag hatar det. Ingen har rätt att bestämma över mig bara för att jag är tjej."

"Pappa älskar dig mer än vad han älskar mamma och mig tillsammans. Känn dig hedrad. Sen är det större risk att en tjej råkar illa ut än att kille gör det. *Det* är däremot killarnas fel. Du får leva med det. Jag kommer lägga mig i ditt liv så länge jag lever, och jag kommer inte godkänna att du hänger med vilken förlorare som helst. Där står jag helt på pappas sida."

"Är Eddie en förlorare?" utbrast hon upprört.

"Det sa jag inte. Men han är inte tillräckligt bra för dig."

"James Dahlén, nu har jag pratat klart med dig för kvällen. Vi ses imorgon eller sent ikväll." Petra greppade trotsigt sin svarta Hermésväska och muttrade några otydbara svordomar innan hon spatserade ut i hallen för att sätta på sig svarta sandaler.

"Ring när du vet om du ska hem eller inte. Jag vill veta."

"Ja, pappa."


"Vad fint du har gjort." Petra tog av sig sin tunna beigea jacka och hängde den på en krok i hallen. Hon var till och med nervös fastän hon egentligen inte ville erkänna det för sig själv. Eddies lägenhet var minimalistisk och så mycket singelkille så Petra ville dö. Den var svart och vit – vilket innebar att precis allt var svart och vitt. Petra skrattade när Eddie lämnade den vita soffan med svarta kuddar och gick mot henne. "Hej alla prydnadssaker, var är ni någonstans?"

Han log sitt sneda leende som hon älskade och tog hennes ansikte i sina händer för att placera en kyss på hennes mun. "Vad ska man säga, jag gillar inte onödiga prylar."

Petra tog av sig skorna på sant svenskt manér och lade väskan på hallgolvet. "Du och min bror har en hel del gemensamt. Men jag pajade hans lägenhet när jag flyttade in."

"Du passar ju faktiskt in här helt perfekt." Han tittade menande på hennes vita klänning med svarta detaljer."

"Jag vet, jag kände på mig att allt här skulle vara svart och vitt", sa hon retsamt.

Eddie hade dukat fram två vinglas och en fruktbricka på det vita bordet – inget snacks, inget godis. Hon log för sig själv och gled ner i den bekväma soffan.

Han gick till den svarta köksön som låg precis bredvid vardagsrumsdelen, med ett lika svart kök, och korkade upp en flaska vitt vin.

"Gick din dag bra?" frågade han.

Petra studerade honom, hur de starka händerna vred upp korken, hur magrutorna spändes under det tunna vita t-shirttyget och hur snygg han var i sina ljusa trasiga jeans. Hennes hjärta slog hårt. Hon hade vunnit den högsta vinsten i kill-lotteriet – hur skulle hon kunna åka tillbaka till Sverige nu? "Helt okej."

"Hur ska jag stå ut med att dela dig med alla dessa människor?" log han och hällde upp vin i glasen.

"Jag vet inte ens hur *jag* ska stå ut med alla människor. För många åsikter som delas också."

Han satte sig bredvid henne och slog ihop sitt glas med hennes i en skål. "Jaså? Vill du berätta?"

Hon fäste sina violetta ögon på hans ansikte och han slogs igen av den förintande tanken hur vacker hon var. Hur skulle han någonsin få behålla henne? Petra slöt hastigt ögonen och lät sig förloras i den lugna musiken som spelades i bakgrunden. Ljus var tända lite överallt och lämnade den lilla lägenheten i behaglig belysning. Inga sportprogram här heller.

"Nej. Jag vill att vår kväll ska förbli trevlig." Hon lade sin hand på hans kind och lät den vandra ner för hans hals och stanna på nyckelbenet. "Jag tycker så mycket om dig, Eddie. Jag har verkligen fallit totalt. Inte alls vad jag hade räknat med när jag åkte till Washington."

"Jag med. Jag var förlorad första gången jag träffade dig." Han lade handen över hennes. "Måste du bo i Sverige, Petra? Eller finns det någon möjlighet att du kan göra som din bror och bo här?"

Hon tänkte på samtalet med sin pappa, hur bestämt han hade sagt att hon skulle tillbaka till Sverige. "Det finns alltid lösningar bara man vill, Eddie", försäkrade hon. Hon smuttade på vinet för att sedan ställa ner glaset på bordet. Den syrliga eftersmaken dröjde sig kvar på hennes tunga. Hon tog Eddies glas ur hans hand utan att slita blicken från hans ögon och satte sig gränsle över honom. "Jag trodde aldrig att jag skulle säga något liknande till någon i mitt liv, men kan du älska med mig?"

Eddie log upp mot henne och de sammetsbruna ögonen fick henne att smälta till en pöl i hans famn. Hans starka armar omslöt henne och tryckte henne mot hans hårda kropp. Han luktade så gott. Petra lade huvudet åt sidan med slutna ögon när han kysste hennes hals med varma läppar. Hans händer letade sig nerför det tunna tyget på hennes rygg och fattade tag om hennes höfter som han tryckte neråt mot den hårda delen av honom. Hon flämtade till av njutning och började röra sina höfter rytmiskt mot honom. Hans mun letade sig till hennes och intog den hungrigt med både läppar och tunga. Det tunna tyget mellan hennes ben fördes åt sidan och Eddies fingrar vandrade in i hennes värme där de cirkulerade och fördes in och ut tills hon var galen av begär. Han drog ut fingrarna när hon precis var nära att komma och log när han höll upp vätan framför hennes ögon. Hon slickade på hans fingrar och förde samtidigt handen ner till hans jeans där hon smekte försiktigt på bulan som spände mot det hårda jeanstyget innan hon öppnade knappen och dragkedjan för att släppa ut hans mandom. Innan hon hunnit greppa den fällde han henne i soffan och drog av hennes klänning med en snabb rörelse. Hon iakttog honom hungrigt när han tog av sig jeansen och tröjan, hennes blick vandrade över hans muskulösa överkropp, trimmad efter år av hård träning, och vidare ner till den delen av honom hon längtade mest efter. Hon hade redan anat att han var välutrustad. Hon särade villigt på sina ben och bjöd honom in. Han lekte med toppen av sitt könsorgan i hennes öppning, fick henne att flämta längtansfullt innan han körde in det djupt i henne till ljudet av sina egna och hennes stön. Hon smekte honom över ryggen och ner mot den spända stjärten som rörde sig rytmiskt ner mot henne. Deras varma kroppar gneds mot varandra när de smakade med läpparna på varenda del av den andres kropp.

Petra hade aldrig tidigare kommit så explosivt som hon gjorde den här kvällen – och hade aldrig heller haft sex så många gånger samma kväll.

Den kvällen när hon somnade i Eddies säng, omsluten av hans trygga armar, insåg hon att hon aldrig varit så lycklig tidigare. Detta var första gången i hennes tjugoettåriga liv som hon var kär.

När Martika anlände till Washington på den utlovade semesterveckan befann sig Petra i ett tillstånd av total nyförälskelse. Hon och Eddie var tillsammans alla stunder som de inte befann sig på respektive jobb. Å andra sidan tränade Petra på Eddies jobb, men annars gav de varandra lite andrum åtminstone de timmarna av dagen. Både Jeanne, James och Set retades med henne om hur fel hon haft när hon sagt att hon skulle leva livet i Washington, och Petra kontrade med att de skulle vara glada över att hon inte gjorde det. James var förvisso glad över detta faktum, och han gillade Eddie. Han gillade bara inte Eddie som Petras pojkvän. Han hade hoppats på mer för sin syster — om det nu fanns någon som dög i hans ögon. Eddie såg bra ut, var trevlig och hade tillräckligt med pengar, James kunde bara inte se att det skulle räcka för Petra i längden. Hon skulle ledsna eller så skulle inte Eddie klara av att leva i hennes skugga för all framtid och ledsna istället för henne. Att dela ett liv med Petra innebar en ständig oro för att något bättre skulle dyka upp. De levde i för olika världar. Han oroade sig för hur de själva skulle komma fram till denna slutsats.

Petra drog in Martika i James lägenhet. "Voilà!" Hon höll ut handen mot det välstädade vardagsrummet och log brett mot sin vän.

"Det är perfekt!" skrattade Martika. "Fan, vad kul vi ska ha!" Petra tittade på sin vän som gled in i vardagsrummet och spanade på inredning och övriga rum. Hon var så fräsch och fin; solbränd efter timmar på stranden; klädd i vit kortärmad blus med krås och svarta korta shorts. Hennes korta page inramade hennes ansikte perfekt och de stora rådjursögonen var vackert målade. Som Petra hade saknat sin vän – ge henne vilken situation som helst så var den roligare om Martika var med. "Jag är mycket nyfiken på mannen som har fått dig att falla totalt, och jag vill träffa honom. Men sen har vi en regel för den här veckan och det är att ha roligt, helst utan pojkvänner."

Petra skrattade hjärtligt. "Lätt för dig att säga som lämnade din hemma." Hon gick fram till kylskåpet och tog fram en tillbringare med hemmagjord lemonad. Hon hällde upp den i två glas och räckte det ena till Martika. "Men jag lovar dig att vi ska ha mer roligt än allt annat. Du kommer att gilla både Jeanne och Set. Jeanne har en ganska speciell kille så jag antar att hon inte kommer följa med oss så mycket. Set är en riktig partyprisse och James känner du ju", sa hon retsamt. "Om jag gör", flinade Martika. "Så du är kär? Jag tror inte riktigt att jag var beredd på detta. Hur fan kunde det hända? Jag hoppas för din skull att han är riktigt bra om han ska vara värd att lägga dansskorna på hyllan för."

Hon satte sig i soffan och Petra gled ner bredvid henne. "Jag ska göra mitt bästa för att inte lägga vårt roliga liv på hyllan, men jag är så kär, Martika. Det går inte att beskriva, men Eddie är annorlunda."

"Han bor i Washington, så har du en plan som jag inte känner till?" Hon tittade anklagande på Petra.

"Du vet att jag alltid har velat flytta till USA, och ja, jag har planerat att tillbringa väldigt mycket tid här framöver. Men å andra sidan kan du följa min brors exempel och plugga här du med."

"Om du visste hur less jag är på studier så skulle du aldrig drömma om att föreslå det", stönade Martika. "Sen har jag Steve, och än så länge ser det väldigt lovande ut."

"Det är bara för att min bror har de bästa kompisarna," log Petra och kramade Martikas hand. "Jag är så glad för er skull. Han är nästan värd dig."

Martika skrattade. "Du har faktiskt världens godaste lemonad. Har du gått och blivit huslig?"

"Aldrig. Det är James som har blandat den. Han gillar att ha något gott att dricka när han kommer hem från träningen."

"Berätta hur det har gått med din pappa. Någon lösning på mysteriet än?"

Petra berättade allt för Martika och inte heller hon hade något vettigt svar på vad detta kunde handla om. Tony var förvisso sträng men det var inte likt honom att hålla för sig själv vad Petra hade gjort honom för oförrätt – och det var absolut inte likt honom att skicka sin dotter utomlands frivilligt. "Nåja, det lär väl visa sig tillslut", suckade hon. "Pappa har faktiskt noterat att Tony verkar nervös och fundersam. Det kanske är någon klient han oroar sig över."

"Och du menar då att han blir extra känslig gällande mig mitt i allt?"

"Kanske", suckade hon och ryckte på axlarna.

"Eller så har han bara förlorat mot honom i tennis", retades Petra.

Martika skrattade. "Ja, det också."

Efter att James kommit hem och givit Martika ett mycket hjärtligt välkomnande, tog Petra med sig Martika ut på stan för att njuta av det fina vädret och visa henne de bästa affärerna och matställena. Som hon såg fram emot den här veckan.

Hon och Martika skulle sova i James dubbelsäng och James var förpassad till soffan, han var trots allt van vid det här laget så länge hans syster ockuperade hans sovrum. Han hade klagat högljutt, om än inte allvarligt, på att tjejsaker tagit över hela hans badrum och halva lägenheten; skor i rader; väskor; smink; hårsaker och parfymer. Han hade alltid gillat Martika som en syster och han behandlade henne därefter. Han var nästan lika överbeskyddande mot henne som mot Petra, och hade snabbt varnat Steve när de blivit tillsammans att det var bäst att han behandlade henne väl. Steve var förvisso världens bästa kille så det var inte något omöjligt löfte från hans sida att svära på att behandla henne väl.

Petra såg fram emot att presentera Eddie för Martika. Hon var en av få personer vars åsikt vägde mycket tungt. Om hon godkände Eddie som en bra kille skulle Petra bli än mer säker på sin sak. Denna första kväll skulle de först äta hos familjen Harris, även Jeanne skulle komma, och sen på kvällen skulle de alla gå ut tillsammans, även Eddie.

# Kapitel nio

När Petra och Martika tog taxin till familjen Harris tillsammans med James hade de shoppat alldeles för mycket – enligt en normal människas måttstock. De hade snabbt kastat in grejerna, utan att packa upp dem, i James lägenhet under hans protester och sedan hastigt svidat om för att göra sig redo för middagen och sedan utekvällen. James hade retsamt sagt att detta skulle bli en lång vecka. Både Petra och Martika visste dock att han skulle sakna dem fruktansvärt, främst Petra, när de åkte. Det var dock bra att deras frånvaro erbjöd honom studiero.

Hemma hos familjen Harris luktade det fiskgryta, en mycket god sådan. Claudia hade dukat inne i vardagsrummet där de hade det långa mörkbetsade middagsbordet. Det stod orientaliska lyktor lite varstans och rummet gick i samma stil som resten av huset, färggrant, orientaliskt och bohemiskt.

Både Jeanne och Tyler var där. Claudia gav Martika det hjärtliga mottagande som var typiskt för henne; Dick var mer avvaktande och hälsade vänligt på nykomlingen; Tyler tryckte hennes hand och granskade henne uppifrån och ner, som om han skulle bedöma hur bra sällskap hon var för Jeanne under den här veckan; Jamie ställde miljoner frågor till henne om Sverige och vad hon skulle göra i Washington de här dagarna. Set, som anlände lite senare, visade med blicken hur mycket han uppskattade kusinens kompis. Petra skrattade inombords åt detta – han hade ingen aning om vad han hade att göra med. Både upptagen och självständig.

Det var en mycket trevlig middag och Petra var så nöjd att hennes släkt fick träffa en person hon såg som en familjemedlem. Dick berättade om Petra och James som barn, berättelser som fick hela sällskapet att skratta hjärtligt. Petra noterade att Dick var mycket tveksam när det kom till Tyler men att han ändock skötte situationen proffsigt.

"Så, tjejer, vad ska ni göra den här veckan?" frågade Claudia och tittade på Petra och Martika.

De i sin tur tittade på varandra och svarade nästan i kör: "Festa!" De skrattade och puttade på varandra. James himlade med ögonen och suckade. "Så det jag ska göra hela veckan är med andra ord att vara barnvakt–"

"– tillsammans med mig", avslutade Set och lassade upp mer av fiskgrytan på sin tallrik.

"Jag önskar att jag också varit tillräckligt gammal för att få festa", suckade Jamie. "Det låter hur kul som helst. "

"Din tid kommer", muttrade Dick. "Vi tar några i taget."

"Så, vi ska möta upp Eddie ikväll?" frågade Tyler och fäste sin intensiva blick på Petra.

Petra nickade. "Det är klart. För det första kan jag inte hålla mig ifrån honom och för det andra så måste Martika godkänna honom." Hon log menande mot Martika som suckade. "Petra Dahlén med pojkvän – jag vet inte ens om det här är goda nyheter."

"Det kan ju bli problem med tanke på att du åker hem efter den här veckan", konstaterade Tyler torrt.

Jeanne tittade anklagande på sin pojkvän. "Tyler, det behöver du väl inte påminna henne om heller. Tänk på att hon är nykär. Jag är säker på att de löser det på något vis."

"Ska du åka redan?" avbröt Claudia förfärat. "Jag trodde att du skulle stanna betydligt längre.

"Mm, säg det till min pappa. Han ringde och beordrade mig hem utan någon större förklaring till varför."

"Men jag får sällskap på planet och det tycker jag är fantastiskt. Vi kommer ha superkul", tröstade Martika.

"Det ska vara för din skull då", sa Petra uppenbart missnöjt. "Jag kommer dö utan Eddie."

"Du överlevde alldeles utmärkt utan Eddie för några veckor sedan", sa James irriterat. "Jag har redan sagt till dig att det inte kommer hålla i längden."

"Vad ni är negativa", suckade Jeanne. "Kärlek är underbart. Ge dem en chans."

"Jag håller med James", sa Tyler bestämt.

"Det gör inte jag", sa Set. "Eddie är en suverän kille och jag tycker att de passar väldigt bra ihop."

"Tack, Set och Jeanne, ni kommer för alltid vara mina favoritkusiner. Och vad dig anbelangar, James Dahlén, så har du och jag aldrig haft samma åsikt om mina killar."

Tyler tittade allvarligt på Petra. "Jag tycker att du bör ta det lugnt med killar."

Petra tappade för ett ögonblick talförmågan, förvånad över att Tyler hade så starka åsikter om hennes relationer, men innan hon sagt något fäste Dick sin missnöjda blick på Tyler. "Och jag tycker att alla ska låta Petra bestämma själv vem hon vill träffa."

Claudia lade handen på sin mans arm och log varmt. "Det tycker jag med. Men, Petra, när din pappa väl har fått rå om dig ett tag så måste du komma tillbaka till oss. Du har en familj här med och dessutom din bror."

Petra nickade. "Det lovar jag. Du får gärna övertyga min plötsligt överbeskyddande pappa om detta."

Claudia skrattade varmt. "Jag ska försöka. Jag har inte pratat med honom på flera veckor så det är ändå dags."

Petra höll på att sätta maten i halsen. "Vad sa du?"

Claudia tittade förvånat på henne. "Vad menar du? Att jag inte har pratat med Tony på veckor?"

"Men, det var väl du som berättade för honom om mig och Eddie?"

"Nej. Som sagt, jag har inte pratat med honom."

Petra synade förvånat sin faster. Hennes pappa hade klart och tydligt deklarerat att han fått all information från sin syster. Varför skulle han ljuga om det? Det gick en obehaglig rysning genom hennes kropp.

"Hur blev det här så viktigt helt plötsligt?" frågade James trött. "Det var ett jävla tjat om den där Eddie."

Det är klart att Martika gillade Eddie – han kunde charma vem som helst och Petra var så nöjd. James, som trots allt tyckte om Eddie, var riktigt trevlig hela kvällen och Tyler nöjde sig med att bara blänga på honom mellan varven. Jeanne, Martika och Petra dansade så de knappt kunde röra sig dagen efter. Petra följde till hälften motvilligt med Martika hem till James. Hon ville så gärna sova hemma hos Eddie, de hade bara den här veckan innan de skildes åt på obestämd tid – å andra sidan hade hon saknat Martika också och hon avskydde tjejer som dumpade sina vänner för en kille. När de stod utanför taxin den kvällen för att skiljas åt kramade Petra honom hårt, hon älskade hans närhet, hans starka kropp, hans värme, hur han höll om henne med sina starka armar, hur hans läppar kändes mot hennes – allt. Senare när hon och Martika bäddade sängen i James sovrum tittade hon allvarligt på Petra. "Du vet att du har fallit totalt för den där killen – och jag kan konstatera att han är underbar. Vilken snygg och snäll kille. Han är inte vad jag väntade mig."

De hade suttit i vardagsrummet med James ett tag tills han körde ut dem efter att ha ledsnat på deras fnittrande och vinpimplande. Martika hade snabbt ringt till Steve för att säga att allt var bra och att hon saknade honom.

"Vad menar du med att han inte är vad du väntade dig?" Petra satte armarna i kors med höjda ögonbryn.

”Han är för snäll”, retades Martika.

”Är inte det bra?”

”Inte för honom.” skrattade hon. ”Nej, skämt åsido så var det bara inte killen jag hade sett framför mig att du skulle vilja stadga dig med. Jag undrar hur han ska klara utmaningen Petra Dahlén när hon blir uttråkad.”

Petra himlade med ögonen och kröp ner i sängen. ”Jag kommer inte bli uttråkad – tror jag. Och du får roa mig på vägen. Det är inte direkt så att jag tänker bli hemmafru. Jag behöver fortfarande gå ut och ha roligt. *Utan* pojkvän.”

”På det sättet är jag ändock ganska glad över att Eddie bor i USA och du i Sverige. Då kan vi åtminstone ha kul när du är hemma. Du kommer vara för rastlös för något annat.” hon tittade med ett flin på Petra.

”Jag är nog också ganska glad över det.”

Veckan med Martika, och även Petras sista vecka i Washington, gick otroligt fort. Jeanne, hon och Martika var en radartrio hela veckan. Eddie tillbringade så mycket tid med dem han kunde och fick. Både Petra och Martika tränade på gymmet flera gånger under veckan och passade på att äta lunch med honom. Martika älskade Eddie och sa till Petra att han egentligen var en ”Steve-kille”, med andra ord en sådan som hon väntade sig att hitta någon annan än Petra med.

När veckan var slut hade de varit på varje klubb i Washington som räknades och hade även förvärvat VIP-kort till samtliga. James, Set och Eddie var också veckans trio, dock inte en lika frivillig sådan. James stod fortfarande för att Eddie var toppen så länge han inte var med hans syster. Set, som själv bara tillhörde medelklass, förstod inte hur detta kunde vara så viktigt för James – det förstod Petra men i det här fallet valde hon dock att bortse från det.

Den sista kvällen gick Martika och Petra ut själva. De hade under dagen varit på en farvälturné och kramats med både familjen Harris, Tyler och Eddie. Eddie och Petra hade knappt fått en stund själva på hela veckan – men hon hade lovat Eddie att komma tillbaka så fort hon bara kunde, och då skulle hon sova hos honom istället för hos James. James hade nästan gnisslat tänder när han fått höra detta.

Petra och Martika gick kvällen till ära till en dyrare klubb där enbart de som stod på listan kom in – och de som stod på listan hade pengar. De kände sig praktiskt taget som på hemmaplan när de gjorde entré i sina utmanande klänningar och perfekt mejkade ansikten. Det här var två kvinnor som visste sitt värde och denna kväll var de ute för att visa det och dessutom glömma att de hade pojkvänner hemma.

Direkt efter att personalen tagit deras ytterkläder vändes männens blickar mot dem, precis som gamar vid ett dött byte. Petra log brett och lade sitt glänsande hår över den ena bara axeln. Varför hade hon pojkvän nu igen? – det här var livet och hon var drottning över det. Hennes långa slanka ben var oemotståndliga i den vita korta klänningen och de silverfärgade klackade skorna. Hon hade ett långt halsband som i en förförisk rad sökte sig ner genom klyftan mellan hennes bröst och säkerställde att inte en enda man kunde missa hennes välformade tillgångar. Martika matchade henne perfekt med det korta mörkbruna håret i en spikrak frisyr som ramade in hennes vackra ansikte och en beige glittrig klänning som smet åt om hennes vältränade kropp.

"Nu snackar vi", sa Martika och gled med blicken över den lyxiga inredningen. Det var inte några fattiglappar som rörde sig i dessa lokaler och både personal, musik och inredning matchade det välbärgade klientelet.

Två offer var snabbt framme och prisade deras skönhet – Petra viftade nonchalant bort dem med en juvelprydd hand. "Spar era komplimanger till någon som är intresserad av att höra."

Klubben var modernt inredd i ljusa färger med diskreta färgklickar och stilrent möblemang. Det luktade fräscht överallt, en mix av dyra parfymer och anläggningens ventilationssystem. Vita blommor, klubbens signum, var utplacerade i tunga svarta vaser lite varstans. En stor vit bar med blå belysning hängandes från taket var centrum av klubben tillsammans med scenen där ett välrenommerat liveband spelade.

De slog sig strategiskt ner vid ett bord för två, allt för att undvika oönskat sällskap. Om de skulle umgås med någon skulle det vara enligt deras eget tycke, inte för att någon framfusig tog chansen att glida in i deras sfär. De beställde in drinkar direkt och pratade förtroligt om människorna kring dem.

"Jag känner att party-Petra börjar vakna till liv igen", log Petra och slog ihop sitt glas med Martikas.

"Det hade hon gärna fått göra i början av den här veckan", klandrade Martika. "Jag trodde att du hade blivit pensionär. Ta gärna med dig party-Petra till Stockholm också, för jag behöver henne. Om du tror att jag och Steve sitter hemma som två fån, som du och Eddie tydligen har gjort de senast veckorna, så tror du fel."

"Ursäkta, men du och Steve har träffats lite längre än jag och Eddie. I början av förhållanden är man fånig, sådant är livet. Jag är på god väg att ta mig ur den fånigheten."

Petra berättade även för Martika om att Tony hade sagt att han fått kännedom om Eddie från Claudia och att det nu visat sig vara en lögn. "Martika, jag har aldrig ertappat min pappa att ljuga för mig. Det är något som inte stämmer och mamma verkar inte heller veta något. Om det vore James som sagt något hade han såklart erkänt det, han skäms inte för att skvallra på mig."

"Hela saken med att du blev skickad med kort varsel till Washington är konstig."

"Jag gillar inte när relationer förändras. Jag måste ta ett ordentligt snack med pappa när jag kommer hem och även försöka övertyga honom att låta mig åka tillbaka hit så fort som möjligt. Mamma har redan bokat upp mig på massa middagar med modefolk."

"Du slipper i alla fall sitta och lyssna när dina studiekompisar tävlar om vem som har mest fotriktiga skor och det mest miljövänliga och feministiska tankesättet. Jag lovar att nutidens feminister måste vara de tråkigaste jag har träffat. Det kan inte ha varit avsikten med feminismen att kvinnan ska sluta framhäva sina bästa tillgångar och de attribut som kan lura vem som helst."

"Skål för det!" log Petra. Samma sekund hon satte ner glaset färdades en rysning nerför hennes rygg – hon kände sig iakttagen. Hon behövde bara vrida på huvudet en aning för att inse varför. Längre bort i det folkrika rummet satt fyra män nedslagna i en soffgrupp. Samtliga var kostymklädda. De såg ut att vara italienare eller spanjorer, och en av dem tittade rakt på henne. Han satt bakåtlutad med handen sluten kring ett vinglas och hans hårda ansikte avslöjade inte något av vad han kände när han tittade på henne – inte en min, inte ett leende, ingenting. Han var uppenbart välbyggd och hade svart bakåtkammat hår som gjorde sig förträffligt mot hans olivfärgade hud. Men hans blick, den letade sig in i henne på det obehagligaste sätt, kallt värderande. Hon skruvade oroligt på sig i stolen och tvingade sig själv att slita blicken från honom. Innan hon gjorde det noterade hon att männen bredvid honom också tittade på henne – bara på henne. De utbytte några ord med varandra och specifikt till mannen som mött Petras blick. Han sade ingenting till dem men nickade sakta när de talade till honom. Petra kunde inte andas, tänk om de var farliga? Hon tvingade sig själv att prata med Martika istället, men hade svårt att koncentrera sig på något annat än den krypande känslan i huden och hjärtat som slog hårt i hennes bröst. Det fanns något bekant med mannen men hon kunde inte komma på vad.

Människor kom och gick till bordet där mannen satt, det var uppenbart att de alla blev behandlade med den största respekt, både av personalen och nattklubbens besökare. Det fanns inget bord på stället som serveringspersonalen underhöll mer. Det var ett otaligt springande fram och tillbaka för att fråga om allt var till belåtenhet och om de önskade sig något mer. Petra noterade att samtlig personal såg mycket nervös ut.

"Vilka obehagliga människor", viskade Martika efter ett tag. Hon lutade sig fram mot Petra och tittade oroligt på henne. "Männen där borta stirrar på dig hela tiden. Vad vill de?"

"Så du har också noterat det?" Petras röst darrade. "Jag är rädd. Om de ville lägga in en stöt hade de bara kommit fram. Det här stirrandet driver mig till vansinne. Tänk om de vill skada oss?"

"Eller dig", retades Martika. "Det är bara dig de tittar på."

"Tack, nu känns allt så mycket bättre."

"Vi ignorerar dem så kanske de glömmer oss. Har du för övrigt noterat att inte en enda person har kommit fram till vårt bord? Är inte det lite konstigt? Jag menar, har vi någonsin varit ute en kväll utan att en enda man har uppmärksammat oss? – ja förutom psykopaterna där borta vill säga."

"Jag vet!" klagade Petra och såg sig omkring. "Ser det ut som om vi är smittade av något eller?" Hon vinkade till sig en kypare och beställde två drinkar. När han ställde ner dem var han uppenbart nervös; hans händer darrade och blicken flackade. "Hur kan det komma sig att folk cirkulerar kring alla bord utom vårt? Är människorna här rädda för oss?"

Kyparen nickade oroligt och kastade en snabb blick mot bordet med de kostymklädda männen, innan han hastigt försvann igen utan att erbjuda någon ytterligare service.

"Okej?", sa Martika med höjda ögonbryn. "Det där var intressant."

"Det är något som inte stämmer, Martika. Jag har en dålig känsla. Vi går."

Martika reste sig utan invändningar med sin lilla handväska i handen. När Petra lämnade bordet noterade hon att männen i kostymer hade gått – hon drog ett djupt andetag och försökte skaka av sig den obehagliga olustkänslan.

"Jag måste på toaletten. Hämta ut jackorna så vi kommer härifrån snabbare", föreslog Martika och försvann innan Petra hann opponera sig. "Vi möts utanför!"

Vilken urusel kväll. Förvisso trevligt att hänga med Martika, men det var första gången i hennes liv hon varit ute utan att få någon uppmärksamhet, och hon var beroende av uppmärksamhet då hon så starkt varit omgiven av den sedan födseln. Stod det klart och tydligt "upptagen" i hennes panna eller var det något annat hon hade missat? Vad hade kyparen menat?

Innan hon hunnit fram till jackorna tornade en man upp sig framför henne och hindrade hennes framfart – han var en av de kostymklädda männen och hade ett väderbitet och hårt ansikte som inte röjde en min när han tittade ner på henne – Petra flämtade förfärat till. Hon tänkte precis knuffa undan honom när en stark hand fattade tag om hennes handled och snodde henne runt. Det var han, mannen som hade stirrat på henne, synat henne, skrämt henne – och han hade det mest manliga och skrämmande ansikte hon någonsin hade sett – så snygg men garanterat farlig. Det bakåtkammade svarta håret glänste tjockt och de isgrå ögonen studerade henne noggrant. Alla varningsklockor ringde och rådde henne att snabbt gå därifrån.

Förskräckt insåg hon varför han såg bekant ut.

Han var den skrämmande mannen hon hade sett i hallen i Dahlénhuset, som kände hennes pappa.

"Petra Dahlén", hans röst var hård och kall, den gick genom varje lager i hennes kropp och fick den att frysa till is.

"Petra, kom!" Martika tog tag i Petras andra arm innan någon av männen runt henne hann reagera, hon slet Petra med sig och de sprang snabbt ut från nattklubben och hoppade in i närmsta taxi. Jackorna var kvar i garderoben.

# Kapitel tio

”Jag saknar dig med, Eddie – och jag jobbar på saken, så fort jag har mindre jobb kommer jag tillbaka till Washington igen.” Petra lade på luren och slängde sig ner i soffan med en suck. *Mindre jobb*, vilken lögn. Hennes mamma och pappa ville helt enkelt inte att hon skulle åka till Washington, främst inte sedan de fått veta vem hennes pojkvän var. Så fort hon klivit innanför dörrarna till Dahlénhuset hade hennes mamma stormat in på hennes rum fullt utrustad med sina svindyra kläder och smycken. Hon hade satt armarna i kors och tittat upprört på sin dotter. ”Vem i helvete är Eddie Warlock?”

”Min pojkvän”, hade Petra snabbt kontrat vilket hade lett till en strid ström av föraktfulla ord från hennes mammas sida. ”Om du tror att jag tänker tillåta att min dotter är tillsammans med en fattiglapp så tror du helt fel!”

”Han är inte en fattiglapp, mamma. Han äger ett gym och har tillräckligt med pengar för att klara sig alldeles utmärkt.”

Hennes mamma hade börjat vanka av och an i hennes rum, som alltid när hon var nära bristningsgränsen, och det vackra ansiktet förvreds i ilska som matchade hennes meningar. ”Han äger ett gym”, härmade hon hånfullt. ”Men då så, då kan jag bortse från att min dotter, som skulle kunna äga tusen gym, träffar honom. Det finns inte en risk, Petra, att jag kommer tillåta det här förhållandet. Ni är inte för varandra. Du ska träffa någon från din egen klass som inte behöver skrapa ihop pengar i slutet av månaden för att klara sig.”

”Mamma, det här är bara elakt. Eddie behöver inte skrapa några pengar alls. Han är jättefin och ordningsam. Jag vet att ni skulle gilla honom om ni bara träffade honom.”

Katrin tittade föraktfullt på sin dotter och skrattade kallt. "Vi kommer inte att träffa honom för ni kommer inte att ha ett förhållande. Och han kommer aldrig vara välkommen hit. Om han sätter sin fot här kommer jag informera honom om alla anledningar till att ni inte kan träffas."

"Ingenting säger att jag måste träffa en kille med lika mycket pengar som jag. Det är väl lycka som är det viktigaste?"

"Lycka?" fnös Katrin. "Du kan inte bli lycklig med en fattiglapp. Problemet är bara att du inte känner dig själv tillräckligt bra för att inse det. Du är född i lyx, Petra, och tar den för given. Du vet inte själv hur mycket din livsstil kostar. Du är van att resa jorden runt efter ditt behag och köpa vilka kläder och saker du än önskar. Det har aldrig funnits några begränsningar. Tänker du nu bosätta dig i en torftig lägenhet i Washington med en gymägare och skaffa tre fattiga ungar?"

"Vi har precis börjat träffas, det är inte som om vi har planerat giftermål än."

"Både din bror och far dömer ut det här förhållandet, Petra. Mitt råd är att du lyssnar på din familj och lämnar den här Eddie."

Självklart hade Petras pappa lagt sig i diskussionen och presenterat exakt samma åsikter som Katrin. Petra som sällan ansträngde sig för att göra sina föräldrar nöjda meddelade bara att hon hade all avsikt att åka tillbaka till Washington och förenas med Eddie igen. James gjorde ingenting för att hjälpa henne och uppgav bara att han inte skulle göra något för att få Eddie att känna sig välkommen i familjen. Petra svor ilsket över sin elitistiska familj, även om hon själv var medveten om att hon var exakt likadan. Hon såg till att roa sig så mycket som möjligt med sina vänner istället och spenderade en hel del tid på *Katrin D*. Robert och

Andreas – och ytterligare ett flertal – var inte förtjusta över att finna henne uppbunden med en okänd pojkvän. Detta hindrade förvisso inte Petra från att ha sex med båda dem under sin vistelse i Sverige. Det inte Eddie kände till skadades han inte av. Hon älskade trots allt både män och sex – och män älskade henne, hon kunde inte ändra sig helt bara för att en man råkade vänta på henne på andra sidan jordklotet.

"Känner du till att James dejtar en kvinna?" frågade Katrin en kväll när de satt nedslagna i salongen med ett varsitt glas alldeles för dyr champagne. Behaglig musik strömmade ur det avancerade ljudsystemet och Petra och hennes pappa hade precis avslutat ett evighetslångt parti med schack.

"Jo, Teresia heter hon tydligen", muttrade Petra till svar. "Hon kommer från Florida och har varit gift tidigare, har ganska bra med pengar och en son på ett år."

"Han verkar ha fallit dit ordentligt", sa Tony fundersamt. "Jag gillar dock inte att hon redan har barn. Det är inte vad jag har önskat vår son."

Petra himlade med ögonen. "Ni verkar inte ha tur med vad ni har önskat era barn", retades hon.

"Nåja, hon verkar vara en trevlig tjej och jag har givit dem en öppen inbjudan hem till oss", sa Katrin bestämt.

Petra bara gapade och ställde ner sitt glas med en smäll. "Det har du minsann gjort? Så du kan bjuda hem James tjej trots att hon inte lever upp till er standard, men inte min kille?"

"I alla tider har det varit känsligare med döttrar än med söner, lev med det", svarade Tony barskt innan Katrin hann säga något. Katrin tittade tacksamt på sin man. "Vi nöjer oss inte med mindre än en mångmiljonär för dig, Petra, slutdiskuterat."

"Apropå miljonärer… Pappa, vem var mannen i kostym som jag såg i hallen strax innan jag åkte till Washington?" Hon hade tänkt att fråga det så många gånger tidigare men hade glömt bort det varje gång. Det hade nu blivit än viktigare efter händelsen i Washington. Petra hade skakat som ett asplöv den kvällen när Martika och hon hoppat in i taxin. Hon hade aldrig tidigare i sitt liv varit så rädd. Hela kvällen på nattklubben hade varit konstig, hon hade instinktivt känt att något var fel; hur folk betedde sig runt dem; hur männen i kostym hade stirrat på dem och hur den mest skrämmande av dem hade gripit tag i henne. Hon var säker på att hon hade blivit kidnappad om inte Martika hade kommit och räddat henne. Vem var han?

"Mannen i kostym? Skojar du med mig, Petra? Vet du hur många män i kostym jag känner och hur många av dem som kommer hit på affärsbesök?"

"Den här gången var det annorlunda och jag såg honom från trappen. Du sa inte till mig att jag skulle komma ner och hälsa vilket jag tyckte var konstigt."

Tony tystnade och tittade allvarligt på sin dotter. "Jag minns inte", svarade han kort.

Hon trodde honom inte. Hon kände sin pappa och han hade inte glömt, hon såg det på honom. Av någon anledning tyckte han att hon inte skulle känna till vem den mannen var och det skrämde henne.

"Var det mannen du frågade mig om, Petra?" frågade Katrin fundersamt. "Varför är han så intressant?"

"Jag såg honom på en nattklubb i Washington", svarade Petra, fortfarande med blicken fäst på sin pappa.

Tony rätade obekvämt på sig. Den här mannen påverkade uppenbarligen hennes pappa också. "Pratade du med honom?"

"Nej, men han kom fram till mig. Martika räddade mig dock."

"Räddade? Vadå behövde du bli räddad?" utbrast Katrin förvånat.

"Jag fick den känslan i alla fall. Han är en ganska skrämmande man."

Tony drack tankfullt ur sitt glas. "Det finns många farliga män, Petra, vissa kommer man inte undan även om man springer."

"Herregud, talar vi i gåtor nu?" skrattade Katrin.

Dagen efter vid frukosten tittade Tony kryptiskt på sin dotter. "Petra jag har ett uppdrag till dig."

Petra stod i kylskåpsdörren, hennes mamma sprang av och an och gjorde sig redo för jobbet. Tjänstefolket hade dukat fram frukost, och det luktade himmelskt med nybakat bröd och kaffe, men Petra ville ha avokado på sina mackor. "Varför har vi ingen avokado? Det har vi alltid haft tidigare."

Katrin kom in i köket med sin kaffekopp i högsta hugg. "Har vi inte? Det måste vi ha glömt. Louisa! Åk och handla avokado till Petra."

"När hon kommer med avokadon har jag ätit frukost för länge sedan", suckade Petra. Var, var ens Louisa? – så typiskt hennes mamma att ge direktiv till anställda som inte ens var i samma rum.

"Men då har du till imorgon."

Petra gled ner på en av stolarna vid köksön och började bre smör på en hård macka. Tony räckte henne juice och Katrin hällde upp vaniljyoghurt åt henne i en skål. "Så, vad pratade vi om för uppdrag?"

Hennes pappa rörde tankfullt om i sitt kaffe, Petra fattade inte varför då han aldrig hade något att blanda omkring – han drack det svart. Han såg bekymrad ut men verkade någonstans i sitt rörande fatta ett beslut. "Jag har ett jobb som jag vill att du utför i Washington åt mig. Du vill ju ändå åka dit."

"Driver du med mig?"

"Tony, nu gör du det igen! Var inte vi överens om att Petra skulle stanna här och inte åka tillbaka till den där fattiglappen i Washington?" Katrins ögon blixtrade av missnöje.

"Älskling, lita på mig gällande detta. Jag behöver Petra för ett arbete och har inte ändrat åsikt om Eddie Warlock. James är där och kan styra upp situationen."

Petra tittade från sin pappa till sin mamma. "Jag börjar känna mig som en leksak här", muttrade hon missnöjt. "Nummer ett, jag hade åkt till Washington ändå tillslut. Nummer två, jag träffar Eddie om jag vill och jag saknar honom jättemycket. Ni kan diskutera sönder min framtid, men den är min."

"Nummer ett, du är beroende av oss för att få en bra framtid, tänk på det. Nummer två, Eddie Warlock är inte för dig, vi har större planer för din framtid. Nummer tre, du åker dit för att utföra ett jobb åt mig, inte för att dejta." Tony tittade bestämt på sin dotter och det var sällan hon sa emot honom när han var på det humöret.

Katrin lade armarna i kors och synade sin man och dotter. "Vad innebär det här? Hur lång tid ska Petra stanna i Washington innan vi lyckas bryta henne loss från Eddie igen?"

"Hallå, diskutera inte mitt förhållande så känslokallt!" utropade Petra upprört. Hon bredde våldsamt en macka till och knaprade demonstrativt på den.

"Det visar sig", sa Tony lugnt och studerade Petra. "Och Eddie skulle jag inte bekymra mig för om jag vore du, Katrin."

"Okej, det här är nästan ännu skummare än förra gången."

Louisa sprang in med avokados i högsta hugg och Petra tog tacksamt emot dem. "Så vad är det jag ska göra?"

"Det är bäst för dig, Tony Dahlén, att du upplyser mig sedan om vad som försiggår", sa Katrin innan hon lämnade köket för att gå till jobbet. "Kom till mig sen, Petra. Jag vill att du godkänner dina modellbilder innan de går till tryck!"

"Jag vill att du personligen överlämnar det här kuvertet till en man i Washington, det är mycket viktigt." Tony trollade fram ett tjockt, brunt, vadderat kuvert och lät det glida över till Petra.

Petra tittade ner på kuvertet som om det vore pestsmittat. Det stod tydligt, i röd text, *CONFIDENTIAL* på baksidan, sen inget mer. "Har du hört talas om Internet?" frågade hon avmätt.

Tony log lätt. "Det här är inte sådant man skickar över internet."

"Kurirpost?"

"Det är precis vad jag gör. Du är min kurir, älskling."

"Håller du på med något skumt eller olagligt?" Petra lyfte kuvertet i ett hörn och snurrade det runt.

"Inte mer än andra advokater."

"När började du ha klienter i USA?"

"Det har jag haft länge. Jag arbetar med många utländska klienter. Det är bara du som inte har intresserat dig tillräckligt för mitt jobb. De stora pengarna tjänar man i USA."

"Såklart", sa Petra avmätt. "Det här känns i alla fall skumt. Du skickar väl inte ut mig på något som jag kan bli arresterad för?"

Tony synade henne noga och sa inte något på några sekunder. "Nej, men jag skickar dig för att möta en mycket speciell man som kan vara skrämmande."

"Jag tycker att du är skrämmande", flinade Petra.

"Jag tror att han är lite mer skrämmande än så."

"När ska jag träffa honom?"

"I övermorgon på kvällen i amerikansk tid."

Petra lutade sig bakåt med armarna i kors och höjda ögonbryn. "Så du menar att du ännu en gång ger mig exakt en eftermiddag att förbereda min resa – tack så mycket, pappa. Vad finns i kuvertet?"

Tony pekade menande på den röda stämpeln med *CONFIDENTIAL.*

"Man kan ju tycka att jag borde få veta vad jag levererar över landsgränserna. Det är så här oskyldiga människor hamnar i fängelse i Thailand för knarkbrott."

Tony skrattade och lade handen på Petras. "Du vet att jag aldrig skulle göra något jag inte tror är rätt för dig – att jag aldrig skulle göra något för att skada dig?"

Hon synade sin fars allvarliga ansikte och fick tillbaka känslan att han undanhöll något viktigt för henne. "Ja, pappa, det är klart jag vet."

"Bra. Jag kommer sakna dig. Men du kommer nog hem snart igen."

"Ingen tidsgräns den här gången?" log Petra.

"Nej, inte den här gången."

"Så vad heter han, mannen jag ska möta? Det kan ju vara bra att veta."

Hon kände sin pappa utan och innan så hon missade inte att han betedde sig underligt när de pratade om den här mannen. Han tog till och med ett djupt andetag innan han svarade. "Marc Discenza."

"Discenza. Snyggt namn. Italienare eller?"

"Stämmer."

"Rik?"

"Ofantligt."

"Bra, då ska jag se till att han får bjuda mig på något riktigt dyrt för att få papperna", flinade hon.

Tony studerade sin vackra dotter – kvinnan alla män ville ha. Det högg till i hans hjärta, för han hade precis sålt henne till Djävulen.

# Kapitel elva

Petra kastade sig på honom innan hon ens var inne i hallen; hon kysste honom tills hon inte fick luft och kramade honom så hårt hon kunde. Eddie lyfte upp henne så hon gränslade honom samtidigt som han föste in hennes väskor med foten och sedan stängde dörren om dem. De kastade kläderna på vägen in i hans sovrum och släppte knappt varandras läppar medan de klädde av sig. Han tog henne hårt och länge – lät sin mandom borra sig så djupt in i henne den kunde komma. Petra strök med händerna över hans muskulösa hårda kropp och tryckte höfterna mot hans för att möta de hårda stötarna. De var svettiga och utmattade innan de ens utbytte sina första ord. Petra slöt ögonen och njöt av ögonblicket liggandes på Eddies arm i hans säng. Sängen var så skön och han luktade så gott. "Hur har du haft det?" viskade hon och vände sig på mage så hon låg till hälften över honom. Hon följde konturerna av hans mun med sina fingrar och lät sina läppar följa. Hon hade aldrig i sitt liv saknat en kille så här, hade aldrig någonsin återvänt till samma kille för att ha ett förhållande. Eddie var speciell och det skrämde henne.

"Jag har saknat dig, annars har allt varit som vanligt", sa han mjukt och tryckte sina läppar mot hennes hår. "Sophie har tjatat om dig, hon gillar tydligen vårt förhållande. Eller så gillar hon bara att du är hennes biljett till Set och James", log han.

"Så du kunde inte se till att de träffades?" skrattade Petra.

"Nej, James vill inte låta mig få dig. Han har sagt att han gillar mig, men inte som din pojkvän."

"Jag bara älskar att ha en ärlig bror", suckade hon och lade kinden mot hans varma överkropp.

Eddie strök henne sakta över ryggen med sina underbara händer – Petra ryste under hans beröring.

"Varför vill han inte att vi ska träffas?"

Det var knappast så att hon ville berätta sanningen för Eddie om hur hennes familj resonerade om hans tillgångar och deras framtidsutsikter, det var bara elakt – och dessutom ändrade det ingenting. "För att han inte godkänner någon jag träffar. Han vill att jag ska vara singel tills jag gifter mig." Det var åtminstone en del av sanningen.

Eddie suckade men svarade inte. För varje sekund han spenderade med Petra, med vetskapen om hur ovanligt vacker hon var, intelligent och dessutom från en fin familj, så blev insikten större och större att det bara var en tidsfråga – han skulle aldrig få behålla henne. Men han hade för avsikt att njuta av varje sekund som hon var hans trots att det såg mörkare ut ju mer han lärde sig om hennes liv.


"Du är så skyldig mig att berätta allt om dig och den där Teresia! Vad menar du med att bara åka till Florida och ta första bästa tjej att bli tillsammans med? Och samtidigt underkänner du min pojkvän!"

James och Petra satt nedslagna på en uteservering i närheten av James lägenhet för att äta lunch. Petra hade avhandlat alla ämnen från deras vänners liv till de senaste tygproverna på *Katrin D*, och statusen på hennes och Eddies förhållande. Set och James hade levt livet sedan Petra åkt och Jeanne hängde mest med Tyler när hon inte arbetade. "Hon är inte första bästa tjej, jag har känt Teresia i över ett år, genom Internet vill säga."

Petra himlade med ögonen och rörde om med gaffeln i sin sallad i jakt på tonfisk. Varför i helvete hade de inte mer tonfisk i tonfisksallad för?

"Hon kommer från Florida, var gift med ett krimmo som misshandlade henne och behandlade henne som skit innan han lämnade henne, och deras nyfödda son, och drog för nästan två år sedan. Hon jobbar som marknadsansvarig på ett hotell i Florida och har skött sitt liv ganska bra med tanke på omständigheterna." James tittade noggrant på sin syster i väntan på en reaktion, han var väl medveten om att han inte låg bra till på grund av sin reaktion på hennes förhållande med Eddie – han hade dock inte för avsikt att ändra åsikt.

"Så du ska bli extrafarsa helt plötsligt?" Petra tittade förvånat på James. "Från festprisse till pappa. Jag vet inte vad jag tycker om det här. Menar du allvar med henne?"

"Vi har träffats tre gånger, Petra. Det är inte som om jag tänkte fria till henne. Colin är supersöt och fortfarande formbar."

"Skit i ungen. Kommer jag tycka om henne?"

"Det tror jag."

"Du är rik, James, och väljer att satsa på en ensamstående mamma som jobbar som marknadsförare."

"Du är rik och väljer att satsa på en föräldralös gymägare."

De tittade på varandra under tystnad och började sedan skratta. "Okej, vi väntar och ser vad som händer", suckade Petra. "Jag vet att du aldrig kommer acceptera Eddie och att mamma och pappa aldrig kommer acceptera honom – antagligen inte resten av vår släkt heller – men jag kommer njuta av vårt förhållande så länge jag kan. Jag är ung och har hela livet framför mig. Jag tänkte inte stadga mig nu i alla fall."

"Skål för det", log James och slog ihop sitt glas med Petras.

"Jag har ingen aning om vad jag ska sätta på mig!" Petra rotade omkring i sin resväska och kastade dyra kläder hit och dit. Eddie såg hur plagg efter plagg hamnade på golvet, sängen och fåtöljen.

"Kanske är dags att du hänger in dina kläder i garderoben", föreslog han med ett leende. Han blev varm inombords bara av tanken på att ha Petras kläder bredvid sina. "Och spelar det egentligen någon roll vad du har för kläder? Du ska bara lämna ett kuvert."

"Till en ofantligt rik man som gör affärer med min pappa, Eddie. Det spelar definitivt roll vad jag har för kläder – du anar inte hur stor."

Tyvärr gjorde han inte det vilket var en av anledningarna till att han alltid skulle vara rädd att förlora henne. De kom från helt olika världar. Petra kunde utan problem röra sig i hans värld och bli accepterad, men han kunde inte röra sig i hennes. Han hade inte haft någon möjlighet att lära sig alla sociala koder i hennes kretsar och det störde honom.

"Måste du verkligen äta middag med honom?"

Hon reste sig upp med ett leende och en utmanande silverklänning i handen. "Är du svartsjuk, älskling?" retades hon och placerade en puss på hans mun.

"Det är klart som fan jag är svartsjuk! Vet du hur snygg du är? Att släppa ut dig är som att lägga en godispåse framför ett gäng ungar."

"Men jag är bara *din* godispåse, älskling."

"Jag är rädd för att omvärlden inte kommer se det på det viset."

Han studerade Petra när hon gjorde sig iordning; när hon drog på sig tunna strumpbyxor som formade sig perfekt kring hennes välsvarvade ben och satte på sig den åtsittande silverklänningen och plattade håret tills det lade sig som en glänsande mantel på ryggen. Hon målade de stora ögonen och de fylliga läpparna och valde diamantsmycken som han aldrig skulle ha råd att köpa åt henne. Men hon var hans, det borde vara det enda viktiga. Det var honom hon kom till på nätterna när det var dags att sova, det var honom hon hade sex med och det var han som fick hennes kärlek och pussar.

Petra klev ur taxin utanför en av de absolut exklusivaste restaurangerna i Washington. Hon hade aldrig varit där själv men kände den till ryktet. Det var ett ställe dit de absolut rikaste gick och det fanns inte något som hette impulsivt besök eller ringa-och-beställa-bord-för-samma-kväll – eller samma vecka eller månad. Gästlistan var meterlång och bord bokades minst en månad i förväg – såvida man inte hade väldigt mycket pengar att lägga på ingenting så man kunde köpa en av platserna som egentligen inte fanns.

En röd matta ledde fram till ingången och två stora järnlyktor stod på vardera sida om gulddörrarna och lyste inbjudande. Petra gick självsäkert längs mattan fram till dörrvakterna som vaktade ingången likt ett fängelse. Det var fortfarande skönt ute så hon fryste inte det minsta, det luktade lätt av avgaser och kryddor från närliggande gatukök, en påminnelse om stadens puls och frihet. Dörrvakterna log uppskattande mot henne och öppnade dörrarna. Direkt innanför dörrarna på ett vitt marmorgolv stod podiet med hovmästaren – den viktigaste mannen på hela stället, guden själv som bestämde vilka som fick komma in och inte. Han trummade pennan i sin läderbundna liggare och studerade de människor som kom och gick. Hans blick fastnade på Petra, han granskade henne uppifrån och ner, synligt belåten med vad han såg. Det här var inte en hovmästare i gästens tjänst utan en person som gästen behövde stå på god fot med för att över huvud taget komma in. Petra fastnade för ett ögonblick vid hans mörka hår som var omsorgsfullt lagt på det lilla huvudet, lika perfekt som hela stället.

"Har damen bokat bord?" undrade han med ett stramt leende.

"Bokningen är inte i mitt namn", log Petra, "men mitt sällskap har bokat. Marc Discenza heter han."

Hovmästaren blinkade en gång och synade hennes vackra ansikte. "Marc Discenza säger du?"

Hon nickade och noterade att en viss nervositet hade smugit sig in i hans röst. En till som reagerade på namnet Marc Discenza. Borde hon vara orolig?

"Är du miss Dahlén?" Orden rullade över hans tunga på ett sätt som skvallrade om att amerikanska inte var hans modersmål.

Petra nickade. Nu började *hon* känna sig nervös.

"Du är väntad. En anställd kommer följa dig till ditt bord. Mr Discenza kommer snart." Han bockade av hennes namn från sin gräddfärgade liggare och gjorde en gest att hon skulle vänta på sidan för att få hjälp. En brunhårig servitris iklädd vit blus och svart pennkjol var snabbt framme vid dem, hon tog Petras vita päls och trollade snabbt bort den till en annan anställd som bar bort den till garderoben. Hovmästaren gav henne snabbt instruktioner om vart de skulle gå och fröken Brunt Hår log varmt mot Petra och presenterade sig som Bridget.

"Mrs Dahlén, säg bara till om det är något mer jag kan göra för dig ikväll", sa hovmästaren inställsamt. "Vill du att vi förvarar kuvertet åt dig medan du är här?" tillade han med en blick riktad mot Petras hand.

"Nej, tack, jag behöver det." Petra följde efter Bridget med det tjocka kuvertet i handen. Som hon skulle vilja veta vad som dolde sig i det. Hon hade den skummaste känslan om hela det här mötet men intalade sig att hon bara var fånig.

Hon följde Bridget mellan de många borden och var fullständigt fascinerad av det hon såg. Stället var makalöst inrett med antika möbler – antagligen värda en förmögenhet – och stora femarmade golvkandelabrar, över en meter höga, ståendes mellan borden. Dessa var så många att skenet från dess blockljus var den enda belysningen förutom en jättelik mäktig kristallkrona som hängde högt ovanför dem från mitten av det välvda taket. Petra kunde inte låta bli att hänfört titta upp på den medan hon gick. De tusentals fasetterna kastade sin spegelbild på de välklädda gästerna sittandes utspridda i hela lokalen och på de dyra konstverk som prydde väggarna. Mattan Petra gick på var blodröd och förvånansvärt mjuk under hennes klackade skor. Levande magi skapades från en flygel i rummets bortre del – stället var verkligen fantastiskt. Gästerna vände sig och tittade förundrat på henne, betagna av hennes skönhet och den silverfärgade klänningen som gnistrade i skenet från de många ljusen.

Bridget stannade vid ett vackert gediget bord i valnöt med fyra tunga stolar, och gjorde en gest att Petra kunde sätta sig ner.

"Mr Discenza har beställt in ett mycket gott vitt vin till dig medan du väntar. Han kommer alldeles strax."

En kypare var snabbt på plats dragandes en serveringsvagn i guld med en flaska liggande i en ishink. Han öppnade flaskan med van hand och hällde upp en skvätt för Petra att smaka på. Petra godkände vinet och lyssnade sedan på den vackra musiken medan hon väntade på den mystiske mr Discenza. Hon fingrade på kuvertet som låg på bordet och flyttade det till sidan av platsen mittemot hennes. Hon var nervös, hade ingen aning om vad hon skulle förvänta sig av den här middagen. Hon roade sig med att studera gästerna runtomkring för att fördriva tiden. Doften av himmelska kryddor fick det att vattnas i munnen på henne. Som hon såg fram emot att titta på menyn.

Nästa sekund slutade hon andas.

Han kom gående mot henne iklädd en svart kostym. Han rörde sig som om han ägde hela världen *och* människorna i den, och det fanns inte några tvivel om saken – det var *han*.

# Kapitel tolv

Petra satte sig käpprakt upp och kände hur andan stockade sig i halsen. Den första tanken var att hon ville fly därifrån, men det hade tett sig fullständigt vansinnigt att fly från en man som knappt yttrat mer än två stavelser till henne.

"Mr Discenza, jag ser att du har hittat till ditt bord. Varsågod och sitt", kvittrade Bridget nervöst och gjorde en gest mot bordet. Marc Discenza hade sina silvergrå ögon obevekligt fästa vid Petra och han viftade bort Bridget som försvann på mindre än en sekund.

"Vi möts igen, miss Dahlén" Hans mörka röst med italiensk brytning skar genom hennes kropp. Hennes hud knottrades och inte ett ljud kom över hennes läppar.

Hon var lämnad ensam med den enda man som någonsin skrämt henne; hon kunde fortfarande känna hans starka hand sluta sig runt hennes handled, känna varenda känsla som gått genom hennes kropp när han synat henne.

Hon iakttog honom spänt när han satte sig ner mittemot henne – helt förundrad över att detta verkligen hände. Även förundrad över att han utan att säga mer än några ord lyckades påverka henne på detta sätt. Hjärtat slog hårt i bröstet, händerna blev fuktiga och varenda liten nerv i hennes kropp vibrerade. Hon tittade osäkert på honom medan han lutade sig tillbaka och mötte hennes blick med de mest genomborrande ögon Petra skådat. *Hon* var den som brukade syna människor – och fläktade med sina ögonfransar för att få minsta vilja igenom. Nu fann hon sig istället vika undan med blicken och titta ner på sina händer som vilade hårt sammanflätade i knäet. Han var helt tyst och när hon väl tittade upp igen insåg hon att han, lika kallt värderande som sist, vandrade med blicken över varenda millimeter av hennes uppenbarelse. Människorna omkring dem hade blivit en suddig massa och ett mycket kvävt sorl som knappt nådde hennes öron. När han stannade med sin kalla blick på hennes ansikte anade hon en glimt av åtrå i den som fick hennes hjärta att hoppa över några slag innan det fortsatte i sin galopperande takt.

Hade det gått sekunder eller minuter? – Petra visste inte. Marc Discenzas blick brände spår i hennes skinn som fick henne att vilja kasta sig därifrån. Hon hade aldrig blivit studerad på det här sättet tidigare. Han förde tankfullt ihop sina fingertoppar under hakan medan han noterade varenda liten rörelse hon gjorde. Hon tvingade sig själv att möta hans blick, förundrad över hur oförskämt manligt hans ansikte var – manligt med en sådan attraktionskraft att hennes kropp skälvde där hon satt. Den här mannen var *så* dåliga nyheter. Tystnaden gjorde henne nervös – Marc Discenza däremot verkade inte ha några som helst problem med den.

"Jag har kuvertet från min pappa där." Herregud, hon hade aldrig haft en så svag och osäker röst i sitt liv. Hon ville slå sig själv i ett försök att frammana den riktiga Petra Dahlén – den självsäkra kvinnan som lade världen för sina fötter. Just nu hade Marc Discenza henne vid sina.

Han nickade med ett lätt leende och kastade en snabb blick på kuvertet som låg bredvid honom som en öde ö redo att erövras. Han rörde det inte utan vände blicken tillbaka till henne. Hans nötbruna hy utgjorde en makalös kontrast mot de grå ögonen och det svarta håret. De kraftiga käkbenen förstörde hans i övrigt bildsköna ansikte och gav, tillsammans med munnen, honom ett hårt drag. Men *så* snygg.

Petra skruvade obekvämt på sig. Hur gammal kunde han vara? – mycket äldre än hon i alla fall. "Jag kanske skulle gå nu", tillade hon med ett lätt leende. "Jag har uppfyllt löftet till min pappa."

"Vad vill du ha att dricka till maten? Vill du fortsätta med vitt vin?" frågade han med djup röst och satte i en handvändning stopp för hennes flyktplan. Han studerade hennes ansikte när han frågade med en blick som verkade rota fram varenda liten lögn hon berättat i sitt liv. Petra var tvungen att titta bort.

"Bara vatten tack."

Han log plötsligt och Petra försvann för ett ögonblick in i hans ögon. "Vi ska äta middag, miss Dahlén, vatten utgör inte någon bra middagsdryck.

"Vissa skulle påstå att den är utmärkt."

"Jag är inte *vissa*", sa han långsamt.

Hon tog ett djupt andetag. Det här var en man som antagligen aldrig behövde ändra tonläge för att få sin vilja igenom. Hans självsäkerhet skrämde livet ur henne och alla varningsklockor ringde högljutt i hennes huvud. *Gå därifrån. Han är dåliga nyheter.*

"Jag behöver ingen middag, tack", sa hon försiktigt, sin kurrande mage till trots.

"Jag kan inte påminna mig om att jag har frågat." Han höjde sin hand och en servitör som inte varit synlig tidigare var snabbt framme vid deras bord. Han flackade med blicken från Marc till Petra och tillbaka igen. "Mr Discenza?"

"Ta in maten, tack." Kyparen nickade och var snabbt försvunnen.

Petra visste inte om hon skulle skratta eller gråta. Hon hade aldrig blivit behandlad på det här viset förut och av någon anledning lät hon honom hållas. Hon vågade inte säga emot. Vid det här laget var hennes fingrar så hårt sammanflätade i hennes knä att de smärtade och tankarna löpte amok i hennes huvud. Han påverkade henne på det sjukaste sätt. Det var något med hela hans person och auran som omgav honom. Han hade förmågan att fylla ett helt rum utan att vare sig röra sig eller säga något och ändock tog syret slut för samtliga i det. Vad hade hennes pappa för samröre med den här skrämmande mannen?

"Du ser nervös ut, Petra Dahlén. Är du det?"

"Du skrämmer mig", sa hon ärligt. Plötsligt brände tårarna bakom ögonlocken och hon tittade ner för att dölja dem.

"Jag skrämmer många."

Hon mötte hans genomborrande blick och hade inga som helst problem att tro honom.

"Har du alltid gjort sådär?" Han tittade menande på hennes hårt sammanflätade händer.

Petra lösgjorde dem genast och lade dem fejkat avslappnade i knäet. Hon kunde höra blodet trumma i öronen, hela hennes kropp kändes konstig.

Servitören kom som en räddande ängel och serverade dem mat. Det var en exklusiv fiskgryta som luktade himmelskt. Hon hoppades innerligt att hon skulle klara av att svälja maten med sin nervöst hopsnörda hals.

Han hällde graciöst upp mat till dem i djupa tallrikar och serverade dem det kalla vita vinet från ishinken, innan han ljudlöst försvann.

Det kändes som om de var de enda två i hela världen fångade under en glaskupol med för lite syre, och Petra tittade ängsligt runt sig som för att försäkra sig om att det fanns några andra levande varelser där.

"Den här grytan är fantastisk. Smaka." Hans djupa röst vibrerade i hennes kropp och överraskade med att blixtra till i hennes mellangärde.

Hon tog upp den kalla gaffeln med en ostadig hand och skar en liten bit av den vita fisken som låg vackert tillagad i en rödaktig tjock sås. Doften från grytan letade sig in i hennes näsa och förförde hennes luktsinne. Hon förde gaffeln till sin mun hela tiden övervakad av isgrå ögon.

"Den är mycket god", konfirmerade hon. Tack och lov att det var fisk som slank ner relativt lätt i hennes torra hals. Hon lyfte vinglaset och lät den kalla drycken fukta hennes strupe. Vinet passade självfallet fantastiskt med fiskgrytan.

"Är du lycklig, Petra, med ditt liv och ditt förhållande?"

Petra tittade överraskat upp på honom och lade ner besticken i tallriken. "Ursäkta?"

"Jag är säker på att du hörde vad jag sa", sa han lugnt.

Hon tittade med dunkande hjärta på hans attraktiva hårda ansikte och insåg att det inte bara var hans sätt som skrämde henne, utan även hans förödande manlighet som fick det att dunka i varenda känslig del av henne. Hon kunde omöjligt vara sig själv med honom.

"Vem är du egentligen?"

"Svara på frågan."

"Ja, jag är lycklig", viskade hon.

"Du fingrar på servetten." Han kastade en blick på hennes ena hand. "Är du så rädd för mig?" Han lutade sig en aning framåt med ett smått roat ansiktsuttryck.

"Jag förstår inte vad jag gör här."

"Det gör inget, det får du vara", svarade han som svar på sin egen fråga.

Hon slet sin blick från hans och fortsatte mekaniskt att äta. Hon insåg att det inte fanns någon som helst logisk förklaring till den här middagen med Marc Discenza. Hon hade kunnat leverera brevet till honom på hans företag eller var som helst. Varför en middag?

"Vad vill du mig egentligen, mr Discenza?"

Han tog långsamt en klunk ur sitt vinglas och satte sedan ner det på bordet igen, hela tiden med blicken fäst på henne. Han lyfte därefter sin tygservett med samma hand och torkade sig tankfullt om munnen. Petras hjärta slog så högt att det borde höras över den vackra musiken. Han lutade sig framåt och förde sin hand till hennes haka. Hans ansikte var närmare nu och de grå ögonen letade sig in i hennes violetta. De varma fingrarna brände mot hennes hud och känslan var så intim att hennes kropp värkte av en överraskande åtrå.

"Det har jag inte bestämt än." Han lutade sig tillbaka i stolen och tittade begrundande på henne.

"Vad får dig att tro att det ligger hos dig att bestämma det?"

"För att jag alltid får min vilja igenom"

"Var det du eller min pappa som ville att jag skulle komma hit ikväll?"

"Jag."

"Så det är ingen slump att jag sitter med dig här ikväll?"

Han skrattade ett tyst roat skratt och tittade på henne en aning förvånat. "Du kommer upptäcka, Petra, att jag inte lämnar något åt slumpen."

Hon tittade på honom oförmögen att säga något vettigt. Hon kände sig som ett djur som gått i en fälla. Hur kunde världen fortsätta som vanligt runtom när hon satt mittemot den här livsfarlige mannen på en middag hon inte förstod anledningen till?

"Någon gång kommer att vara den första du inte får din vilja igenom." Hon försökte att titta rakt på honom, men det var svårt. Enbart hans blick kunde ha räckt som förhörsmetod i en brottsutredning.

"Kanske – men den här kommer inte att bli det." Han gjorde en gest att hon skulle fortsätta att äta.

Miljoner tankar rörde sig i Petras huvud medan hon försökte att äta den ljuvliga måltiden. Det var omöjligt att njuta av den med Marc Discenza sittande mittemot studerandes varenda liten rörelse hon gjorde. Vad ville den här mannen henne? – och varför var han så tyst? Ett lättsamt samtal hade gjort susen just nu, även om inte Marc Discenza verkade vara typen för kallprat.

"Jag borde verkligen inte sitta här och äta middag med dig, mr Discenza. Jag har en pojkvän som kommer undra vad som tar sådan tid." Hon tittade bedjande på honom.

Marc skrattade det där låga hotfulla skrattet igen, ett skratt som påminde Petra om alla gangsterfilmer hon sett där någon stackare alltid blev dödad i samband med det skrattet.

"Du vet inte mycket om livet, Petra Dahlén. Men du är en väldigt vacker kvinna – och intressant."

"Intressant? Vad vet du om det?" Hon hade oavkortat pratat mindre med honom än hon gjort med vilken annan person som helst under samma tidsrymd.

"Jag vet långt mer om dig än vad du är medveten om." Han lutade sig tyst bakåt och inväntade hennes reaktion.

Hennes värld snurrade. Under hennes 21-åriga liv hade inte någon överraskat henne som den här mannen. Det kändes som om hon var med i en film. Hon sköt sin tallrik åt sidan för att visa att hon inte tänkte äta något mer.

"Jag vet inte något om dig, förutom att alla är rädda för dig och att du är stenrik."

"Det kommer du veta i sinom tid."

Hon förlorade förmågan att röra sig när han lyfte sin ena hand och lät de varma fingrarna glida längs hennes käkben i en fjäderlätt rörelse och sedan upp över hennes läppar. Hans tumme strök hennes fylliga underläpp samtidigt som hans kalla ögon letade sig in i hennes.

Hennes kropp var i uppror av alla motstridiga känslor; nervositet, rädsla, förvirring, kraftig attraktion, sexuell spänning, ilska, förnedring. Den här mannen var inte bra för henne, eller för någon annan, och hon längtade desperat hem till Eddies trygga famn. Hur kunde hennes pappa göra det här mot henne? Vad var meningen med allt det här?

"Du och jag, miss Dahlén, kommer att umgås väldigt mycket från och med nu."

Hon reste sig hastigt upp och tog sin lilla väska i handen. "Jag har stannat tillräckligt länge, mr Discenza. Jag går nu. Det var trevligt att träffas. Du har fått kuvertet, jag har gjort mitt. Tack för maten."

Marc Discenza reste sig ur stolen med ett leende som fick hennes hjärta att slå några extra slag. För mycket man för att det skulle vara bra för henne.

Hennes hjärta stannade ännu en gång när han ställde sig framför henne ett huvud högre och nästan dubbelt så bred. Han tittade ner på henne med sina kalla ögon och drog henne mot sin hårda kropp med en hand i hennes svank. Den brände mot hennes bara hud och hans ansikte var så nära hennes att hans läppar nästan snuddade vid hennes när han pratade.

"Vi ses snart igen, miss Dahlén", sa han mörkt.

"Det tror jag inte, mr Discenza", svarade hon med kvävd röst och tvingade sig själv att titta in i hans ögon. Han log så att små fina linjer bildades kring den kolsvarta ögonfransraden.

"Jag kan försäkra dig." Han släppte henne så hastigt att hon vacklade till och lät sina läppar snudda hennes ena hand innan han gjorde en elegant gest att hon kunde gå.

Petra skyndade därifrån. Det kändes som om han hade tänt eld på hela hennes kropp med sin beröring och det gjorde henne så upprörd. Han var inte ens en bra människa och han behandlade henne som om hon vore hans ägodel. Vem trodde han att han var som kunde ta hennes tid för en helt onödig middag? Om han trodde att hon skulle dansa efter hans pipa så trodde han fel.

Petra tog emot sin jacka av garderobspersonalen och skyndade sig ut i den friska luften utanför. Vilken frihet! Den friska luften gav henne modet tillbaka och hon skakade av sig alla obehagskänslor medan hon styrde sina steg mot Eddies lägenhet och tryggheten.

# Kapitel tretton

"Pappa, vem är han?" Petra befann sig i James lägenhet medan han och Set var och tränade. Hon noterade att det låg en extratandborste på toaletten och att det hängde en rosa morgonrock på en krok i sovrummet. Så han var seriös med den där Teresia? Petra föredrog Party-James.

Sedan hon kommit hem till Eddie dagen innan hade hon inte kunnat tänka på något annat än den underliga middagen med Marc Discenza. Hela grejen kändes så konstig och skrämmande. Först var han hemma hos hennes pappa i Dahlénhuset, sen träffade hon honom på en klubb i Washington där han försökte att prata med henne och sedan skickade hennes pappa henne att träffa *honom* av alla människor för att lämna ett mycket skumt kuvert. Inget av det här var en slump.

Hon hade ringt till Martika och berättat allt, och Martika hade utan minsta tvivel slagit fast att det här var uppgjort. Det kändes mindre bra med tanke på att Petras pappa hade en nyckelroll i det hela. Vad hade han för plan? Vad var Marc Discenza ute efter? Vem var han? Och varför hade han sagt att de skulle träffas en hel del från och med nu? Skulle hon börja jobba för honom? Hade hennes mamma bestämt sig för att ge henne sparken från *Katrin D*? Men varför skulle han då behandla henne som om han ägde henne? – som om han ville ha henne. Eller behandlade han alla anställda sådär?

"Hej, Petra. Jag är på väg till ett möte tillsammans med Robert. Vi sitter i bilen och du är på högtalaren." Det här var hennes pappas sätt att varna henne att säga något dumt. Robert var Martikas pappa, även känd som Tonys andra jobbhälft.

"Hej, Robert. Är allt bra?" Petra lekte med en nyckelring som låg på James soffbord. *I love Florida*, stod skrivet i svarta bokstäver mot en guldbakgrund. Petra himlade med ögonen och kastade den i soffan.

"Allt bra, Petra. Tony är ute i sista sekund som vanligt. Hur har du det där borta?"

"Toppen. Har pappa berättat att jag har träffat en man som jag praktiskt taget bor hos här?" frågade hon en aning trotsigt.

Robert tystnade och Petra hörde tydligt Tonys suck. "Jo, det har han. Han har även berättat hur glad han är för er skull."

Hon skrattade. "Jo, säkert."

"Till saken", avbröt Tony. "Vem?"

"Du vet gott och väl vem jag menar, pappa."

"Marc Discenza?" suckade han.

"Marc Discenza?" hördes Roberts förvånade röst.

"Ja, Petra har ätit middag med honom."

"Va? Wow."

"Minst sagt", muttrade Tony.

"Okej, ni får fortsätta diskutera det där sen. Vem fan är han, pappa? Ännu viktigare, varför i helvete åt jag middag med honom?"

"Var han trevlig mot dig?"

"Trevlig? Vilket intressant ord att använda i det här sammanhanget. Jag vet inte om det ordet kan förknippas med Marc Discenza. Testa *arrogant* och *skrämmande*. Varför skickade du mig att äta middag med honom?"

"För att han ville det – och man säger inte nej till Marc Discenza."

"*Jag* hade kunnat säga nej."

"Nej, det hade du inte. Som jag sa, man säger inte nej till Marc Discenza. Åtminstone inte om man vet vad som är bäst för en."

"Du lurade mig, pappa!"

"Nej, det gjorde jag inte. Kuvertet innehöll viktig information som han efterfrågade."

"Jag har lämnat det och jag tänker inte träffa honom igen."

Tony tystnade.

"Pappa?"

"Petra, han vill träffa dig igen. Jag kan inte göra något åt saken." Hans röst var så ofattbart spänd och Petras kropp svarade på tonfallet. Hon fick en klump i halsen och hjärtat hamrade hårt.

"Om Marc Discenza vill träffa dig igen så kommer han se till att få träffa dig igen."

"Shit", hördes Roberts röst. "Shit, Tony."

"Jag vet", mumlade Tony med kvävd röst.

"Hur fick han ens vetskap om, Petra?"

"När han var hemma hos mig."

"Shit."

"Hallå! Vad är det jag missar? Ni skrämmer mig. Vem är han?" Det kändes som om hon var med i en film eller ett första-april-skämt och tårarna brände bakom ögonlocken. "Pappa, du är skyldig mig en förklaring. Berätta vem han är."

"En stenrik man som inte skyr några medel för att få vad han vill ha. Han vill ha *dig*, Petra. *Min* dotter av alla jävla kvinnor där ute. Jag visste att din skönhet skulle ge oss problem."

"Det här är ett skämt eller hur? Ni driver med mig? Men hallå, vad innebär det här för mig? Fri värld. Jag tänker inte träffa någon mot min vilja."

Robert skrattade torrt medan Tony var tyst. "Petra, om Marc Discenza vill ha något så tar han det. Så enkelt är det. På ena eller andra sättet kommer han att få dig om det är vad han önskar."

"Älskling, håll låg profil. Rör dig ute så lite du kan. Han kanske glömmer dig." Tony hyste själv inte några som helst illusioner om detta men ville inte skrämma sin dotter. Han mötte Roberts anklagande blick och ryckte ursäktande på axlarna. Vad spelade det för roll? Bättre att hon inte anade vad som komma skulle.

"Syrran, när ska du bestämma dig för var du ska ha alla saker? Jag är tvungen att påminna Teresia varje gång att det är dina grejer och inte någon annan bruds." James tittade anklagande på Petras smycken som låg slängda lite här och var i hans vardagsrum. "Hon kommer snart tro att jag bara kör med dåliga ursäkter."

"Då är inte ert förhållande tillräckligt bra", konstaterade Petra med ett retsamt flin och satte på sig sina silverfärgade sandaler. "Hur ofta är hon här egentligen?"

"För ofta", muttrade James. "Det tar bara två timmar att flyga hit."

"Och vem tar hand om ungen när hon hänger med dig?"

"Hennes vän."

"Du vet, att om du lät bli att betala alla dessa flygbiljetter skulle hon inte vara här jämt. Du kommer ledsna."

"Vad ska man säga, jag är kär. Och du, kära syster, är snäll mot henne." James tittade varnande på Petra innan han öppnade ytterdörren.

"Jag ska vara precis lika snäll mot Teresia som du är mot Eddie."

"Fantastiskt."

"Ska du inte ta med den där?" Petra pekade med ett brett leende på telefonen som låg kvar på den svarta köksbänken.

"Du gör mig nervös."

Hon skrattade och följde honom nerför trapporna. Äntligen skulle hon få träffa den mystiska Teresia.

Petra älskade Teresia – och det var så jävla typiskt att hon skulle göra det när hon bestämt sig för att inte göra det. Men hur skulle hon kunna låta bli? Hon var en helt fantastiskt söt och levnadsglad tjej; vacker med olivfärgad hy och bruna ostyriga lockar i axellängd. Hennes ögon var så lyckliga och strålande och placerade i världens sötaste ansikte. Hon var inte vacker, hon var söt som en liten docka. Hon kramade Petra som om de hade känt varandra hela livet och tog över lunchen med sina livshistorier. Det enda hon inte pratade om, noterade Petra, var pappan till hennes barn. Hon visade dock Petra sin son, och det är klart att han var supersöt och hade sin mammas snälla ögon och bruna ostyriga hår. Petra förstod någonstans vad James hade fallit för och även om hon inte hade förlåtit honom för att så benhårt inte godkänna Eddie, kunde hon inte vara otrevlig mot Teresia.

"Petra, du är en helt underbar människa", strålade Teresia och log sådär riktigt hjärtligt så Petra kände sig varm i hela kroppen. Hon tittade förundrat på sin bror som ryckte obemärkt på axlarna.

De satt på ett mysigt café beläget på en bakgård omsluten med lummig grönska och belagd med vita stenplattor. Möblerna hade en antik prägel som Petra älskade även om hon personligen valde mer modern inredning. Det var alltid mycket folk på det här stället; på kvällarna bytte det skepnad och blev istället en nattklubb i

utemiljö som uppskattades bland de unga mer hippa
människorna – som Petra.

"Tack, Teresia", log hon med en värme hon för
omväxling skull kände. "Jag tycker att du verkar vara en
härlig person."

"Och det där är en mycket fin komplimang när det
kommer från min syster", förklarade James med ett
charmigt leende. "Teresia är en fantastisk människa", tillade
han och lade handen kärleksfullt över hennes.

Petra studerade dem och insåg att James skulle få exakt
samma utmaning som hon själv. Det gick inte att bara föra
in en mindre bemedlad människa i deras värld utan att stöta
på en mängd motgångar. Deras föräldrar skulle inte se med
blida ögon på att James träffade en kvinna med mindre
pengar och dessutom ett barn. Om det inte var så att de
bara var extra hårda mot Petra för att hon råkade vara tjej.

När Petra lämnade cafét för att umgås med Jeanne
hemma hos Claudia insåg hon att hon haft jättetrevligt med
Teresia, och James gillade henne på riktigt. Det var ovanligt
för att vara han. Vilken enkel och kärleksfull människa hon
var – en sådan som Petra själv önskade sig vara men inte var
kapabel till. Det fascinerade henne att Teresia hade
förmågan att vara så snäll efter att ha blivit behandlad på
det sätt hon blivit.

Mot denna bakgrund blev inte chocken lika stor när
James tre veckor senare deklarerade att han hoppade av
sina studier för att han skulle flytta till Miami istället där han
köpt hotellet som Teresia jobbade på, och hade för avsikt
att driva det på plats tillsammans med henne.

# Kapitel fjorton

"Av alla impulsiva idéer! För en kvinna som *jobbar* på hotellet", skrek Katrin som om det vore något extra smutsigt att jobba. "Petra, prata vett med din bror, snälla!"

Petra som precis klivit innanför dörren till James lägenhet – eller hon kanske skulle säga *sin* lägenhet – skrattade bara. "Lycka till. Han har redan dragit. Jag är ledsen, mamma, det verkar som om dina barn går sin egen väg." Petra hörde ett antal svordomar uttalas och hörde hur Katrin i desperation gjorde en espresso på sitt kontor. "Om du ändå hade varit vettig och träffat någon passande då, men jag antar att du hänger med den där lilla förloraren fortfarande?"

Hon himlade med ögonen. Klart vi gick över till henne liksom, när James inte var på tråden att fortsätta skälla på. "Det får vara slut med det här nu, Petra. Din far och jag är så less. Ingen mer Eddie Warlock och ingen mer Teresia Gard."

"Mamma, jag är rädd för att det kommer bli svårt att åstadkomma ditt drömscenario just nu. Jag älskar min Eddie och James verkar ha flyttat ihop med Teresia i Miami. Fan, han köpte liksom ett hotell för hennes skull."

"Svär inte. Och Teresia har trots allt mer pengar än vad föremålet för din kärlek har. Vet du hur upprörd din far är över ditt umgänge med Eddie Warlock?"

"Tro mig att jag vet", muttrade Petra trött.

"Jag förväntar mig att du kommer hem snart igen – ensam."

"I sinom tid, mamma, jag lovar. Jag vill tillägga att både Teresia och Eddie är mycket trevliga."

"Hon har barn, Petra. Ett barn. Vad i hela friden ska James med henne till?"

”Okej, nu lever vi inte år 1700. Han är inte den första som blir tillsammans med en kvinna som har barn.”

”Han är definitivt den första i Dahlén-familjen och det räcker för mig. Vad hände med den Petra som ville lägga världen för sina fötter och inte ha ett förhållande?”

Så bytte vi objekt igen. ”Jag trodde inte att du gillade den Petra, mamma. Du ville att jag skulle hitta någon.”

”*Rätt* person ja. Så nu ångrar jag mig.”

Efter att Katrin var färdig med att skälla på Petra gick Petra till sin garderob och letade efter något snyggt att ha på sig. Hon och Jeanne hade lovat Tyler att följa med ut ikväll till något finare ställe. Hans chef skulle tydligen också dit och Jeanne ville inte bli femte hjulet så hon hade övertalat Petra att följa med. ”De kommer säkert bara prata jobb hela kvällen och jag kommer känna mig utanför”, hade hon pipit och givit Petra de snällaste ögon kombinerade med en putande underläpp. Petra hade självfallet givit med sig men hade surnat en aning när Tyler förbjöd Petra att ta med Eddie – dessutom utan en vettig förklaring. Så, vad skulle hon bära för att förföra Tylers kollegor och reta Tyler?

Hon drog fram en gräddvit långklänning i satin med djup urringning i både rygg och barm. Det var en sådan där tunn gnistrande historia som smet åt runt varje kurva och framhävde den lockande klyftan mellan hennes bröst.

Hon satte på sig väl genomtänkta underkläder som skulle skymta bara tillräckligt för att vara tilldragande för åskådarna, sprayade sig själv med en fräsch parfym och satte upp håret i en glänsande åtstramad elegant knut som framhävde hennes höga kindben, stora ögon och fylliga mun. Hon toppade det hela med tunga diamantörhängen, ett matchande diamantarmband och ett halsband som gled ner för att vila mellan hennes bröst. Hon studerade sig själv i spegeln och log nöjt. "Vi får se vad du och dina kollegor säger nu, Tyler."

Eddie gick runt i lägenheten och plockade ihop saker som låg slängda lite här och där, när det knackade på dörren. Han var fortfarande iklädd träningskläder efter att han och Petra tränat tillsammans på gymmet tidigare. Hans underbara arroganta och samtidigt älskvärda flickvän. Varenda gång han plockade upp något som var hennes log han varmt och lade det på de platser där hon förvarade sina saker. Hon hade tagit över halva hans badrum med sina sminksaker och mer än halva hans sovrum med sina kläder – för att inte tala om hallen där hon förvarade typ hundra av sina tusentals skor. Att James hade flyttat till Miami var ungefär det sämsta som hade inträffat i deras förhållande då det lett till att hon helt plötsligt hade en egen lägenhet. Tidigare hade hon sovit hos honom nästan varje natt, nu sov hon i lägenheten åtminstone två gånger i veckan. Å andra sidan slapp han James fördömande blickar nu och det var en bonus. Han gillade inte Petras bror alls sen han insett att James inte ansåg honom vara tillräckligt bra för hans syster. Tack och lov för Set som varit hans nära vän i många år. Han var säker på att Set var glad för hans skull och stod på hans sida.

Han gick ut i hallen och öppnade dörren för att förvånat se tre kostymklädda män där ute. "Ja?" frågade han fortfarande med handen på dörrhandtaget.

En av männen hade stor kroppshydda och ett obehagligt ärr som löpte längs ena kinden och upp över ögat. Han synade Eddie med sin kalla blick innan han tog till orda. "Eddie Warlock?"

"Ja. Vad vill ni?" Han släppte dörrhandtaget och lade armarna i kors.

"Vi skulle vilja byta några ord med dig. Kan vi komma in?"

"Nej–" började han men fann sig bli undanknuffad av de tre männen som trängde sig förbi honom in i lägenheten. Han såg hur de förflyttade sig in i vardagsrummet och stängde dörren för att vaksamt följa efter dem. Vad fan var det som hände här?

Den ärrade mannen satte sig i soffan som om han hade varit i Eddies lägenhet hur många gånger som helst. Hans polare, som var en man i ett mindre format, satte sig bredvid. Den sista, längre mannen, gick sakta med fundersamt ansikte över golvet och tog en av de svarta köksstolarna med sig till vardagsrummet. Han svängde den runt, innan han satte sig på den, så den var vänd mot Eddie som knappt tagit sig hela vägen in i vardagsrummet än.

Mannen satte sig på stolen med ena benet över det andra och armarna i kors medan han studerade Eddie noga från topp till tå. Hans ansikte var förvisso tilldragande men hade ett hårt och grymt drag över sig. Det svarta håret och den lätt bruna huden skvallrade om att han hade sydeuropeiskt ursprung – liksom sina vänner. Han vek av med blicken från Eddie och studerade uppenbart nedvärderande rummet. Hans blick fastnade en stund på Petras kläder som Eddie precis plockat undan från soffan och lagt prydligt på en pall.

"Ska ni berätta vad det här handlar om?"

Mannens ögon fästes återigen på Eddie och kalla kårar vandrade nerför hans rygg. Den här mannen var dåliga nyheter, det kunde han se utan att ha känt honom mer än en minut.

"Jag vill prata om din flickvän."

Det här var ungefär det sista Eddie hade förväntat sig att höra. Gymklagomål möjligtvis men inte något om Petra.

”Min flickvän? Vad fan snackar du om? Vem är du att prata om min flickvän?”

Mannen log nästan obemärkt och Eddie lade märke till att båda männen i soffan log roat.

”Jag vill att du lämnar henne.”

Hur kunde en person säga något sådant som om det vore den normalaste sak? Eddie tittade förundrat på mannen med tusen känslor som löpte amok inom honom. Att han och Petra skulle få problem hade han aldrig betvivlat, men det här scenariot hade han inte föreställt sig. Hade hennes pappa eller bror skickat någon efter honom? – för att skrämma honom.

”Är det här ett jävla skämt?” sa han med en tillgjort behärskad röst medan hans hjärta hamrade i hans bröst.

”Jag vill att du aldrig mer tar kontakt med henne efter att vi har gått härifrån.”

”Vem fan är du?”

Mannen satt kvar i samma ställning – hade knappt rört en min på hela tiden – och tittade bara med sina genomträngande ögon på Eddie.

”Är vi överens?”

Eddie gled med blicken från mannen till de två männen i soffan och försökte greppa den här totalt ogripbara situationen. Var han med i *Dolda kameran*?

”Det är klart som fan att vi inte är överens. Tror ni att ni kan tränga er in i min lägenhet och kräva att jag ska lämna min flickvän? Vilka fan tror ni att ni är? Ni kan inte kräva ett skit av mig. Gå härifrån nu, annars ringer jag polisen.”

Den ärrade mannen var på väg att hotfullt resa sig ur soffan, men en enkel rörelse med handen från mannen på stolen fick honom att sätta sig igen. Eddie visste inte vad som gjorde honom mest rädd, att den ärrade mannen varit på väg att ge sig på honom eller att mannen på stolen med sådan enkelhet tämjde honom.

"Du lever ett fint liv här, mr Warlock. Du driver ett välbesökt gym, du har en vacker syster och äger den här lägenheten. Med tanke på din bakgrund som föräldralös och en uppväxt med, vad ska vi säga, mycket begränsade tillgångar, så måste jag säga att du har kommit en bit på väg. Det vore otroligt tråkigt om du hamnade på ruta ett igen."

Den blick som mötte hans fick vartenda hårstrå på hans kropp att resa sig upp. Benen ville ge vika men han tvingade sig trots detta att hålla sig stadigt på dem. Han kunde inte lämna Petra. Hon var den högsta vinsten i hans liv. Han var nära på besatt av henne.

"Du kommer ingen vart med hot, mr. Jag kommer inte lämna Petra. Hon är min."

Mannen skrattade kort och kastade en blick på sina kompanjoner som log tillbaka.

"Jag tror att du har missuppfattat situationen, mr Warlock. Det finns bara två valmöjligheter här: antingen lämnar du Petra frivilligt eller så gör du det den hårda vägen. Oavsett vilket kommer jag inte låta dig få henne."

"Varför gör du det här?" flämtade Eddie. "Man kommer inte hem till någon och tar dennes flickvän. Det gör man bara inte. Kanske i någon annan kultur, men inte i Amerika. Inte om flickvännen inte *vill* bli tagen. Jag vet att Petra vill vara med mig."

"Man kan se det här som ett lån, mr Warlock. Jag har ovetandes lånat ut Petra till dig och nu håller jag på att rätta till det misstaget. Hon är lovad till mig och har varit det en längre tid nu. Hon hör inte hemma i din värld. Du kan inte ge henne det jag kan ge henne. Jag vill att du packar ihop hennes saker så att vi kan ta dem med oss – jag ser till att de hamnar där de hör hemma."

Tystnaden sänkte sig i rummet medan Eddie tänkte över sina alternativ. Männen i soffan tittade allvarligt på honom liksom mannen på stolen.

"Jag tänker inte ge Petra till er."

"Mitt tålamod börjar ta slut, mr Warlock", sa mannen kallt och reste sig upp. Han gick fram till Eddie och lade handen tungt på hans axel medan han tittade genomträngande på honom. "Två saker kommer hända nu direkt om du inte samarbetar. Mina vänner här bakom har adressen hem till din syster. De kommer att avlägga en visit hos henne, men detta först efter att jag har låtit dem umgås själva med dig i en halvtimme. Efter det kommer du inte ens vara kapabel att varna henne."

Eddie tittade på männen som också rest på sig och nu stod och väntade förväntansfullt på hur detta skulle utvecklas. Han bet hårt ihop sina käkar. Sedan när hade en kvinna kommit att betyda så mycket att han var beredd att offra sin syster? Gudarna vet vad de hade för avsikt att göra med henne. Om han spelade med nu kunde han ta kontakt med Petra senare och ringa polisen för att anmäla detta hot.

"Okej. Jag samlar ihop hennes saker", sa han sammanbitet.

"Mycket vist av dig, mr Warlock", log mannen och gjorde en gest åt honom att börja.

Han lade ner alla hennes saker i resväskor; kläder, smycken, smink, hygienartiklar – allt som varit hans och Petras liv tillsammans. Varenda sak han tog bort lämnade ett smärtsamt tomrum efter sig. När han lade ner hennes sexiga underkläder, med minnet av hur tilldragande hon var med dem på sig, noterade han att mannen stod bakom och tittade. Vreden i mannens ögon kunde ha sänkt värmen i rummet med flera grader, men han sade ingenting.

Mannen med ärret och hans partner som inte yppat ett ord på hela tiden, fattade en varsin resväska, varav en med bara skor, och gick ut i hallen. Den som var uppenbar chef över de andra dröjde sig kvar i vardagsrummet på vägen ut. Han tittade på Eddie uppifrån och ner och log ett leende som var så kallt att Eddie fick rysningar. "Jag råder dig att inte göra något dumt, mr Warlock. Om du tar kontakt med Petra får jag reda på det och jag är beredd att vandra över lik för att hålla er ifrån varandra."

# Kapitel femton

Tyler hade kört fram en svart bil åt Petra som väntade utanför porten när hon med små steg tog sig nerför trappan i den snäva klänningen – den som ville vara fin fick lida pin. Hon mötte några grannar i trappen som log förstående mot henne när hon kämpade sig ner med klänningen en aning uppdragen för att underlätta.

Jeanne satt i baksätet och Tyler hoppade fram till chauffören efter att ha hälsat på Petra och komplimenterat henne för hennes klänning. Han själv såg som vanligt bra ut och var oklanderligt klädd i en granitgrå kostym som gjorde sig bra till hans ljusa hår.

"Mycket trevligt att du ville följa med, Petra", sa han när bilen svängde ut från vägen.

"Tack för att jag blev bjuden."

"Jag är så fruktansvärt nervös", sa Jeanne och lade ena handen på Petras arm. Hon vände sina snälla hjälplösa ögon mot Petra. "Jag har aldrig träffat Tylers kollegor eller hans chef tidigare. Tänk om de inte tycker att jag duger."

Petra tittade på sin söta kusin som hade lockat sitt blonda hår i stora lockar och sotat ögonen svarta. Hennes söta plutmun var målad i ett ljust läppglans och kindbenen framhävdes av highlighter. Att hon ens tvivlade på sitt utseende.

"Jeanne, du är inte klok. Du är hur vacker som helst. De ska känna sig hedrade att de får träffa dig."

"Jag önskar verkligen att jag hade ditt självförtroende, Petra. Mitt liv hade blivit så mycket enklare då."

"Jeanne, slappna av, du är vacker som en dag", sa Tyler bestämt. " Jag ser fram emot att presentera er för mina kollegor."

"Vart ska vi egentligen?" undrade Petra och tittade ut i mörkret utanför där lamporna for förbi som vita och röda streck.

"Till Georgetown. Min chef äger en nattklubb där."

Hon påminde sig om att hon varit i Georgetown tidigare, men inte sedan hon träffat Eddie. Det var en rik stadsdel som låg vid *Potomac river,* väldigt vacker med hus från kolonialtiden och ett av Chicagos mest exklusiva bostadsområden.

Efter att Jeanne berättat det senaste från familjen Harris – till exempel att Claudia och Dick bråkat om Jeannes ihopflytt med Tyler och att Jamie fått högsta betyg på en uppsats – satt Petra och messade sina vänner i Stockholm en stund medan hon då och då stack in något ord för att verka intresserad av Jeannes berättelser.

"Vad är det för tillställning egentligen? Varför äger den rum menar jag?" Petra tittade på Tyler genom backspegeln. Tyler gav henne en outgrundlig blick och Petra förnam en skum känsla av obehag som försvann lika fort som den kommit.

"Vi samlas ibland bara, av rent sociala skäl, när chefen är i stan. Han bor i Chicago och är på besök i Washington för att övervaka sina affärer. Han vill gärna träffa sina anställda när han är på plats."

Hon nickade, måttligt intresserad av Tylers utläggning. Hon ringde Eddie för att säga att hon saknade honom men fick inte något svar, så hon skickade ett sms istället att hon längtade efter att krypa ner i sängen bredvid honom när hon kom hem.

Inget svar. Han kanske var upptagen med något annat, även om det var ganska ovanligt att han inte svarade inom fem minuter. Hon lade ner telefonen i väskan och roade sig med att snurra på sina ringar.

Bilen svängde in framför en vacker byggnad där svartklädda vakter stod posterade utanför den upplysta entrén. Många dyra bilar stod på rad och släppte ut välklädda gäster väl medvetna om sitt värde.

"Jag är så nervös", pep Jeanne och tryckte sin väska mot sig som om den vore hennes livboj. Petra skrattade och tryckte hennes hand innan hon självsäkert satte klackarna mot stenplattorna utanför. "Det här kommer bli toppen", log hon mot sin kusin.

Tyler log brett mot Petra och sträckte ut sin hand mot Jeanne.

Vakterna nickade igenkännande mot Tyler och lät dem passera in i lokalen. Petra insåg att hon ännu inte visste exakt vad Tyler arbetade med – mer än att han umgicks med väldigt välbärgade människor – och frågan var om ens Jeanne fått det klart för sig.

Nattklubben var fantastiskt inredd – supermodern med ett tak som lyste neonblått och ljusa grupper med stilrena möbler; soffor, fåtöljer och bord. Det fanns flertalet spelautomater och diverse spelbord. Det var tydligen en blandning av casino och nattklubb. Ett jazzband spelade längre bort i lokalen med svårighet att överrösta ljudet från nattklubbens besökare och aktiviteten vid de många spelborden.

Petra älskade genast stället. Hon var som gjord för sådan här atmosfär. Tyler hälsade till höger och vänster, uppenbarligen välkänd. Han ledde Petra och Jeanne fram till en av de moderna grupperna som hade chockröda dynor på de vita stolarna. En blå lampa lyste mitt på det kritvita bordet och bidrog till en gemytlig stämning.

"Sätt er här, jag går och fixar drinkar", log Tyler och lämnade dem.

Jeanne satt spikrakt på stolen och tittade ängsligt åt alla håll. Så uppenbart utanför sin comfort-zone.

"Jeanne, du måste lära dig att slappna av", skrattade Petra. "Du är inte ensam här inne om att komma utifrån. Tror du verkligen att alla de här är födda rika? Tyler är dessutom galen i dig så fram med självförtroendet nu. Jag har ännu inte fattat vad han jobbar med. Är han i spelbranschen?"

"Jag fattar inte heller. Han verkar vara någon sorts konsult som blir uppringd till olika uppdrag."

"Fullt normalt verkligen att ni inte har pratat om det", sa Petra med höjda ögonbryn.

Många människor passerade men inte en enda man tog notis om hennes närvaro. Petra förnam samma känsla som på nattklubben med Martika. Det var en konstig känsla – att gå från att ständigt vara i centrum, och vilja vara i centrum, till att inte få någon som helst uppmärksamhet. Hon var fullt medveten om att hon kunde förtrolla de flesta män bara genom att kliva in på ett ställe så det här gjorde henne nästan förnärmad för att det var så avvikande.

Tyler återvände med en servitör i hälarna bärande på en bricka med drinkar, vin och vatten. Han gled ner på stolen bredvid Jeannes och instruerade servitören om var han skulle ställa glasen. Petra tog emot ett glas vitt vin och slog ihop det med Jeannes i en skål.

"Härligt ställe va?" frågade han och tittade främst på Petra i väntan på svar.

"Absolut", svarade hon.

"Vi ska mingla alldeles strax. Det kan vara skönt att sitta först och ta ett glas. Sen ska jag presentera er för alla."

"Jag tar gärna ett glas först", försäkrade Jeanne nervöst.

Petra undrade om hon inbillade sig, eller var Tyler extra skum den här kvällen? Det kunde förvisso vara för att han skulle presentera sin flickvän för sina viktiga affärspartners, men han gjorde henne nervös.

Då och då kom olika personer fram till Tyler för att hälsa. Ingen av dem tilltalade Petra och Jeanne förrän de blivit presenterade, något som fascinerade Petra. Det var en respekt hon inte var van vid i sina kretsar.

Hon slängde längtande blickar mot spelborden. Hon skulle definitivt spela den här kvällen. Hon tog upp sin telefon för att se om hon fått något svar från Eddie och fann till sin stora förvåning att hon inte hade fått det. Var han sur på henne över något? – för att hon var ute ikväll utan honom kanske? Men det hade varit så olikt honom att inte säga något om det innan. Han var inte direkt den tysta typen. Hon skulle precis ringa honom när en kraftigt bygd man kom fram till deras bord; hans ansikte var hårt och skarpt skuret med mörka bottenlösa ögon. Han tittade knappt på Petra och Jeanne utan sträckte fram handen för att hälsa på Tyler. "Mr Snead, trevligt att du kom med så kort varsel. Chefen vill träffa er." Han lät sedan blicken glida över Petra och Jeanne och gjorde en snabb gest att de skulle resa sig upp. Jeanne gjorde genast som hon blev tillsagd, men Petra tittade frågande på Tyler. Vem var den här mannen som trodde att han kunde komma hit och beordra henne att resa sig upp som en beställningsvara?

Tyler skakade nästan obemärkt på huvudet och gjorde tecken åt Petra att resa sig. Tydligen en person i position att ge Tyler order, och även henne och Jeanne.

Tyler tog täten med en arm kring Jeanne och Petra följde dem med en känsla av att vara femte hjulet. Den här kvällen avlöpte inte som hon hade tänkt sig. Därtill lade "Biffen" en hand mot hennes rygg och förde henne framåt. Petra blev så chockad över detta att hon inte fick ett ord över sina läppar – den fräckheten – och innan hon lyckats bilda en vettig mening var hon framme.

De stannade vid ett bord med fyra män och två kvinnor. Kvinnorna tittade märkvärdigt på Petra och Jeanne, utbytandes blickar som mer tydde på deras egen osäkerhet än hotet som hade gjort entré. De var pråligt klädda i utmanande aftonklänningar och bärandes så många smycken att dåtidens kungligheter skulle känna sig fattiga. Tyler klev fram till en av männen som satt med ryggen mot dem och pratade med de övriga.

"Marc Discenza", sa han vördnadsfullt och räckte fram handen för att hälsa på honom. Petra tvärstannade, liksom hennes hjärta, och var precis på väg att vända sig om för att snabbt försvinna därifrån när Biffen lade händerna på hennes axlar och höll henne kvar. Var det här ett skämt? Hon vred sig i hans grepp för att fråga vad i helvete han höll på med och möttes av en varnande huvudskakning. Hon noterade att han hade ett mycket obehagligt ärr tvärs över ena kinden och upp till ögat. Vad var det här för människor?

Jeanne blev presenterad av Tyler som sedan klev åt sidan och gjorde en gest mot Petra med ett retsamt leende.

# Kapitel sexton

Petra bara stirrade på honom då insikten slog ner att han kände Marc Discenza och hade planerat den här kvällen. Det var förklaringen till att Eddie inte hade fått följa med. Tyler *jobbade* för Marc Discenza. Det kändes som om en snara snoddes kring hennes hals och sakta spändes åt. Först hennes pappa – nu Tyler. Vad var det som pågick här?

Hon kunde inte umgås med den här mannen. Det var en omöjlighet. Han var inte bra för henne, han skrämde livet ur henne – det skulle sluta i total katastrof.

Marc Discenza vände sin silvergrå blick mot Petra och höjde på ena ögonbrynet när hon inte rörde sig framåt. Han gjorde en nästan obemärkt gest med ena handen att hon skulle komma till honom. Jeanne synade oroligt Petras reaktion och var precis på väg att säga något när Marc Discenza fäste sin blick på Tyler istället. "Tack, Tyler. Ta nu din vackra flickvän härifrån. Jag ska umgås med miss Dahlén."

Tyler gav Petra en allvarlig blick innan han fattade Jeannes hand för att ta henne därifrån. Petra tittade bedjande på honom men han ignorerade henne.

"Men, vi kan inte bara lämna, Petra", opponerade sig Jeanne och tittade förfärat på Tyler och sen på den väntande Marc Discenza.

"Jeanne, inga diskussioner", varnade Tyler och drog henne med sig därifrån.

Musiken hade med ens blivit till dånande oväsen i Petras huvud och nattklubben snurrade kring henne – varje tärningskast mot spelborden var ett hammarslag och hennes hjärta hotade slå hål på hennes bröst. Hon vägrade stanna så hon vände sig mot Biffen och deklarerade just det.

"Jag har inte något ärende med Marc Discenza och ämnar inte stanna kvar."

Mannen med ärret tittade förundrat på henne och kastade sedan en blick mot männen vid bordet, sen började han skratta åtföljd av de andra. "Du *ämnar* inte stanna säger du? Du är mycket rolig, miss Dahlén." Han fattade tag i hennes arm med ett alldeles för hårt grepp och knuffade henne fram till Marc Discenza. Väl framme vid bordet tryckte han ner henne på en ledig stol bredvid densamme och gav henne en blick som sa att det var bäst att hon stannade på sin plats.

Petra hade aldrig blivit behandlad på det viset i hela sitt liv, och hon agerade totalt tvärtemot hur hon hade trott att hon skulle agera i en sådan situation – hon gjorde absolut ingenting. Efter tecken från Marc Discenza flyttade sällskapet vid bordet snabbt till bordet bredvid.

Han vred sig sedan åt Petras håll och lutade sig bakåt med ett leende. "Petra Dahlén, kvinnan jag har väntat på hela kvällen. Välkommen till min klubb."

Hon tittade chockat på honom och försökte samtidigt att undvika de övriga bordsgästernas granskande blickar. Hon kände sig mycket förnedrad och tänkte inte öppet visa dem vidden av den förnedringen.

"Tack", mumlade hon och tittade in i hans ögon. "Även om jag själv inte hade planerat detta."

Marc log lätt och lät blicken glida över henne. "Jag sa ju att vi skulle träffas igen, Petra Dahlén."

Petra höll hårt i sin handväska och försökte samtidigt lokalisera Jeanne och Tyler.

"De är inte kvar. Tyler har tagit sin flickvän till en trevlig restaurang."

"Men–" Petra tystnade och tittade hjälplöst runt sig. Det fanns inte en enda person hon kände på det här stället –

bara främlingar som arbetade för Marc Discenza, och kunder hos densamme. Under vilka omständigheter som helst hade hon älskat att umgås med en snygg rik man, men det var något med Marc Discenza som fick henne att dra öronen åt sig. Hon kunde omöjligt vara sitt vanliga utmanande jag med honom då det kändes som om hon var en kanin som frivilligt hoppade in i jägarens fälla. Att ge efter för Marc Discenza var detsamma som att offra sitt liv till ett rovdjur.

"Mr Discenza, varför leker du med mig? Vad vill du?"

Han log roat och lät sina varma fingertoppar snudda vid hennes ena örhänge för att sedan fortsätta längs hennes käklinje, allt efterföljt av hans kalla granskande blick. Hon önskade att hon kunde läsa hans tankar då hans hårda ansikte inte avslöjade något.

"Du svarar på min beröring", konstaterade han långsamt. "Du vill inte visa det, men din kropp avslöjar dig; dina rosiga kinder, din andning, dina spända axlar och ditt hjärta – han lade sin hand mot hennes bröst – det slår snabbare och snabbare."

Hans hand kändes som en sten mellan hennes bröst och hennes ögon fylldes av oväntade tårar. Hon tittade bedjande på honom genom dimman. "Snälla, låt mig gå härifrån", mumlade hon.

"Nej."

Hon såg sig omkring igen i hopp om att se någon hon kände. Det fanns ingen.

"Här har du ingen hjälp att hämta, Petra", informerade Marc kort, "vi kan sitta här hela kvällen utan att bli störda."

Hon trodde honom. De övriga höll sig på behagligt avstånd, ibland kastades blickar åt deras håll – kvinnornas var avundsjuka, männens övervakande. Fanns det någon här inne som inte jobbade för Marc Discenza? Vad för värld hade hon så ofrivilligt blivit inkastad i? – så obekant hennes egen där hon hade full kontroll.

Han viftade till sig en kypare som genast trollade fram en flaska rött vin. Petra stirrade på denne när han korkade upp flaskan som såg ut att vara tillräckligt gammal för att kosta tiotusentals kronor. Han fyllde två glas till perfekt nivå och ställde framför dem, sedan försvann han med en kort nervös bugning. Marc tittade allvarligt efter honom innan hans blick återigen vandrade till Petra. Han tittade värderande på henne, som om han letade efter någon hemlighet som gömde sig under hennes hud, och det gav henne rysningar.

Han lyfte sitt glas mot henne i en tyst skål och Petra tvingade sig själv att ta upp sitt och mjukt slå ihop det med hans. Hon hoppades att det inte märktes att hennes hand skakade. Varför sa han inte något? Att sitta vid detta bord, synad av hela omgivningen men främst av Marc Discenza, gjorde henne omåttligt obekväm. Vinet smakade självfallet fantastiskt, strävt med en tydlig eftersmak av fat. Hon kanske borde dricka sig full i avskräckande syfte, se vad Marc Discenza skulle tycka om det. Hon insåg dock att hon aldrig skulle våga göra det. Hon tog upp sin telefon bara för att ha något att göra – inget svar från Eddie. Vad i helvete var fel? Hade det hänt honom något? "Jag måste ringa ett samtal."

Marc skakade på huvudet och tog hennes telefon innan hon hann reagera. Han sträckte ut handen och gav den till den ärrade mannen som helt plötsligt var vid deras bord igen.

"Vad gör du?" flämtade hon ilsket.

"Du får den tillbaka när kvällen är slut."

"Du har ingen som helst rätt–"

Marc tystade henne med en enkel höjning av handen. "Så, vad exakt är det som håller dig kvar i DC nu, Petra? Din bror har flyttat, ditt jobb för din mamma är slut för den här gången. Är det Eddie Warlock?"

Hon bara stirrade på honom med, antagligen, det dummaste ansiktsuttrycket. Hur visste han allt detta? Att höra denna skrämmande man ta Eddies namn i sin mun kändes inte som något annat än ett hot.

"Vad vet du om Eddie?"

"Allt." Han tittade på henne öppet föraktfull. "Tycker du att han är en passande man för dig? Att han är tillräckligt bra för dottern till framgångsrika föräldrar?"

"Det här har du inte med att göra."

Men där han satt så självsäkert tillbakalutad i stolen och tittade på henne med sin dömande blick så fick hon känslan att allt som hände i den här världen hade med den här mannen att göra.

"Du är nervös", konstaterade han lugnt. "Varför? Tror du att jag ska göra dig illa?"

Petra fingrade på sitt glas innan hon tog en klunk till. "Jag har ingen aning om vad du är kapabel till, Marc Discenza. Men den här situationen kan oavkortat få en att ställa sig frågan."

Han tittade på henne med gåtfull blick och nickade sedan kort åt några som passerade bordet. Petra noterade att alla fortsatte att hålla sig på behörigt avstånd förutom när Marc vinkade till sig någon, det var som en osynlig gräns runt deras bord.

"Varför har du fört mig hit? Det finns uppenbarligen en anledning till att jag sitter här med dig. Berätta."

Han tittade utrönande på henne, som om han tänkte över sina alternativ. Den ljuva musik som kom från scenen dränktes i det obehag Petra kände över hela situationen

142

liksom det dyra vinet, som var gudomligt gott, fick en eftersmak av nervositet.

"Jag vill ha dig som min livspartner och mamma till mina barn."

Han kunde lika bra ha sagt att han var från månen. Petra bara stirrade tomt på honom. Den här situationen blev bara mer och mer makaber – här satt en multimiljardär, som dessutom verkade livsfarlig, och gav henne det sjukaste affärsförslag, om man nu kunde kalla det för det. Han insåg väl att det här knappast var något hon skulle gå med på? – även om man, enligt hennes far, inte nekade Marc Discenza något. Hon tittade på hans allvarliga ansikte och funderade hur det skulle vara att ha Marc Discenza som livspartner; hur det skulle vara att dela säng med honom. Vid den tanken rodnade hon, tacksam över det dunkla ljuset i lokalen.

"Livspartner? Är det här ett frieri av något slag?" Var det verkligen det bästa hon kunde komma på att säga efter att ha fått något så absurt kastat i ansiktet? Förvirring klädde henne inte.

"Det kan man kalla det. Som mamma till mina barn kommer du självfallet bli min fru."

"Det här är ett skämt, eller hur?" Hon skrattade nervöst men fann ingen respons i hans allvarliga ansikte. "Brukar man inte bli kär och sen bestämma sig för att gifta sig och skaffa barn?"

"Det beror på vilken del av världen man kommer från, miss Dahlén. Jag skulle påstå att de flesta äktenskap i den här världen är arrangerade. Du är makalöst vacker och även smart, du kommer dessutom från en bra familj. Jag vill ha dig."

Hans ord sände små stötar ner i hennes mellangärde och bilder av dem två sammanslingrade poppade upp i hennes huvud. Ja, han var tilldragande, det var inte hennes fel. "Du vet att det här inte kommer hända", konstaterade Petra kort. Hon tittade allvarligt på Marc när han hällde upp mer vin i hennes glas och sedan i sitt eget.

"Vi får väl se."

"Jag har en pojkvän som jag älskar. Dessutom är det viktigt för mig att älska den jag ska dela mitt liv med, och jag älskar inte dig. För övrigt är jag inte redo att stadga mig – jag är för ung. Uppenbarligen är det kört redan nu."

"Du kommer att älska mig så småningom och du är inte för ung. Vad gäller din pojkvän så kommer ni inte att träffas igen."

Hon tittade förundrat på honom och försökte förstå vad han precis hade sagt. Myror vandrade över hennes hud och musklerna i hennes mage drogs nervöst samman; hennes mun blev torr och andan fastnade i halsen. "Va? Vadå inte träffas igen?"

"Du är med mig nu, Petra."

"Jag tänker inte vara med i de här charaderna. Det här är det sjukaste jag har hört på länge. Och om du har missat det kan jag informera om att det snart är ett nytt millenium – kvinnor väljer själva vilken man de vill dela sitt liv med." Hon tog sin väska redo att resa sig upp när Marc slöt sin starka hand runt hennes handled.

"Vi är inte klara här än." Det var något i sättet han tittade på henne och den varnande undertonen i hans röst som fick henne att sitta kvar. Hon slet sin blick från honom och smuttade nervöst på vinet medan hon tänkte på situationen hon befann sig i. Hon fick lyssna på hans galna idéer och sedan åka hem till Eddie och kolla vad som försiggick. Hon var säker på att Marc Discenza hade något att göra med att Eddie inte svarade när hon ringde. Vad som än hade gått snett skulle hon ställa det till rätta.

”Tyler jobbar för dig, det kan inte vara en slump.”

Marc Discenza log men sa inte något, istället studerade han henne med ögon som hade förmågan att krypa in under hennes hud.

”Vad gör han för dig?”

”Det jag ber om.”

”Jag kommer att åka till Eddie efter att vi är klara här och fråga honom varför han inte svarar i telefonen när jag ringer honom.”

Marc iakttog henne under tystnad – hans blick brände ett spår där den vandrade över hennes kropp och ansikte. Han tittade på henne som om hon vore hans och det gjorde henne omåttligt nervös. Varför var hennes pappa och Robert så rädda för honom? Vad kunde han göra? Och hur kunde världen fortsätta som vanligt runt henne när hon befann sig i den här bisarra situationen? Hur kunde bandet spela med sådan enkelhet och hur kunde klubbens besökare skratta och dricka som om ingenting hade hänt? En av alla bartenders klirrade med glas lite längre bort och en av servitörerna skrattade högljutt med några gäster. Hon fick känslan att Marc Discenza ägde hela världen runt henne – han satt här på sin tron och kunde bestämma vem som skulle leva och vem som skulle dö. Alla människor runtom styrdes av honom; väntade på nästa order. Hon mådde illa.

”Det är ingen idé.” Marcs svar uttalades så lugnt att Petra först inte insåg vad han hade sagt. ”Om du åker till honom kommer jag bara och hämtar dig tillbaka.”

Marken öppnades under hennes fötter och hela världen snurrade. Hon slöt sina ögon och skakade på huvudet som för att placera sin förvirrade hjärna rätt igen. Hon vägrade titta på honom – vägrade ta in något han sa. Det här hände inte ens.

”Titta på mig, Petra”, manade han med lugn röst.

Hon lyfte sakta på huvudet och tittade på honom, hennes ögon var dimmiga av tårar.

"Hur väl känner du min pappa?"

"Ganska väl."

"Hur?"

"Vi har affärer ihop."

"Känner han till dina planer?"

"Mycket väl."

Hon bara stirrade på den självsäkra man hon hade framför sig och försökte att säga något vettigt. Det här var det största trauma hon varit med om i sitt liv. Hon blev förbjuden att träffa sin kille av en främmande man som hade för avsikt att inleda ett kärlekslöst äktenskap med henne, och hennes pappa var med på det hela. Hon såg sig om efter filmkameror men fann inga.

"Och han godkänner det hela?"

"Han har inte något val. Han anser det dock vara en mycket bra idé för att få ordning på dig och få bort dig från din så kallade pojkvän."

Hon mådde så illa så hon inte kunde andas. Hennes pappa försökte uppfostra henne genom att gifta bort henne med en man som kunde kontrollera henne. Hon hade trott att sådant bara inträffade i Mellanöstern.

"Var kuvertet tomt som jag lämnade till dig? Var det bara ett sätt för dig att träffa mig?"'

"Det innehöll all information man möjligtvis skulle kunna få fram om dig från myndigheter i Sverige, inklusive din ekonomiska situation."

"Som min pappa serverade dig?"

Marc nickade bara utan att röra en min och fortsatte studera henne allvarligt.

"Vad för sorts information?"

"All information."

Petra såg framför sig hur hon hade tagit det här brevet hela vägen från Sverige till Washington för att lämna det till sin fiende. Vilken förnedring. Hon blev så upprörd att hon kokade.

"Okej, nu räcker det. Du vet inte vem jag är, du känner inte mig och jag tänker inte ställa upp på några planer som du och min pappa har hittat på. Du skulle för övrigt ångra dig hela livet om du gifte dig med mig. Tror du att jag är en lätt person att leva med så tror du fel."

"Jag vill att du lär dig en sak om mig på en gång, Petra, och det är att jag inte uppskattar när någon höjer rösten åt mig eller trotsar mina order. Jag kommer se till att du lär dig hur du förväntas bete dig. Att gå emot mig gör ont."

"Det här händer inte. Det är för absurt för att jag ska kunna tro på det. Om pappa ville lära mig en läxa så räcker det nu. Ni har visat er poäng."

Marc skrattade ett lent skratt och snurrade vinglaset mellan sina fingrar. "Om det ändå vore så lätt, Petra." Han lutade sig fram en aning och smekte henne över kinden, precis som om han brydde sig på riktigt om vad hon kände.

"Man kan inte ge bort en annan person. Min pappa har inte någon juridisk rätt att ge mig till någon. Jag är min egen person lagligt sett. Er plan kommer inte fungera."

"Lagligt sett är du din egen person fri att göra dina egna val – det kommer dock inte finnas så många val för dig att göra. Jag kommer styra ditt liv i en enda riktning."

"Det här är ju vansinne!" utropade hon med panik i rösten. Hon såg sig om efter en flyktväg men såg bara Marcs män som tittade på henne från olika positioner i lokalen, redo att ta hand om henne åt Marc om hon blev till besvär. Fångad som ett djur i en fälla.

# Kapitel sjutton

"Marc, lyssna på mig. Jag är praktiskt taget sambo med Eddie som jag älskar. Du kan inte bara komma och ta mig som om jag inte har något val." Hur kunde detta vara något annat än en självklarhet för honom?

Han log roat åt hennes utspel. "Petra, jag tror inte att du förstår vidden av det här riktigt."

Hur kunde han prata så lugnt och behärskat när han höll på att rasera hela hennes liv? Hur ond måste man vara för att bete sig som han gjorde?

"Vad menar du?"

"Utan mig har du inte något. Jag och din pappa har skrivit ett kontrakt. Alla dina pengar är hos mig fram tills du är min fru."

"Alla mina pengar?" upprepade hon som en papegoja. Petra hade ett eget konto där pengarna från *Katrin D* kom in. Sen hade hennes pappa ett konto för henne där den största delen av hennes pengar fanns. Dessa pengar hade hon dock inte full kontroll över själv då hennes pappa höll på dem tills hon blev äldre och han ansåg att hon var redo att förvalta dem på ett vettigt sätt. Hon använde dem dock regelbundet då hennes livsstil krävde en hel del pengar. Utan dem kunde hon endast leva ett normalt begränsat liv.

"Har du tagit över pengarna som min pappa förvaltar åt mig?" Det var som om någon annan uttalade de skrämmande orden.

Han nickade till svar och fortsatte att titta på henne med sin genomborrande blick.

"Jag fattar inte." Hon svalde nervöst och tvingade sig själv att studera hans manliga ansikte. "Jag fattar verkligen inte. Hur kunde han göra det? Hur kunde han lita på dig på den nivån att han skriver över alla pengar på dig? Det är en enorm summa."

"För mig är det en mindre summa."

"Du är den mest arroganta människa jag har träffat i hela mitt liv."

Han log bara och kommenterade inte hennes utfall.

"Jag fattar inte vad du egentligen ska vinna på detta."

"Jag trodde att det var uppenbart."

Petra var tvungen att dricka en klunk av sitt vin för att lugna ner sin vibrerande kropp.

"Och du är så säker på att få mig?"

"Utan tvekan."

"Jag fattar inte hur pengarna kommer in i bilden", försökte Petra lugnt resonerandes trots den sjuka situation hon satt i.

"Åh, men det är enkelt. Det gör det möjligt för mig att kontrollera vad du kan göra och inte göra. Om jag styr dina pengar så styr jag dig."

Hans uttalande kylde hela hennes kropp.

"Jag har fortfarande min egen lön."

"Den är inte tillräckligt hög för att finansiera det sätt du är van att leva."

"Jag kan fortfarande gå till mamma och pappa och fråga om pengar, de skulle inte neka mig." Hon tittade trotsigt på Marc Discenza, mån om att han skulle förstå att han inte kunde köra med henne som han trodde och gripandes efter de små halmstrån som fanns kvar framför henne.

"Det framgår tydligt i kontraktet mellan din far och mig att varken han eller din mor får ge dig några pengar."

"Hur är det möjligt att ni har skrivit ett kontrakt om mig? Det är sjukt!"

"Det får du tycka. Det ändrar dock inte det faktum att kontraktet existerar."

Bara tanken att leva med denna man gav Petra rysningar. Hon kunde lika gärna sälja sig själv på en slavmarknad och vara livegen resten av livet. Det fanns inte en risk att hon skulle påbörja någon slags affär med honom.

"Vad händer om pappa bryter mot kontraktet?"

"Då kommer jag ruinera honom." Han sa detta utan att en enda muskel rörde sig i hans ansikte – totalt hämningslöst, och det skrämde Petra mer än allt annat.

"Vad hade hänt om han inte hade skrivit under kontraktet till att börja med?"

"Hans liv hade blivit betydligt svårare."

"Hade du skadat honom?"

"Antagligen."

"Vad är du för sorts man?" flämtade hon förfärat.

Han tittade på henne med samma allvarliga ansiktsuttryck medan han fortsatte att sakta snurra på vinglaset. "En som alltid får sin vilja igenom."

"Hur ska du styra *min* vilja?"

"Ditt liv kommer bli outhärdligt om du väljer någon annan väg än den föreslagna."

"Mr Discenza, det finns så många vackra kvinnor i den här världen. Snälla, hitta någon annan. Jag ber dig. Du är stenrik och ser bra ut. Du kan få vem som helst."

"Jag har träffat tillräckligt med vackra kvinnor. Jag vill ha dig. Jag kommer inte ändra mig."

"Du vet att du inte kan hindra mig från att träffa Eddie och återgå till mitt vanliga liv. Om jag väljer att vara utan pengarna kan du inte göra något."

Marc skrattade ett tyst skratt och tittade sedan förundrat på henne. "Tänk att du är så naiv trots att du har rest runtom i världen och roat dig. Du förstår inte omfattningen av det här, Petra. Jag kommer inte låta någon annan få dig. Antingen är du med mig eller ensam."

Hon knöt händerna hårt i sitt knä och tittade sammanbitet på honom. Hur hade denna människa gjort entré i hennes liv? Hur hade han på så kort tid tagit över utan att hon haft någon aning om vad som försiggick? Hur skulle hon ta sig ur den här situationen? Kunde hon gömma sig någonstans tills han hade glömt henne? Hon kunde åka till James och Teresia och hänga i Miami ett tag. James skulle säkert ge henne pengar. Inte ens hennes pappa, den svikaren, skulle få veta var hon var.

"Du kan inte göra något för att ändra på det här, Petra, så tänk inte sönder situationen. Jag är din framtid. Du kommer få ett mycket bra liv med allt du kan önska dig—"

"Utom frihet."

"Du har bevisat att frihet inte klär dig."

"Va? Vad menar du med det?"

"Du har betett dig som en slampa, hoppat från kille till kille. Jag hade definitivt föredragit att du var oskuld, men det är för sent att göra något åt det nu."

"Är du på riktigt?" Petra drack upp det sista i glaset. "Nu vill jag hem. Låt mig gå."

Han gjorde en gest med ena handen och en ung man var framme vid deras bord. Han tittade nervöst på Marc i väntan på order. "Kör henne hem. Du vet var hon bor."

"Självklart, mr Discenza", svarade han med respektfull röst. Han tittade på Petra som reste sig upp och försökte att dölja hur vacker han tyckte hon var. Marc noterade dock de uppskattande blickarna och höjde på ett ögonbryn som fick mannen att snabbt sänka blicken.

Han reste sig upp, mer än ett huvud högre än henne, och fattade ett lätt tag om hennes överarmar, sådär höll han henne på armlängds avstånd i några sekunder och studerade henne med sina skrämmande ögon. Petra förmådde knappt andas under granskningen och försökte att tänka bort hans starka händer som höll henne kvar. Med en snabb rörelse drog han henne sedan intill sig, formade henne mot sin hårda kropp. Hon andades snabbare och drog in hans rena manliga doft genom näsborrarna, helt obegripligt påverkad av värmen från hans kropp och känslan av de hårda musklerna som pressades mot henne. Han lät sina läppar snudda gropen bakom hennes ena öra och kände hur han drog in doften av henne. Den varma utandningen fick upphetsade rysningar att färdas genom hennes kropp. Varenda del av henne reagerade på hans råa manlighet.

"Missta dig inte, jag kommer ta dig och jag kommer göra det hårt", sa han lågt i hennes öra.

Petra flämtade till och tvingade sig bakåt och ur hans grepp. Marc hade känt hennes gensvar och triumfen lyste ur hans ögon när han tittade på henne.

Han vände blicken mot chauffören som stod tyst bredvid dem.

"Scott, se till att hon kommer hem ordentligt", han kastade en snabb värderande blick på Petra, "och se till att hon stannar där." Han räckte Scott hennes telefon.

Scott nickade och gjorde en gest åt Petra att gå före honom. Petra andades djupt och samlade den värdighet som låg i spillror vid hennes fötter.

"Sov gott, Petra Dahlén. Vi ses mycket snart."

Hon bet ilsket ihop käkarna och lämnade Marc Discenza bakom sig utan något avsked.

Hon kände människornas blickar i sin rygg när hon gick, men den blick som verkligen brände henne var den från hennes överman. Scott gick sakta bakom henne utan att säga ett ord, övervakandes att hon inte var på väg att försvinna någonstans, antagligen även med ordern att inte låta henne göra det. Hon kände sig som en fånge på väg tillbaka till sin cell.

# Kapitel arton

Vad gjorde man när man vaknade dagen efter att ha fått veta att man blivit bortlovad till en livsfarlig man? Hur skulle ens liv möjligtvis kunna fortsätta precis som vanligt? Hur skulle man kunna äta frukost som vanligt och ringa sina kusiner för ett träningspass? – det gjorde man bara inte. Efter att med sprängande huvudvärk ha fallit i en orolig sömn, fylld av hemska drömmar, vaknade Petra tom. Hon förmådde inte göra något som hon i vanlig ordning gjorde på morgnarna – som att tillaga en god frukost. Istället satt hon i soffan och rörde om i en kopp kaffe medan hon planlöst studerade de ljusa väggarna. Vad skulle hon göra nu? Hon hade ringt Eddie miljoner gånger utan något svar, det var uppenbart att han inte ville prata med henne – eller inte fick. Oavsett vilket så var resultatet detsamma, hon hade inte längre Eddie Warlock i sitt liv.

Hon hade inte några tårar kvar att gråta efter den här natten, varenda liten tår hade lämnat hennes ögon och bebodde nu hennes fuktiga kudde. Allt kändes värre på natten och hennes verklighet hade besökt henne som en mardröm. Hon levde i västvärlden i modern tid, det var omöjligt att hon blev bortgift mot sin vilja. Helt omöjligt. Ändock tedde det sig mer än möjligt med tanke på det hon varit med om kvällen innan och den verklighet som mötte henne den här morgonen. Marc Discenza ville ha henne och man gick inte emot Marc Discenza. Hon började få en viss förståelse för vad hennes pappa och Robert menade när de sa så. Marc Discenza tog inte ett nej, och när ett sådant presenterades för honom såg han till att straffa leverantören så ordentligt att det inte bestod. Det var inte en framtid Petra ville ha. Hon ville att hennes framtid skulle vara fest, frihet och glädje – inte vara kontrollerad av en skrämmande man som inte lämnade något syre kvar till henne att andas. Utan att känna Marc Discenza visste hon redan nu att han skulle styra henne helt om hon blev hans. Hon skulle bli hans fånge, inte hans fru.

Han hade skrämt Eddie så grundligt att han inte ville vara med Petra längre. Var det så han skulle göra med alla i hennes omgivning tills hon bara hade ett val kvar? Hon visste knappt vem hon skulle ringa till för att få hjälp. Hennes pappa hade alltid varit den personen – hennes klippa som räddade henne när hon var på väg att falla. Nu hade hon inte honom längre. Det var hans fel att hon satt i den här situationen. Vem kunde hon nu lita på? James? Hennes mamma? Martika? Vad skulle de göra mot en man som ägde halva världen?

Hon hade ringt till Set och snyftat fram att Eddie inte ville prata med henne, att hon inte visste vad som hade hänt. Hon ville inte berätta sanningen då den var för skruvad att dela med sig av. Set hade lovat henne att ta kontakt med Eddie och försöka få honom på andra tankar igen. Det här var två timmar sedan. Han hade inte hört av sig.

Eddie var den största anledningen till att hon hade åkt tillbaka till Washington – och James. Vad hade hon nu kvar? James hade flyttat till Miami och Eddie hade lämnat henne. Hur skulle hon kunna gå till jobbet som vanligt och fortsätta sitt liv när hon visste allt detta? Skulle hon åka hem? – möta sin pappa och fråga vad hon skulle ta sig till. Hon hade slagit hans nummer flera gånger för att sedan lägga ner telefonen igen. Hon måste ringa till sin mamma och berätta sanningen. Hon kunde inte hålla det här för sig själv längre. Visste Katrin redan något om detta? Var hon invigd i den här sjuka planen? Med tanke på Marc Discenzas förmögenhet skulle hon kanske till och med bli glad och anse att han räddat henne från Eddie Warlock och en halvfattig framtid.

Innan hon hann ringa sin mamma ringde Set henne. Hon svarade i telefonen med darrande händer. Hon visste inte ens om hon ville höra det här. "Har du pratat med honom?"

Sets röst var spänd på andra sidan linjen. "Petra, vad har du ställt till med nu?"

"Jag? Vad snackar du om? Jag har inte gjort något."

"Du och jag har helt olika åsikter om vad *något* är", muttrade han. "Mot min kompis, Petra. Jag gillar Eddie. Det är inte okej. Kunde du inte ha valt någon annan att såra? Vi tränar för helvete tillsammans! Jag går till hans gym!"

"Set, jag har ingen aning om vad du pratar om. Jag har inte gjort något mot Eddie. Det var han som slutade prata med mig. Han svarar inte när jag ringer. Sist jag träffade honom var allt bra."

"Det kanske kan ha något att göra med att du har träffat någon annan bakom hans rygg."

"Det har jag inte!" Petra kände hur ilskan började i hennes tår och strömmade upp till hennes hjärna för att där explodera. "Jag är så jävla less på att de i min omgivning tror en jävla massa saker men inte vet ett skit."

"Så förklara då." Hon kunde se hans tvivlande ansiktsuttryck framför sig och insåg att hon hade mindre och mindre i Washington att göra. "Jag tänker inte förklara mig för dig, Set, som om jag vore i en rättegång. Om du är så säker på att du har rätt så får det stå för dig. Jag vet sanningen och jag vill ha Eddie tillbaka."

"Det kommer du inte få. Han vill inte ge mig några detaljer men bad mig hälsa dig att ni aldrig kommer träffas igen – att det är bäst så."

Klumpen i hennes hals växte, hon blinkade bort de hotande tårarna och svalde gråten. "Okej." Hon lade på utan att säga något mer och torkade sina ögon. Hon vägrade gråta mer.

Hennes saker stod i hallen. De hade varit där den här morgonen när hon vaknade. Hur visste hon inte men någon hade gått in i hennes lägenhet när hon sov, någon hade tillgång till en nyckel – och den vetskapen fyllde henne med skräck. Precis alla saker hon haft hemma hos Eddie packade i tre väskor. Hon ville inte ens gå nära dem, ville inte titta i dem och tänka på alla roliga stunder de haft. Hon visste att det hade varit för bra för att vara sant – hon och Eddie hade aldrig varit meningen. Hennes föräldrar hade aldrig godkänt honom och hade sett till att drömmen om Washington och honom fick ett slut. Den första kille hon någonsin blivit kär i.

Hon var 21 år gammal och det här var första gången i hennes liv hon blev styrd av någon annan, första gången hon tappade kontroll över sitt liv. Många andra skulle ha kallat henne okontrollerad av helt andra orsaker, men hon hade varit kontrollerad i sin vildhet. Alltid haft koll och bestämt vad som passade henne. Hon hade haft ett mål i livet, och det var att leva det – inget annat. Hon hade levt livet i Sverige, hon hade levt livet i USA och hade planerat att leva livet i hela världen innan hon funderade på att göra något annat. Det var inte som om hon skulle ha gift sig med Eddie i alla fall. Hon skulle ha varit med honom något år för att sedan dra vidare. Varför kunde inte hennes föräldrar fatta det? Nu satt hon i den här sjuka situationen för att de var paranoida och trodde att hon skulle satsa på någon mindre bemedlad som inte passade deras mall.

Hennes tankar gick till Marc Discenza – den mest skrämmande man hon träffat. En man som man såg i filmer men inte i verkligheten. Hon hade aldrig träffat en sådan man. De män hon omgav sig med var rika unga killar med humor och sinne för fest – och snygga som få såklart.

Marc Discenza var en *man*. En mycket kall och skrämmande sådan. Och han var rent ut sagt så jädrans snygg. Det här störde Petra grymt mycket. Varför var han snygg? Det där för manliga ansiktet med den spikraka näsan, hårt skurna munnen och de skarpa käkbenen. Det gjorde hennes liv svårare. Unga killar var säkra – män aktade hon sig gärna för. Hon kunde inte lura honom och det störde henne. Han hade så mycket mer livserfarenhet än vad hon hade, så smart och farlig. Hur skulle det kännas att dela hans liv? Hur *var* ens hans liv? Hon visste ingenting om honom. Han var en total främling för henne. Främlingar hoppade hon i säng med, men hon gifte sig inte med dem, och skaffade absolut inte några barn med dem.

Hon var på väg att ringa sin mamma när hon insåg att det var mitt i natten i Sverige. Istället ringde hon sin bror, det fanns ingen annan hon kunde berätta allt för än honom och Martika – och Martika befann sig på fel sida av dygnet.

"'Syrran, jag vet inte vad jag ska säga. Det här låter som en film av något slag. Jag tvivlar på att pappa skulle ha något med det här att göra. Det låter helt flippat."

"Det är ju det jag menar! Det kan inte stämma. Men Eddie svarar inte när jag ringer, Set tror att jag har varit otrogen och Marc Discenza säger att han har skrivit ett kontrakt med pappa om att få mig." När hon lade fram allt på samma gång insåg hon hur sjukt det lät. Det var klart att det inte kunde stämma.

"Jag tror att någon driver med dig, syrran. Även om jag har svårt att tro att pappa skulle dra ett skämt så här långt."

"Om du hade träffat Marc Discenza hade du haft en annan åsikt."

"Jag ska ringa till pappa ikväll och kolla vad som händer", lovade James. "Det är antagligen ett misstag. Jag ser inte direkt pappa som en sådan som gifter bort sin dotter – även om han inte var överförtjust över ditt förhållande med Eddie."

"Det här är att dra det ganska långt om han bara ville avsluta mitt förhållande med Eddie. Eddie är en ängel jämfört med Marc Discenza. Han är den mest skrämmande man jag har träffat i hela mitt liv. Om pappa vill gifta bort mig med honom måste han verkligen hata mig."

"Eddie är fattig jämfört med Marc Discenza, inget annat", retades James. "

"Ska jag vara lycklig eller rik?"

"Det går ju förvisso att kombinera de två."

"Inte med Marc Discenza. Om du träffar honom någon gång kommer du förstå. Hur går det med faderskapet och sambolyckan förresten?"

"Strålande faktiskt. Jag är som gjord för att vara pappa."

Petra skrattade hjärtligt. "Jovisst. Så party-James är borta för alltid?"

"Han lurar bakom hörnet, men jag har lyckats tämja honom ganska bra. Teresia är värd hans frånvaro."

"Det gläder mig att höra. Jag gillar Teresia. Hur går affärerna?"

"Bra. Hotellet är toppen och välbesökt. Jag har gjort det till ett riktigt lyxhotell. Du får komma hit och hälsa på och se med egna ögon."

"Faktum är att jag tänker ta dig på orden. Jag vill komma till helgen om det går bra för dig. Jag måste härifrån."

"Absolut. Hör av dig när du är på väg bara. Teresia kommer bli överlycklig. Då har hon någon att diskutera inredning med. Hon går mig på nerverna med alla färgprover."

"Är Colin snäll?"

"Han är världens sötaste."

"Bra, då kanske jag står ut med honom."

Den dagen åkte Petra både till Eddies lägenhet och gymmet för att prata med honom. Det var ingen som öppnade när hon knackade på dörren till lägenheten och han var inte på gymmet. Det var uppenbart att Sophie avskydde henne; hon trodde antagligen detsamma som Set. Hon hälsade henne kallt att Eddie inte var där och att det inte var någon mening att hon kom dit något mer för att fråga efter honom. Hon såg några av Eddies kompisar som nickade igenkännande åt henne. Ingen kom fram för att prata. Hon kände sig som en utstött – en känsla hon inte var van vid efter alla år i centrum.

Hon saknade honom. Det var som om någon stuckit en kniv i hennes hjärta och sedan vred den runt, runt för att maximera smärtan.

Så snygg och sorglös. Han hade fått henne att känna sig som den vackraste kvinnan i hela världen, han hade givit henne frid, som om hon inte hade några som helst bekymmer. Hon stod inte ut med tanken på att deras förhållande slutade på det här viset. Det var inte rättvist. Det måste finnas något hon kunde göra.

Luften i Washington som tidigare betytt frihet, äventyr och lycka, luktade nu bara avgaser och erbjöd inget syre. Tung i hjärtat åkte hon tillbaka till Eddies lägenhet och lämnade ett brev i brevinkastet innan hon vände tillbaka hem. Hon hade nedtecknat sina tankar och förklarade så tydligt som möjligt att hon inte hade något med Marc Discenza att göra – att han hade trängt sig in i hennes liv och krävt att hon skulle vara med honom. Hon skrev att hon älskade honom mer än allt och ville ha honom tillbaka, att han måste höra av sig, annars skulle hon bli tokig och vänta utanför hans lägenhet varje dag tills han pratade med henne.

Hon vandrade förtvivlat trottoarerna fram, tittade på uteserveringarnas många gäster och lyssnade på gatumusikanternas musik. Hon studerade människor som tränade i parken och vandrade med sina hundar; hon tittade avundsjukt på par som skrattade tillsammans eller avnjöt en fika eller måltid i varandras sällskap – precis som hon och Eddie gjort bara dagen innan. Det var helt omöjligt att förstå den vändning hennes liv hade tagit. Vem trodde Marc Discenza att han var som kunde tränga sig in i hennes liv på det här sättet och kräva henne?

Hon hade inte längre något i Washington att göra. Hon hade inte något liv här. Set var arg på henne, James hade flyttat, Eddie ville inte träffa henne och hon ville inte träffa Jeanne och Tyler efter allt som hade hänt.

Hon tog upp sin telefon en miljon gånger bara för att kolla om Eddie hade läst hennes brev och hört av sig till henne.

Ingenting. Lika tomt som i rymden.

# Kapitel nitton

Väl i lägenheten igen erfor Petra en för henne helt ny känsla. Övergivenhet. Hon hade aldrig känt sig ensam tidigare och det framkallade panikkänslor hos henne. Vad skulle hon ta sig till? – åka tillbaka till Stockholm och fortsätta med sitt vanliga liv? Hålla sig borta från Marc Discenza. Om hon åkte tillbaka till Stockholm skulle han säkert glömma henne tillslut. Han kunde knappast komma dit och hämta henne. Eller?

Hon fattade telefonen och bestämde sig för att gå direkt till källan.

"Petra! Vad trevligt", sa Tony lugnt. Att döma av ljuden runt honom var han på kontoret.

"Har du tid att prata privat?" sa hon spänt.

"Visst, tio minuter, sedan har jag möte med en klient."

"Jag är din dotter och borde vara viktigare än en klient. Men det kommer inte ta så lång tid om du bara svarar på mina frågor."

Hon hörde hur Tony gick till kontorsdörren för att stänga den. Petra älskade hans kontor. Till skillnad från Katrins var det gemytligt inrett med förvisso moderna inslag men kantat med gamla möbler. Han hade metervis med böcker och en trevlig skinngrupp att sitta i under sina möten. Robert hade kontoret mitt emot Tonys och sedan var det assistenter och ekonomer som satt i ett kontorslandskap utanför. Det var ett ständigt smatter från tangentbord, kopiatorer som gick heta och samtal på samtal på samtal. Både Tony och Robert var högt uppsatta brottmålsadvokater – som även hade arbete utomlands hade det visat sig...

Petra, Martika och James hade älskat att som barn hänga på deras kontor. Det var spännande samtal att lyssna på, hektiskt arbete och roliga grejer att leka med. Hur många kilo grått kludd hade egentligen gått åt när de varit på plats? De hade lekt med det som lera och klistrat fast det lite varstans. Om det hade varit himmelriket för dem så hade det varit ett helvete för assistenterna som antagligen hade velat kasta ut dem genom närmsta fönster.

"Du har skrivit ett kontrakt med Marc Discenza som gäller mig." Rakt på sak, det bästa sättet att få svar från andra människor.

Det blev helt tyst. Petra kunde höra sin pappas tunga andhämtning och anade att han samlade mod att prata med henne om detta.

"Det stämmer." Nu hade han lagt på sin affärsröst, det gillade hon inte alls. Det här var inte affärer – det var familj.

"Det stämmer? Driver du med mig, pappa? Vem är du? Du skulle aldrig göra en sådan sak mot mig! Vi har världens bästa relation."

"Jag skulle normalt sett aldrig göra så mot dig, min prinsessa – men i det här fallet hade jag inte något val."

"Man har alltid ett val, pappa. Vem skriver kontrakt om sin dotter? Mina pengar? Min enda möjlighet att leva ett eget liv. Nu är de hos den där hemska mannen som antagligen äter barn till frukost. Jag kan inte vara med honom! Jag är ingen handelsvara." Nu lät hon desperat vilket skrämde henne.

"Petra, lugna dig så ska jag berätta vad som hände."

"Varsågod", sa hon avmätt. Hennes huvud snurrade. Hon reste sig ur James bekväma soffa och hällde upp en ingefärashot från en flaska i kylen. Hon behövde något starkt.

"Marc Discenza har affärer i Sverige och jag är inkopplad som hans svenska advokat. En mycket stor ära vill jag tillägga. Inte ett enkelt jobb och det känns som att ständigt dansa på en knivsegg. I vilket fall så var han hemma hos oss på ett möte och såg dig den där dagen. Jag såg hans reaktion och visste direkt att det var kört. Det sättet han tittade på dig... jag ville inte att du skulle träffa honom med tanke på den person han är–"

"Vadå den person han är?"

"Jag kommer till det. Jag greps av panik och visste att han skulle kräva att få träffa dig under sin vistelse i Sverige. Den enda lösning jag kunde komma på var att snabbt skicka dig till Washington, bort från honom. Och precis som jag misstänkte att han skulle göra, så frågade han efter dig samma kväll som du hade åkt."

"Så det *var* aldrig mitt fel att jag blev skickad! Vet du hur mycket jag har tänkt på det där? Varför var du inte bara ärlig mot mig och berättade att jag blev skickad för att jag var hotad? Det var inte rätt mot mig att säga att jag hade gjort något dumt."

"Jag känner dig, Petra. Om jag hade sagt till dig att en mycket farlig man är ute efter dig så hade du stannat bara för att lära känna honom."

Hon skrattade avmätt. Det kunde stämma. Hon hade sett det hela som en utmaning. "Kanske. Men med facit på hand skulle jag ha åkt."

"Sen i efterhand informerade mr Discenza mig tillräckligt om ditt liv för att jag skulle anse att du ändock gjort dig förtjänt av kritiken från min sida."

Hon rodnade förläget. Hur mycket hade hennes pappa fått reda på egentligen? – och hur mycket visste egentligen Marc Discenza om henne? Hon hoppade över den frågan. "Fortsätt."

"Sen fick han veta att du var i Washington och hörde av sig till mig för att prata om dig. Jag hoppas du förstår, Petra, att det inte är ett alternativ att gå emot honom. Det var därför jag skickade iväg dig för att han skulle glömma dig. Om han bett om att få träffa dig hade jag inte kunnat säga nej. Vilket jag inte heller kunde efter att han sett dig i Washington. Jag gav honom den information han ville ha och det var det kuvertet du lämnade över."

"Och kontraktet?"

"Efter att han träffat dig på middagen kontaktade han mig igen. Vi hade ett möte och han tvingade mig att skriva under det här kontraktet. Så om jag säger så här, er middag gjorde inte det hela bättre."

"Men det här är ju vansinne!" utropade hon förtvivlat. "Det går inte ens att förstå. Är det ett skämt? Vill ni lära mig en läxa att bete mig mer moraliskt? Säg att det är ett skämt, pappa. Jag lovar att skärpa mig."

"Jag är ledsen, Petra."

Petra svalde i en för trång strupe och andades djupt för att inte hyperventilera. När skulle hon vakna ur den här konstiga mardrömmen?

"Vad står det i kontraktet?"

"Enkelt förklarat har han kontroll över alla dina pengar. Jag har inte rätt att ge dig ett öre för att underlätta din situation. Som den italienare han är har han även sett till att få ett godkännande från mig att gifta sig med dig och jag får inte godkänna giftermål med någon annan än honom."

"Det här är för sjukt för att förstå." Ju mer hennes pappa konfirmerade de sjuka detaljerna desto mer rädd blev hon. Hon hade hoppats att hennes pappa skulle avslöja det hela som ett skämt. Han sa ingenting som hon ville höra. Hennes huvud snurrade och munnen var torr. Musklerna var som gelé i kroppen. "Han sa till mig att om jag inte är med honom kommer jag vara ensam. Han kommer inte låta någon annan få mig. Kan han verkligen göra så? Har han sådan makt att han kan förhindra mig att träffa någon?"

"Utan tvivel."

"Men… hur är det ens möjligt? Jag har aldrig träffat sådana människor."

Tony skrattade torrt. "Det har jag, och de är väldigt duktiga på att leva upp till sina löften."

"Vad ska jag göra?"

"Gifta dig med honom."

"Vad är det du säger?" flämtade hon. "Ska jag bara ge upp? Aldrig."

"Petra, tänk realistiskt nu. Som Marc Discenzas fru kan du bli en av de mäktigaste kvinnorna i världen. Det finns ingen annan utväg. Att vara hans motståndare blir din undergång."

"Jag vill inte bli en av de mäktigaste kvinnorna i världen. Jag vill ha kul och vara fri!"

"Då kan man säga att du sitter i en komplicerad situation."

"Du sa själv att du fick panik när han ville ha mig. Du tycker inte att han är en bra människa."

"Han har ett sätt att handskas med saker som jag inte alltid stödjer. Jag anser inte att han är en svärmorsdröm direkt."

"Men nu är du villig att gifta bort din dotter med honom?"

"Jag har knappast något val. Och ärligt kunde du ha gjort ett sämre kap än Marc Discenza."

"Eddie Warlock eller?" fnös Petra. "Som jag inte får tag på något mer vill jag tillägga. Han har mystiskt nog försvunnit."

"Nej, jag hade aldrig velat se dig med Eddie Warlock och mitt råd till dig är att inte söka efter honom. Om Marc Discenza får veta att du söker efter Eddie kommer Eddie vara den som får lida för det."

"Pappa!" utropade hon uppgivet.

"Marc Discenza är inte någon man leker med, Petra. Du måste förstå allvaret i den här situationen. Det är ingen lek."

"Men vad skulle han egentligen göra om du bryter mot kontraktet?"

"Förstöra våra liv. Vi skulle hamna på gatan, tills vi tillslut skulle göra honom till viljes i alla fall. Bättre att skippa lidandet och göra som han vill direkt."

"Och istället offra mig till ett livslångt lidande?"

Tony svarade inte.

"Kommer han göra mig lycklig?"

Tystnad. Sekunderna tickade förbi medan hennes far funderade på frågan. Han suckade uppgivet. "Antagligen inte. Kanske... om du lyder honom vill säga."

Petra kunde inte andas. Det här var för mycket. Hon lade sig tungt i soffan och försökte få taket att sluta leka karusell. "Vet mamma det här?"

"Nej. Och jag vill inte att du säger något. Det skulle inte leda till något positivt. Hon kan inte hjälpa dig, Petra."

"Ingen liten hemlighet att hålla på direkt."

"Jag vet. Men fortfarande för det bästa."

"Du vet att jag inte kommer träffa Marc Discenza. Jag kommer kämpa för min frihet. Jag åker till James i helgen, sen kommer jag tillbaka till Stockholm. Jag kommer inte gå med på att träffa honom igen."

"Petra–"

"Jag skaffar hemlig identitet."

Tony skrattade torrt. "Mhm." Hans egna känslor var i uppror. Vilket svek mot hans dotter. Av alla män han hade sett framför sig hade han aldrig gissat att Marc Discenza skulle bli hans svärson – och det kanske inte var en så dålig idé. När han lagt på luren med Petra ringde han upp sin assistent på snabbtelefonen. ”Melissa, ring upp Marc Discenza åt mig.”

# Kapitel tjugo

Petra kollade en sista gång om hon hade allt med sig. Pass, pengar och nycklar låg i handväskan, resväskan stod i hallen som en symbol på frihet. Hon hade ringt till Jeanne och meddelat henne att hon tänkte åka till James och sedan till Stockholm. Jeanne hade velat ha upplysningar om vad som hade hänt sist när de varit på nattklubben men Petra orkade inte ge henne några detaljer. Hon hänvisade henne torrt till Tyler för frågor. Hon bad Jeanne hälsa Set och Claudia. Det verkligen bekymrade henne att Set trodde att hon svikit Eddie. Tiden kanske skulle läka deras relation. Hon älskade Set. När hon kom tillbaka till Washington nästa gång skulle hon prata med honom och söka upp Eddie igen; hon tänkte inte ge upp. Vid det laget hade nog allting lugnat ner sig. Förhoppningsvis hade kanske Marc Discenza kommit på bättre tankar också.

Till hennes glädje tillhörde inte taxichauffören någon av de mer pratsamma typerna så Petra kunde tänka i lugn och ro. Hon tittade deprimerat på de storslagna byggnader som for förbi utanför och undrade hur något som varit så förknippat med fest och glädje nu kunde föra tankarna till sådan smärta. Hennes mage kurrade, en påminnelse om att hon måste äta snart. Hon hade inte förmått få i sig något till frukost och planerade att äta något snabbt på flygplatsen. Det skulle bli så roligt att träffa James och Teresia, få se hur de bodde och studera James som affärsman och nybliven pappa. Tur att någon av dem var lycklig i alla fall. James hade ringt till henne efter att han pratat med Tony – chockad över vad han hade fått höra och överraskad att deras far ändock verkade se vissa fördelar med detta. "Nu är till och med jag nyfiken på vem den här Marc Discenza är", hade han sagt och frågat ut Petra om alla detaljer i historien. Han hade lika svårt som Tony att dölja sin förtjusning över att en sådan rik och mäktig man ville ha henne. "Vad gäller kontraktet så har jag svårt att tro på den biten, men, syrran, du måste ju erkänna att det finns vissa fördelar med den här uppmärksamheten. Han är ju inte direkt ett dåligt kap."

"Jag har inga ord för hur lättvindigt ni tar på den här regelrätta slavhandeln. Det kommer inte bli någon Marc Discenza så lägg ner på en gång."

Det var sedvanligt tumult på flygplatsen, folk som sprang till höger och vänster, vissa mer jäktade än andra. Det fanns alltid de vana resenärerna som tog sig tid att smutta på en kaffe och ta det lugnt, medan de andra skyndade till gaten för att vara först på plats av rädsla att planet skulle lyfta utan dem. Petra tillhörde den första skaran och var oftast sist på planet. Dessutom satt hon jämt i första klass. Vad var det för vits att vara först på om man satt längst fram i planet? Kvinnan i incheckningen såg måttligt ivrig ut att vara där. Hon fäste sin trötta blick på Petra och greppade hennes pass som om det vore en bit toapapper.

"Din resa är avbokad."

"Va? Det är klart den inte är." Hon tittade förskräckt på kvinnan, som enligt namnbrickan hette *Sheryl*. Hennes vita hy skvallrade om flera månaders frånvaro från solen, hennes läppar var torra och det askfärgade håret utan lyster. Den här kvinnan behövde desperat komma ut på något roligt.

"Kolla igen", sa Petra irriterat.

"Miss Dahlén, jag arbetar i det här systemet varje dag. Jag är säker på att jag kan identifiera en avbokad resa."

"Jag har bokat resan själv, jag fick en bekräftelse och borde veta om jag har avbokat den. Det måste ha blivit något systemfel." Hon trummade med fingrarna mot den granitgrå disken och tittade uppfordrande på Sheryl. Hon försökte att inte ta notis om den växande kön bakom henne.

"Det stämmer att du har bokat en resa, miss Dahlén. Men resan är avbokad."

"Av vem?" Bra att hela hennes liv gick åt helvete samtidigt. Skulle hon inte ens kunna ta sig från den här gudsförgätna platsen?

"Det kan jag inte se. Jag kan bara se att den är avbokad."

"Men ge mig en ny plats bara. Jag betalar på en gång."

"Jag är ingen biljettförsäljare, miss Dahlén, jag checkar in redan bokade resenärer." Hon log tålmodigt mot Petra och tittade ursäktande på den ringlande kön bakom. "Du får gå till närmsta biljettdisk och se om de kan boka dig på ett senare flyg. Nu måste jag checka in de övriga."

"Jag ska stämma hela jävla flygplatsen för det här", fräste Petra och kastade ner sitt pass i den svindyra handväskan. "Jag vet att du kunde ha fixat det här om du bara ville."

"Miss Dahlén, jag kan hjälpa dig."

Petra vände sig förvånat mot mannen som dykt upp vid hennes vänstra sida. Han gjorde en gest åt henne att kliva ur kön och Sheryl log tacksamt mot honom när han befriade henne från hennes bekymmer.

Petra synade misstänksamt mannen hon hade framför sig. Han var välbyggd, klädd i en skräddarsydd mörkblå kostym och hade svart hår och nötbrun hud. Han var äldre, drygt fyrtio cirka och hade ett bistert ansikte som synade henne tillbaka med granskande ögon. Det var uppenbart att han inte jobbade på flygplatsen – om han inte ägde den vill säga. "Vem är du?"

Mannen gjorde en svepande rörelse med handen att hon skulle följa med honom. "Vi behöver prata ostört."

"Va? Jag följer inte med någon främling för att prata ostört."

"Det var mycket vist av dig, miss Dahlén, men jag är inte här för att skada dig, inte heller för att ta dig till ett privat rum av något slag. Jag vill bara att vi tar oss bort från trängseln i vänthallen."

"Och du kan hjälpa mig att få en biljett så jag kan flyga?"

"Självklart", sa han med ett leende som gav henne rysningar.

Petra tittade ängsligt omkring sig och bestämde sig för att följa mannen en bit åtminstone. Hon stängde av de ringande varningsklockorna och höjde hakan som för att ingjuta respekt i honom. Hon tvivlade dock på att det lyckades.

Han förde henne genom de långa flygplanskorridorerna till ett trevligt café där han gjorde ytterligare en av sina handrörelser för att hon skulle gå in och sätta sig. Petra tittade tveksamt på honom men gick in i caféet. Det var tillräckligt mycket folk där för att hon skulle känna sig säker.

Hon satte sig på en av trästolarna och sköt in resväskan bredvid sig. Det luktade starkt av kaffebönor vilket fick det att vattna sig i hennes mun. När mannen, som hon fortfarande inte visste namnet på, frågade om hon ville ha kaffe nickade hon tacksamt. Hon noterade att han gick före kön och fick servitrisen att servera dem två kaffe direkt. Det fick Petra att känna sig lite mer säker. Han var tydligen ett känt ansikte här. Med andra ord kanske han inte tänkte kidnappa henne och sälja henne på den vita slavmarknaden. Hon hade för tillfället fått nog av att bli såld. Caféet såg ut som vilket flygplatscafé som helst, sterilt inrett med en disk full av bakelser och människor i massor som stressat handlade något att äta, eller motsatsen; de som nära apatiskt satt och väntade en evighet på inställda flyg.

Mannen ställde ner kopparna och satte sig ner mittemot henne. Han tittade allvarligt på henne. "Jag ska befria dig från ditt bagage", sa han lugnt och höjde handen. På mindre än tio sekunder var en annan kostymklädd man hos dem och tog Petras resväska. Hon hann inte ens opponera sig innan han var spårlöst försvunnen. "Vad gör du? Vad ska han göra med min väska?" Hade hon precis blivit bestulen, bara sådär?

Mannen rörde om i sitt kaffe medan han tittade på henne med sina mörka ögon. "Drick ditt kaffe, miss Dahlén. De har mycket gott kaffe här. Planet avgår inte än."

"Tog han min väska till planet?" frågade hon förundrat.

"Självklart."

"Men..." Hon såg sig obekvämt omkring, helt säker på att det var något som inte stämde. "Vet du ens vart jag ska resa?"

Mannen skrattade mörkt – ett skratt som fick rysningar att vandra nerför hennes rygg. "Det är klart jag vet. Var inte orolig, miss Dahlén, jag ska se till att du kommer fram i säkerhet."

"Jag vet inte om det här är en bra idé. Kan du se till att mitt bagage kommer tillbaka så jag kan ordna en annan resa?"

"Jag kan försäkra dig, miss Dahlén, att jag inte utgör något hot mot dig."

"Vem är du?"

"Jag heter Alfredo Greco."

"Okej. Hur kan det komma sig att jag sitter och dricker kaffe med dig här och på vilket sätt arbetar du med flygbiljetter? Du ser inte direkt ut som en biljettförsäljare."

Han skrattade igen. "Det är jag inte heller. Visst är kaffet gott?"

"Mycket", svarade hon ärligt.

"Du sitter här och dricker kaffe med mig för att jag har till uppgift att sätta dig på ett privatplan till Chicago."

Petra höll på att kvävas av sitt eget kaffe då hon chockat flämtade till. Alfredo väntade sedan tålmodigt på henne medan hon hostade klart. Hon torkade ögonvrårna med en servett då hostningarna framkallat tårar och drack tacksamt vatten som Alfredo trollade fram åt henne. "Jag fattar ingenting. Chicago? Jag ska till Miami."

"Ändrade planer, miss Dahlén."

Hennes öron fylldes av bomull som utbyttes mot ett dovt tjut; hon tappade känseln i fingrarna och kände inte längre smaken av kaffet. Hon såg sig desperat omkring. Alla människor satt sorglöst och fikade och pratade om vartannat sinsemellan. Hon började må illa och tittade på Alfredo genom en tunnel. Hon försökte samla sig, hela tiden iakttagen av mannen hon hade mittemot sig. Det fanns bara en person som kunde ligga bakom det här. Han hade avbokat hennes resa. Hur hade han kunnat göra det? Hon blev fruktansvärt rädd. "Jag kommer inte följa med", viskade hon.

"Jo, det kommer du." Han satt bakåtlutad i stolen och log mot henne. Hur kunde han se så lugn ut när hennes värld föll i bitar omkring henne?

"Marc Discenza?" frågade hon bara för att få det konfirmerat. Alfredo nickade till svar och fortsatte titta allvarligt på henne.

"Vad har jag för alternativ?"

"Du har inga alternativ."

"Han har skickat dig hit för att ta mig på ett privatplan hem till honom?" En till nickning. Petras hjärta slog stenhårt, hon höll på att få en ångestattack. Hon koncentrerade sig på att röra i kaffet, försökte samla sina tankar – tänka ut en plan att fly därifrån.

"Miss Dahlén, tänk inte för mycket. Det leder ingen vart."

"Du kan inte tvinga mig. Jag kommer inte följa med."

"Men jag kommer ta dig med ändå."

Hon drog efter andan och tittade på honom, hon såg sig sedan omkring ännu en gång. "Jag kommer att skrika på hjälp."

"Jag bär dig till planet över axeln om jag måste men du kommer åka. Det finns ingen här som kommer att hjälpa dig, miss Dahlén – de skulle snabbt inse att det är lönlöst."

Petra kvävde en snyftning, hon tänkte inte visa den här mannen hur rädd hon var.

Hennes kropp kändes så konstigt tung – hon var så trött. Inte konstigt efter allt hon varit med om på sista tiden. Hon fäste tunga ögon på sin motståndare och kvävde en gäspning. Hon tittade dimmigt på sin kaffekopp som nästan var urdrucken och sedan på sina händer som omslöt den. De var också dimmiga. Hon såg att han tittade på sin klocka och nickade mot någon person som var osynlig för henne. Hon insåg för sent vad det var som höll på att hända.

Världen mörknade kring henne.

# Kapitel tjugoett

Petra vaknade långsamt. Hon rörde sakta sina fingrar och sedan sina ben, reagerade på att hon befann sig i sittande ställning när hon borde ligga i sängen i James lägenhet. Hon vätte sina torra läppar och försökte fukta sin torra mun med tungan. Vilken huvudvärk. Det var som om hon festat kvällen innan. Hon reagerade på det höga ljudet av motorer och öppnade sakta ögonen. Förvirrat tittade hon långsamt runt sig, försökte fokusera på omgivningen. Sedan slöt hon ögonen igen då det hon såg var för förvirrande att ta in. Hon förde sina händer ner till midjan och upptäckte att hon satt fast med ett midjebälte – nu började paniken forma sig och hon slog upp ögonen och satte sig käpprakt upp.

Hon befann sig i ett lyxigt inrett privatplan med mycket rymliga och bekväma lädersäten. Hon satt i en grupp om fyra med ett bord i mitten. Det fanns tre till liknande grupper med säten kring henne. Varje utrymme var försett med ett kylskåp och förvaringsskåp – och planet befann sig inte på marken utan högt uppe i himlen på väg mot utsedd destination.

Mittemot henne satt Alfredo Greco avslappnat tillbakalutad med *New York Times* i händerna. Han log sitt själlösa leende när han noterade att hon var vaken. "Välkommen tillbaka, miss Dahlén. Du har sovit lång tid. Vi ska praktiskt taget landa."

"Du drogade mig", utbrast hon förskräckt. "Du drogade mig", upprepade hon, som om hon själv behövde övertygas om saken. "Varför? Man gör inte så mot en annan människa."

Alfredo sänkte tidningen och tog tid på sig när han vek ihop den och lade den på bordet bredvid. "Ibland, miss

Dahlén, är det nödvändigt med alternativa metoder för att uppnå ett mål."

Hon tittade på honom inkapabel att tro vad hon hörde. Hon var så rädd att hennes hjärta rusade i bröstet. "Jag är inte ett mål", sa hon kvävt utan att kunna förhindra tårarna som vällde upp i hennes ögon. "Ni kan inte bara ta mig så här."

"Jag förstår inte, miss Dahlén. Du följde med frivilligt. Gjorde inte något motstånd alls."

"Jag sov!" utropade hon upprört. "Hur ska jag kunna göra motstånd när jag sover?"

"Har du inte rest bekvämt? Är det någon som har skadat dig?"

"Vad har det med något att göra?"

"Oftast när man tar någon med sig med våld, som du påstår, brukar det ske brutalt. Oftast går inte den drabbade oskadd ur det hela. Är du skadad?"

"Nej?"

"Då är allt som det ska vara."

"Allt är inte som det ska vara och det vet du gott och väl." Hon tittade på honom genom dimmiga ögon. Sov hon fortfarande?

"Allt kommer kännas bättre när vi kommer fram till mr Discenzas residens."

"Jag kommer inte följa med till hans hus. Glöm. Jag är väntad av min bror. Han kommer att oroa sig."

"Mr Dahlén har redan blivit kontaktad och är medveten om att du inte kommer den här helgen. Han hälsade dig så mycket." Alfredo Grecos obehagliga ögon vilade på henne när han pratade och huden knottrade sig över hela hennes kropp. James väntade henne inte. Ingen skulle sakna henne. Ingen skulle hjälpa henne. Det var så här det skulle bli. Panik tog över hennes kropp. Marc Discenza ägde henne.

Hon förstod med ens varför han valt att ta henne offentligt istället för hemma hos henne. Han ville visa henne vilken makt han hade. Att det inte fanns någon hjälp att hämta var hon än befann sig – hur många människor som än fanns runt henne.

"Var tror han att jag är?"

"Hos mr Discenza."

Hon vätte sin torra hals och tittade ut genom fönstret medan hon funderade över sina alternativ. "Jag kommer inte följa med."

Alfredo Greco bara skrattade lugnt och fortsatte läsa i sin tidning.

Petra bara stirrade på baksidan av hans tidning, rubrikerna rördes samman till en svart kladdig massa och planets inredning bleknade till dimma. Om hon åkte till Marc Discenza skulle hon aldrig komma därifrån – hon skulle vara helt utelämnad och försvarslös. Blodet trummade i hennes öron – hon drog djupa andetag för att sansa sig. De tidigare mötena dem emellan hade varit tillräckligt illa och då hade de trots allt befunnit sig i offentlig miljö. Om hon åkte hem till honom skulle hon vara ensam med honom.

Vad planerade han att göra?

*Petra, det vet du.*

Hon svalde nervöst samtidigt som paradoxala känslor av upphetsning stormade i hennes mage. Hon såg hans hårda oförlåtande ansikte framför sig och slöt ögonen. Nej, hon kunde inte vara ensam med honom. Vad som än skulle hända var det dåliga nyheter. Hennes plan hade varit att hålla sig gömd från honom tills han glömde henne. Nu var hon på väg rakt in i vargkulan.

Om hon hade haft något hopp om att undkomma grusades hennes förhoppningar direkt när planet landade på O´Hare International Airport och Alfredo föste henne framför sig till en svart Mercedes som redan väntade på den privata landningsbanan. Allt hopp om offentliga miljöer och säkerhetskontroller grusades och Petras hjärta hamrade våldsamt när Alfredo öppnade bildörren åt henne. Luften var varm och doftade tungt av flygplansbränsle. Det var relativt varmt i Chicago nu, strax efter sommaren som oftast var varm och fuktig i denna stad. Hon hade ingen aning om vart de skulle men visste att de mest välbärgade människorna i Chicago bodde utmed sjöstranden vid Michigansjön. I Chicago bodde USA:s mest korrumperade politiker, de mest hänsynslösa kapitalisterna och de värsta gängen – en stad som gjord för Marc Discenza.

Hon kastade en sista blick på det vita privatplanet och sedan en bedjande sådan på Alfredo. Han ignorerade hennes oro och gjorde en uppmanande gest till henne att sätta sig i bak. Hon tittade längtande på den enorma byggnaden som var O'Hare International Airport – en av världens absolut största flygplatser. Den skymtade långt bort – alldeles för långt bort. Innan hon klev in i bilen kastade hon en blick upp mot himlen där planen tog av i olika riktningar mot frihet.

Alfredo Greco hoppade in i fram bredvid en chaufför med bistert ansikte som inte ens bemödade sig att hälsa på Petra. Det gjorde inte något, hon kände ändå inte för att prata. Bilens baksäte var klätt i beigt mjukt skinn och hela inredningen var oklanderligt ren. Hon lutade sig trött tillbaka i sätet. Hennes tankar malde som en kvarn men utan något vettigt resultat. Hon öppnade sin vita handväska samtidigt som hon undrade var hennes bagage var någonstans. Hon tog upp telefonen och noterade till sin förvåning att det inte fanns några missade samtal. Vem skulle hon ringa? Martika? En snabb titt på klockan, med efterföljande uträkning, visade att det var eftermiddag i

Chicago, vilket innebar att det var tidig morgon i Sverige. Hon saknade sin vän så det gjorde ont, men hade ingen aning om vad hon skulle säga till henne. Hur skulle hon berätta vad hennes pappa hade gjort mot henne? Å andra sidan kände hon redan till en hel del och det var omöjligt för Petra att inte berätta för sin bästa vän vad som höll på att hända. Hon vågade inte ringa av rädsla att dra till sig för mycket uppmärksamhet. Hon kastade en nervös blick på Alfredo och chauffören. De pratade mumlande till varandra på italienska. Hon andades djupt och knappade på sin telefon. Det verkade inte som om Alfredo eller chauffören brydde sig nämnvärt om hennes företaganden.

*"Martika, jag sitter i sådan jävla skit så du anar inte."* Det tog inte mer än 30 sekunder innan Martika svarade och Petra tackade en Gud hon inte trodde på för att hennes närmsta vän kunde hjälpa henne att hålla huvudet kallt i den här situationen.

*"Vad menar du?"*

*"Jag sitter i en bil på väg till Marc Discenzas hus i Chicago."*

*"Driver du med mig?"*

*"Jag önskar, men nej. Jag måste prata med dig sen och berätta allt. Men det här är katastrof."*

*"Jag fattar ingenting. Kan du ge mig någon sorts ledtråd till vad du håller på med?"*

*"Jag skulle flyga till James men fick inte gå på planet och nu är jag på väg till Marc Discenza istället. De satte mig på ett privatplan till honom."*

*"Jag fattar ingenting. Vad snackar du om? Petra, har du dumpat Eddie?"*

*"Nej, Marc har dumpat Eddie åt mig. Och nu är jag på väg till honom."*

*"Är du hög eller något? Jag fattar ingenting."*

*"Martika, de kommer tvinga mig att gifta mig med honom. Du måste hjälpa mig."*

*"Vilka är de? Petra, det här är de sjukaste sms jag har fått från dig någonsin. Säg att du skämtar med mig."*

*"Min pappa, Marc Discenza och alla som jobbar för honom."*

*"Nej, jag fattar ingenting. Ska jag ringa polisen eller vad vill du?"*

*"Polisen? Du är rolig du. Prata med din pappa. Han kan förklara allt för dig. Ring James! Jag hör av mig sen när jag kan."*

*"Nu har du gjort mig orolig! Kan jag hjälpa dig?"*

*"Nej. Jag hör av mig sen."*

Petra lade ner telefonen i väskan igen och mötte Alfredos allvarliga blick i backspegeln.

De åkte längs Chicagos breda motorväg omgiven av antingen stora byggnader som slickade himlen eller öde landskap. De svängde efter ett tag in i mer välbärgade kvarter med kliniskt rena gator och välvårdade grönområden. Petra anade redan att detta var den omtalade *Guldkusten*, stadens förnämsta del och ett av de rikaste bostadsområdena i hela USA. Här fanns flottor av yachter och lyxkryssare. Utmed stranden fanns *Michigan Avenue* med stadens viktigaste promenadstråk. En del kallades *the Magnificent mile* med en mängd modebutiker och patricierhus. Självfallet bodde Marc Discenza här. Petra pressade samman käkarna så hon nästan fick ont.

De stannade framför en elfenbensvit hög mur med en svart elektriskt styrd järngrind. Chauffören, som visade sig vara både lång och kraftigt byggd, hoppade ur och knappade in en kod som fick portarna att öppna sig långsamt. Petra noterade att de var filmade från alla vinklar. Hon fingrade nervöst på sin väska och önskade att hon kunde sova bort den närmsta framtiden. Hennes puls dunkade i samma takt som visaren på en klocka och händerna var fuktiga. Hur i helvete hade hon hamnat i den här situationen? Som hon önskade att hon var på väg till Miami nu – sin bror, sol och bad. Hon undrade vad han tänkte om det hela och vad för sorts meddelande han hade fått. Portarna slog igen bakom dem med en metallisk klang och bilen färdades över den grusade gången med gummit knastrande mot den skrovliga ytan.

Hon tittade hänfört på omgivningen, en vacker lummig trädgård med grus som övergick i en välskött gräsmatta med vackra prunkande rabatter och trädgårdsgrupper utplacerade på genomtänkta platser. Mitt i trädgården fanns en enorm fontän med två hästar stegrandes mot varandra skapade i benvit sten och vatten forsandes ur deras skriande munnar. Det gick inte att se bakom den enorma egendom som reste sig framför henne, men hon anade att ägorna hade långt mer att erbjuda än det hon nu kunde skåda på dess framsida. Huset, om man nu kunde kalla det för det, tornade upp sig enormt framför henne i fyra våningar och så stort att det mer liknade ett slott än en herrgård. Det var designat i varma färger med generösa fönster och grönska som vuxit i årtionden. Enorma pelare höll andra och tredje våningens terrasser uppe och mäktiga stenstoder var uthuggna i husets fasad. Petra vätte nervöst sina läppar och funderade över vad som skulle möta henne på insidan, förutom Marc Discenza vill säga.

Hon kunde inte fatta att hon verkligen var på väg in i fiendens residens.

Bilen stannade tvärt framför den långa trappan som ledde upp till den enorma snidade dubbeldörren i ek som var vägen in i huset.

Högst upp på trappen stod den välbyggda mannen med det skrämmande ärret.

Alfredo Greco gled ur bilen förvånansvärt smidigt och öppnade dörren för Petra. Han log brett, något som inte gjorde hans skrämmande ansikte mer trevligt utan snarare gav ett motsatt intryck. Petra vägrade titta på honom och klev ur bilen med sin handväska i ett hårt grepp. Den var närapå det enda hon hade kvar av sitt liv just nu och blev praktiskt taget symbolen för hela hennes vett. Så länge hon höll fast vid den skulle hon hålla sig vid sans.

Eller inte insåg hon när hennes ögon landade på den ärrade mannen som sakta gick ner för trappen för att hälsa henne välkommen.

Chauffören fäste sin allvarliga blick på Petra och studerade henne kritiskt en stund innan han hoppade in i bilen och körde iväg – till ett garage gissade hon. Alfredo tog mannen med ärret i hand och kallade honom vid namn – Hank. De utbytte några ord på italienska, då och då med blickarna vandrande till henne.

Om Petra hade blivit utsatt för något liknande vart annanstans som helst hade hon yttrat några väl valda ord till de två männen, men här vågade hon inte. Hon var så långt utanför den umgängeskrets hon normalt hade, och det beteende hon vanligtvis svängde sig med skulle inte vinna någon som helst respekt här. Inte heller var hon rätt klädd för ett möte med Marc Discenza då hon hade tänkt åka till sin bror och hade räknat med att byta om när hon kom till honom. Nu var hon klädd i ljusa slitna jeans – ja sådana man betalade för att de skulle se slitna ut – och ett allt annat än sedesamt svart linne som framhävde hennes bröts rundning. Hon var säker på att Hank kastade en missnöjd blick på hennes utmanande uppenbarelse något som fick henne att skämmas även om hon inte borde.

"Miss Dahlén, det var trevligt att träffas", sa Alfredo med ett leende, precis som om de hade umgåtts under helt normala omständigheter. Hon kunde inte förmå sig att le mot sin kidnappare utan nickade bara stelt mot honom innan han försvann. Hon fäste en frågande blick på Hank som var klädd i en skräddarsydd ljus kostym. Hans huvud var rakat och de mörka ögonen som studerade henne såg ut att bära på år av hårda lärdomar. Hon undrade hur han hade fått det hemska ärr som vanprydde hans kind och ena öga – väl medveten om att hon inte kunde fråga honom.

"Miss Dahlén, välkommen till Discenzaresidensen", hälsade han med sin mörka röst.

"Tack", svarade Petra lågt och deltog därmed i den makabra charad som utspelade sig med henne i huvudrollen.

"Du får byta om innan du träffar mr Discenza. Han kommer inte bli glad om han ser att du har rest sådär utmanande klädd."

Hon hade aldrig tidigare känt sig så naken i så mycket kläder och drog förläget upp det tunna linnet i urringningen. "Jag visste ju knappast att jag skulle hit", muttrade hon.

"Det är fortfarande för lite kläder så länge du inte är med din partner."

"Kan du berätta för mig vad anledningen är till att jag är här?"

Hanks käkar spändes när han studerade henne. "Man ställer inte frågor om Marc Discenza och hans avsikter till någon annan än Marc Discenza", klargjorde han kyligt och gjorde en gest att hon skulle följa honom in i byggnaden.

# Kapitel tjugotvå

Hank öppnade den ena av de två stora dörrarna i mörk ek och lät henne kliva före honom in i en stor mörk hall. Petra lät hänförda blickar glida över den exklusiva inredningen. De var enbart i hallen men den var helt betagande med sina antika möbelgrupper i gediget mörkt trä och vackra skulpturer. De fortsatte genom ett par dubbeldörrar som visade sig leda in i en stor sal. En bred trappa, som ledde upp till övervåningen, dominerade den rikt utsmyckade salen. Här fanns plats att sitta i en behaglig ljus soffgrupp, det fanns en mängd höga krukväxter och ett antal konstföremål som såg ytterst värdefulla ut.

Golvet var helt belagt med mörkbrun glänsande sten liksom den stora trappa som mäktig stäckte sig till övervåningen kantad av höga lyktor placerade med någon meters mellanrum på trappräcket i sten. Petra tittade fascinerat upp i det höga taket, som sträckte sig tre våningar, dekorerat med målningar som såg ut att härstamma från 1700-talet. Den andra våningen kantades av en stenbalustrad med vackra balustrar och vita statyer utplacerade längs dess kanter. Man kunde ända från nedervåningen se tunga målningar hänga på väggarna där uppe. Samtliga dörrar på andra våningen var stängda och avslöjade ingenting om våningens innehåll. Det ekade från olika delar av det stora huset men inte en levande varelse fanns att skåda. Inte heller den hon fruktade mest.

"Den här vägen", sa Hank med ett litet leende som inte gjorde något för att hjälpa hans utseende. Han gjorde en gest att Petra skulle gå före honom uppför den breda trappen. Petra noterade att tredje våningen såg likadan ut som den andra våningen och skänkte en undran till vad som fanns i alla dessa rum. Hela byggnaden gjorde henne omåttligt nervös.

Det fanns tre rum på varje långsida och ett rum på varje kortsida. Hank informerade henne snabbt om att andra våningen utgjordes av ett antal gästrum, en salong och ett mindre bibliotek. Han öppnade sedan en av dörrarna på ena långsidan åt henne.

"Gör dig iordning för middag", beordrade han kort. "Jag hämtar dig om en timme." Han stannade till med handen på dörrhandtaget och gav henne en översyn. "Var medveten om att vi ser om du försöker att lämna byggnaden."

Petra gick in i rummet utan att kommentera hans uttalande och Hank stängde dörren bakom henne och försvann. Hon var därmed en fånge på riktigt.

En stor ek-säng med ett nougatfärgat överkast dominerade rummet, väggarna var målade i samma nougatfärg. I ett hörn stod en stor palm i en enorm glaserad lerkruka, i ett annat en stor antik ekstol. Golvet var gjort av stora slipade stenar i oregelbunden fattning. På väggarna hängde stora tavlor, lika värdefulla som de hon sett utanför. Två fönster dominerade ena väggen med vacker utsikt över den bakre trädgården som var precis så fantastisk som Petra anat att den skulle vara. Hon såg ett antal mindre byggnader på de stora ägorna och antog att det var personalens bostäder. Hon drog för de tunga lila gardinerna för att inte synas genom de stora fönstren när hon bytte om. Hon gick fram till ek-garderoben vid ena väggen och öppnade den. Precis som hon känt på sig fanns alla hennes kläder i den. Det som verkligen skrämde henne var att de inte längre befann sig i hennes väska, utan hängde prydligt på rad. Väskan låg tom på botten av garderoben. Petra bestämde sig för att inte fundera över detta faktum för tillfället. Hon hade tillräckligt att tänka på ändå. Hon drog av sig sina kläder och kastade dem på golvet, sedan öppnade hon den enda dörr som möjligtvis kunde leda till rummets badrum.

Det varma vattnet strömmade välgörande nerför hennes rygg. Det var så behagligt och avslappnande. Hon blundade och funderade en stund över var den underbara vaniljdoften hade sitt ursprung. Kunde det vara från ljusen som stod på en vacker keramikbricka vid det stora fönstret? Eller kom doften rent av från ventilationssystemet? Hon lutade trött sin panna mot den mörkbeigea glasmosaiken som tapetserade hela väggarna. Det måste ha tagit en evighet att sätta de små rektangulära bitarna på plats i detta surrealistiska badrum som även var ett av de mest intressanta och minimalistiska hon någonsin sett. Ena väggen täcktes av glas där man kunde se ut över hela bakre trädgården. Så vackert. Det vita skålformade badkaret stod till vänster på golvet med en silverfärgad duschstång som sträckte sig som en svanhals över karet. Golvet bestod av stora mörkgrå matta kakelplattor; en mörk träskiva pekade ut från väggen hållandes en glasskål med en kran över. Bredvid detta intressanta tvättställ stod en enorm guldkantad spegel lutad mot väggen. På en rak hylla bredvid badkaret låg en vit handduk och väntade på Petra. Det var så vackert, så otroligt minimalistiskt och så annorlunda.

Hon synade de tre silverfärgade pumpflaskorna som stod på en liten hylla vid badkaret. Hyllan stack ut från väggen och var klädd i samma glasmosaik som resten av väggen. Dessa tre flaskor fick precis plats, som att hyllan var gjord efter dem. Logiskt sett borde tvålen stå längst till vänster, följd av schampo och sedan balsam – och det visade sig att hon hade rätt. Logik kunde löna sig till och med då det kom till Marc Discenza. Tvålen luktade fräscht och sött av körsbär och hårprodukterna var såklart fantastiska.

Efter att ha torkat sig omsorgsfullt gick hon tillbaka till sovrummet och lät handduken falla till golvet. Hon snappade åt sig ett par svarta underkläder som även de hängde på galge – mycket skumt ställe att placera spetsunderkläder på. Efter att hon satt på sig dem blev hon tankfullt sittande på sängen. Hennes liv hade förändrats radikalt den senaste tiden. Hon kunde ta en liten del ur det stora sammanhanget och det skulle fortfarande vara tillräckligt illa – hon kunde vända och vrida på den, studera den från alla vinklar och det skulle fortfarande inte gå att hitta någon förmildrande aspekt.

Sanningen var att hon hade blivit sviken av den person hon älskat och litat på mest.

Han hade sålt henne.

När Hank knackade på hennes dörr hade Petra satt på sig en tunn vit aftonklänning som slutade strax ovanför knäna och lämnade hennes axlar bara. Hon bar sparsamt med smycken och hade lämnat det nyfönade håret utsläppt. Det fanns inte en risk att hon skulle träffa Marc Discenza utan att vara till sin fördel.

Hank försökte att dölja sin uppskattning när han visade Petra nerför trappan och till den stora hall som hon gått igenom en timme tidigare. Förutom en lång mörk korridor till höger så fanns det tre dörrar som ledde från hallen och Hank valde den vänstra dubbeldörren i samma mörka trä som de övriga. De kom in i en behaglig försal med två mörka fåtöljer vid ett litet runt bord. På de terrakottafärgade väggarna hängde dyrbara oljemålningar. Vid det här laget var Petra så nervös att hon mådde illa, det här var bara för överväldigande. Ännu ett par dörrar öppnades och de klev in i ett bibliotek med högt i tak och tunga ekmöbler. Det innehöll delvis läderinbundna böcker och delvis konstföremål, både på väggar och inglasade i montrar.

Mitt i denna surrealism befann sig Marc Discenza.

Han reste sig upp ur en bekväm skinnfåtölj, klädd i ett par svarta finbyxor och en vit kortärmad tröja. Han fäste en överlägsen blick på henne då hon gick fram mot honom, eller vid närmare eftertanke nästan knuffades fram mot honom av Hank.

"Tack, Hank", sa han med den mörka röst som sände rysningar genom hennes kropp. "Du kan gå nu."

Hank vände direkt och lämnade rummet. Petra ryckte till när dörrarna slogs igen bakom henne, hon tittade osäkert på Marc Discenza som stod och studerade henne med outgrundlig blick.

Hon hade glömt hur fruktansvärt manligt tilldragande han var, en sådan manlighet som krävde mer än ett snyggt utseende utan även både livserfarenhet och makt. Det var precis den manligheten som skrämde Petra och träffade henne som en hård stöt i magen som roterade runt, runt och gjorde henne omåttligt nervös. Hennes kvinnliga tricks fungerade inte här.

Han stod kvar och granskade henne från topp till tå med de grå ögonen smekande hennes kropps alla kurvor. Hon kunde inte andas – hade ingen aning om vad hon skulle säga till honom. Hjärtat hamrade snabbt i bröstet och benen kändes som gelé.

"Välkommen till ditt framtida hem, Petra." Hans röst silades genom öron fyllda av bomull. Hon gick vimmelkantigt fram till den motsatta fåtöljen och satte sig ner när han gjorde en gest mot den. Hon koncentrerade sig på att andas och samlade sitt mod innan hon tittade upp på honom igen. Han dröjde kvar i någon sekund innan han också satte sig och lutade sig bakåt med ett ansikte som inte avslöjade någonting om vad som rörde sig i hans huvud.

"Jag blev drogad och tagen hit", sa hon med en viskning.

"Av vad jag har förstått så mötte Alfredo dig på flygplatsen och du följde med frivilligt."

Det fanns inte ett spår av skuld i hans ansikte och Petra blinkade bort dimman av stress som grumlade hennes syn. Hon tog ett djupt andetag.

"Det räknas inte som att följa med frivilligt om man sover, mr Discenza."

"Och hur vet du att du blev drogad?"

"För jag inte har till vana att somna när jag sitter på ett café och dricker kaffe." Hade hon ens den här konversationen? Det var helt absurt.

"Jag förstår. Du måste ha varit exceptionellt trött, miss Dahlén."

"Bara för att man förnekar något gör det inte mindre till ett brott."

"Brott?" Han skrattade lågt utan att ansiktet speglade någon glädje. "Varsågod och ring polisen om du tycker att du har blivit utsatt för ett brott."

"Både du och jag vet att det inte lönar sig för mig att ringa polisen. De kommer inte hjälpa mig så länge du har något med saken att göra."

Han förde samman sina fingertoppar och såg ut att fundera en stund innan han började prata igen. "Då vet jag inte varför vi har den här konversationen, Petra."

"Varför är jag här?"

"Du vet varför du är här."

Hon slöt hastigt ögonen och svepte sedan med blicken över det vackra men underliga rummet. Mitten av rummet dominerades av ett enormt cylinderformat akvarium som gick från golv till tak, fyllt med färgglada fiskar. En snabb

undran skänktes till var man kom åt att mata fiskarna
någonstans.

Hon kände sig som ett av alla antika föremål i rummet,
utvärderad och köpt av den med mest pengar.

"Eddie vägrar att träffa mig. Han har hälsat mig att han
inte vill se mig igen. Du har verkligen lyckats skrämma
honom."

"Han är helt enkelt inte värd dina ansträngningar."

"Nej, han har mött sin överman och vågar inte träffa
mig."

"Men om han verkligen ville ha dig skulle han kämpa för
dig. Inget skulle stoppa mig."

"Men det är för att du har den makten", sa hon kvävt.

"Nej, det är för att du är min."

"Jag är inte någons förutom min egen. Jag bestämmer
över mitt liv och vad jag ska göra." Inte ens hon själv trodde
på den lögnen.

Han log roat så hans vita tänder blev synliga och de små
linjerna runt hans ögon framträdde. "Du har varit min sedan
första gången jag såg dig. Du har bara inte insett det än."

"Du kan inte bara säga så där", sa Petra förtvivlat. "Det
är ingen som äger mig."

"Jag äger inte dig. Men du är min", svarade Marc lugnt.
"Jag kommer att göra dig till min på alla tillgängliga vis." Han
sträckte sig oväntat fram och tog hennes hand. Han
studerade sakta hennes darrande fingrar innan han
långsamt slöt handen i sin. "Första gången jag såg dig visste
jag att jag måste ha dig. Du stod där uppe i trappan och
tittade på mig, och din skönhet var förtrollande. Sedan den
dagen har jag inte kunnat släppa tankarna på dig. Du är inte
gjord för ett liv ute på klubbarna med olika män. Jag förstår
inte hur din far har kunnat tillåta dig att leva på det viset. Du
borde ha varit sparad åt en speciell man som kunde ta väl

hand om dig. Du är gjord för ett liv som fru och mamma. I Italien hade du varit gift redan. Det finns inte en enda pappa som hade låtit en så vacker dotter vara ogift och ränna ute med olika män. Jag kommer inte låta någon få dig, varken Eddie eller någon annan."

"Du måste förstå att i Sverige räknas jag som ung och där är kvinnan fri att välja själv. Familjen har inte mycket att säga till om, tjejer är ute och leker av sig precis som killar. Man måste ha roligt innan man stadgar sig – helst om man ska leva hela sitt liv med samma man."

"Sverige är mycket ensamt om denna syn på kvinnor. En kvinna ska skyddas", sa han hårt.

"Jag behöver kärlek. Jag kan inte bara gifta mig med en person utan att vara kär. Och du skulle bli galen på mig efter ett tag. Jag är fotomodell, jag reser runt i mitt yrke och är ute på olika bjudningar. Jag har hur många killkompisar som helst."

Han tittade allvarligt på henne innan han tog till orda. "Petra, du kommer inte jobba som fotomodell och du kommer inte att träffa dina, så kallade, killkompisar. Du kommer vara min fru och ta hand om vår familj. Ditt liv kommer att förändras."

Hon lutade sig trött bakåt och drog sin hand ur hans varma. "Jag vägrar delta i det här. Det kommer inte hända. Jag är så ung och har så mycket jag vill göra innan jag stadgar mig."

Marc reste sig ur fåtöljen och tittade på henne från platsen där han stod. "Hungrig?"

"Absolut." Hon hade bara ätit tidigt samma morgon och magen kurrade i tyst protest.

När hon reste sig upp slöt han sin hand om hennes handled och drog henne med en snabb rörelse mot sin varma kropp. Han fångade hennes ansikte mellan sina händer och tittade utrönande på henne. "Du är min, inbilla dig inte något annat." Hans röst vibrerade i hennes kropp och sände små signaler till hennes mellangärde. Hon förmådde inte att yppa ett ord utan tittade bara upp på hans manliga ansikte. Allt hennes förnuft lämnade henne; struntade totalt i att hon ville vara fri och göra vad som helst. Istället skrek hennes kropp efter hans uppmärksamhet och brydde sig inte om någon överenskommelse med hennes hjärna. Hans läppar snuddade varma vid hennes, först försiktigt sökande för att sedan pressas mot hennes i en krävande kyss som sköt pulserande pilar genom hennes kropp. Hon hade anat att Marc Discenza skulle vara en krävande man i allt och hans läppar som ägde hennes bevisade henne rätt. Det fanns inte en man i hennes liv som så totalt intagit hennes kropp med bara en kyss. Han gjorde henne till en kraftlös docka i sin famn och lät sin ena starka hand trycka mot hennes svank så hennes bröst trycktes mot hans överkropp och hennes mellangärde pressades mot hans hårda mandom. Hon ville inget hellre än att han skulle ta henne, vilket han visste, vilket gjorde det hela än värre. Hennes bestämda ord spelade ingen roll när hennes kropp så tydligt var redo att kapitulera för honom.

När han släppte henne brann hennes hud och hon andades flämtande av upphetsning. "Du är så dålig för mig", kved hon. "Så dåliga nyheter." Hon tittade anklagande på honom samtidigt som hon försökte samla sig igen.

# Kapitel tjugotre

Han gick före henne ut ur biblioteket och vidare till den stora hallen där han öppnade den dubbeldörr som var belägen precis bredvid den stora trappan. Bakom dörren fanns ytterligare ett fantastiskt rum som visade sig vara Discenzaresidensens storslagna matsal. Direkt till vänster fanns ett enormt matsalsbord med tunga ekstolar, tre röda dukar var lagda tvärs över bordet med stora kandelabrar på. Det fanns plats för åtminstone tjugo personer runt det stora bordet. Mäktiga originalmålningar hängde på de beigea väggarna med tjocka ramar och all världens gedigna värdefulla motiv. Stora fönster som gick från golv till tak, omgivna av vita tunna golvlånga gardiner, släppte in ljuset i det annars mörka rummet. Vackra krukväxter skymtade i var hörn, vissa högre än Petra själv. På parkettgolvet i valnöt låg orientaliska mattor och på en av dessa fanns en låg soffa med stora kuddar där man kunde sitta och dricka kaffe vid ett turkiskt brickbord. Från taket hängde antika lampor i alla tänkbara former.

Petra var helt betagen. Rummet var fantastiskt. Med ens bleknade Dahlénhuset i jämförelse tillsammans med alla andra ställen hon besökt. Detta kändes inte verkligt.

”Allt det här måste kosta en förmögenhet! Är vartenda föremål äkta i ditt hem?”

Han stannade till precis framför det stora ekbordet och vände sig mot Petra med oförklarlig blick.

”Jag väljer alla mina ägodelar med omsorg”, försäkrade han.

Hennes kinder hettade. Hon vek undan med blicken och satte sig på stolen som han drog ut åt henne. Han gick till andra sidan bordet och satte sig mittemot henne.

För första gången sedan hon anlänt till huset hörde hon ljudet av levande människor och det fick henne att slappna av en aning.

Två kvinnor som såg alldeles för bra ut dukade fram deras middag – sötpotatis med sjötunga och en sås till som doftade gudomligt. De kastade diskreta blickar på Petra innan de försvann ut och stängde dörren efter sig. Petra höjde frågande på ögonbrynen.

"Du gillar vackra kvinnor som är förlagda med talförbud", konstaterade hon bittert.

"Det hade varit fantastiskt att försöka detsamma med dig, men jag är säker på att det inte skulle lyckas."

Hon log roat och tog emot det vackra fatet med fisk från Marc. Bara de kokta grönsakerna såg tillräckligt goda ut för att äta ensamma. Han hällde upp vitt vin från ännu en flaska som såg ut att härstamma från medeltiden och de slog mjukt ihop de dyra glasen i en skål över bordet. Hon smuttade på vinet, som självfallet smakade fantastiskt, och studerade mannen hon hade framför sig. Han var verkligen farligt tilldragande. Kvinnorna måste kasta sig för hans fötter. Om hon var med honom skulle han vara i överläge och inte hon. Det gillade hon inte. Hon ville ha en man som dyrkade marken hon gick på – som hon kunde leka med som hon önskade sig. Marc Discenza var inte den mannen. Hennes utseende kunde inte ta henne hela vägen med honom – han var redan både snygg och rik. Om hon stannade med honom skulle hon bli en hemmafru som tog hand om barnen. Hon skulle antagligen drivas till vansinne av svartsjuka. Det var inte det liv hon önskade sig själv. Hon hade bestämt sig för att träffa en snygg man med lika mycket pengar som hon som lät henne leva ett fritt liv. Hon skulle fortsätta resa och leva livet och antagligen ha ett antal älskare. Barn var långt ifrån något som ingick i hennes framtidsplaner.

"Vad tänker du på?" Han ställde ner glaset och tittade på henne med sina genomborrande ögon.

"Att du är dåliga nyheter för mig", svarade hon sanningsenligt.

"Förklara."

"Om vi bortser från att jag anser att ett förhållande ska börja med kärlek och att man inte kan hålla sig ifrån varandra... I ett liv med dig skulle jag vara en hemmafru som satt hemma och väntade på att min man skulle komma hem. Det är inte på det viset jag ser min framtid. Jag är inte till för att vänta på någon."

"Du glömmer åtrå."

"Va?"

"I ett förhållande är inte kärlek hela saken – den kan växa fram med tiden. Att man åtrår den andra är nästan viktigare. Om man inte vill ta sin partner till sängen saknas en väsentlig del i förhållandet." Hans blick svepte menande över hennes kropp, som om han klädde av henne med ren tankekraft, och Petra kunde knappt svälja maten hon hade i munnen.

"Jag kommer att ta dig till min säng medan du är här och visa dig vad jag menar."

Hennes gaffel stannade i luften med en darrande rörelse. Hon tittade på honom mållös några sekunder innan hon tog till orda. "Mot min vilja?" flämtade hon.

Han skrattade lågt. "Du kommer inte göra motstånd."

"Jag trodde du var emot kvinnor som lättvindigt ger sin kropp till en man", påpekade hon torrt.

"Det är jag. Men det här är inte en sådan situation, eller hur?"

"Du kommer att bli min undergång", konstaterade hon med en flämtning.

"Kanske."

De åt under tystnad. Det enda som hördes var bestickens diskreta skrapningar mot det vackra porslinet och vinden mot de stora fönsterrutorna. Någonstans på avstånd tutade en bil. I övrigt var hela världen någon annanstans och hon var helt ensam med Marc Discenza – den enda mannen i den här världen som hon verkligen fruktade.

Vinet lugnade hennes kropp men då hon inte ville bli för berusad och tappa omdömet så balanserade hon det med vatten. Marc iakttog henne under tystnad hela middagen. Hans ansiktsuttryck avslöjade ingenting om hans tankar och hon undrade om han utvärderade henne för att se om hon verkligen skulle passa som hans fru. Tanken att han skulle hitta något fel på henne gjorde henne konstigt upprörd så hon använde alla sina talanger i vett och etikett.

"Hur blev du så rik?"

Han tittade förvånat på henne och höjde ett mörkt ögonbryn. "Genom hårt arbete."

"Det var inte ett riktigt svar. Är du född rik eller har du arbetat dig rik?"

"Jag är inte född så här rik men hade tillräckligt med pengar under min uppväxt."

"Så vad arbetade dina föräldrar med?"

Han tittade en aning irriterat på henne. "Jag gillar inte att bli utfrågad."

"Du vet allt om mig. Det är inte rättvist."

"Världen är inte rättvis."

Hon torkade sig om munnen och visade att hon hade ätit klart. "Man blir inte så rik som du bara ändå. Du måste ha börjat någonstans."

”Jag kan vara mycket övertygande. Det var så jag började”, svarade han kort. Han sköt sin tomma tallrik åt sidan och lyfte sitt glas i en skål.

”Jag kan tänka mig”, muttrade hon. ”Är du alltid så allvarlig? Har du någonsin roligt?”

Han lutade sig bakåt och tittade på henne med just den allvarliga min som hon hade haft i åtanke. ”Roligt?”

”Ja, du vet; skratta, hänga ute med polare och göra galna saker.”

”Nej.”

”Hur gammal är du?”

”37.”

”När var du senast ute och gjorde något riktigt roligt?”

”Petra, leder dina frågor någon vart?”

”Jag försöker lära känna dig, men det är praktiskt taget omöjligt.”

”Säg mig, Petra, hur många män har du legat med?”

Hon stirrade mållös på honom och kände hur magen drogs samman. ”Skojar du med mig? Det finns inte en risk att jag svarar på det.”

”Vi lär ju känna varandra och det är vad jag vill veta.”

”Varför?” Det kröp i hennes hud av nervositet; hennes händer blev fuktiga och munnen torr. Det fanns inte en risk att hon tänkte svara på den frågan.

”Jag vill veta hur stor skadan är.”

”Hur många kvinnor har du legat med?”

Han log roat åt henne. ”Lägger du någon värdering i ett eventuellt svar?”

”Inte egentligen.”

”Därför är det icke relevant för dig att veta.”

”Det är inte relevant för dig heller. Vad ska du göra med informationen?”

”Det beror på hur många det handlar om.”

"Men du kan ändå inte ändra på något."

"Jag gillar det inte alls. Att andra män har haft din kropp. Det är inte så det ska gå till. En så vacker kvinna slösad som något billigt alla kan äga."

Det kändes fruktansvärt skamligt när han sa det på det viset och det var inte rätt. En kvinnas sexualitet var inte skam. Hon var stolt över att ha utforskat sin kropps möjligheter till njutning. "Jag kunde inte ha vetat att jag skulle träffa dig, det gick inte direkt att planera mitt liv efter det scenariot", sa hon upprört. "Jag kommer inte be om ursäkt för något jag har gjort och jag tänker inte berätta för dig hur många det är. Du har ingen rätt att veta."

"Jag har *all* rätt att veta!" sa han högt och slog handen i bordet framför henne. Hon stelnade till av det plötsliga utbrottet, och rädslan spred sig som en sjukdom i hennes kropp. Hon vågade inte säga ett ord utan krympte framför honom. Ingen hade någonsin höjt rösten åt henne på det här sättet. Den här Marc Discenza var fruktansvärt skrämmande, liksom den mycket lugna Marc Discenza. Hon kunde med enkelhet föreställa sig vad han menade med att han kunde vara övertygande i affärer. En tanke skänktes till Eddie och vad han hade gått igenom för behandling för att så snabbt backa ur hennes liv.

Han reste sig plötsligt och räckte ut handen till henne. "Kom", sa han kort.

Hon kunde höra sina egna hjärtslag och blodets trummande i öronen när hon sträckte ut en ovillig hand och lade den i hans. Han slöt den i sin och drog henne upp på fötter. Sedan grep han henne plötsligt om båda handlederna och sköt henne bakåt mot den beigea väggen där hon landade med en smärtsam duns som fick hennes rygg att värka och luften att gå ur henne. Om hon inte varit så rädd hade hon skrikit. Istället tittade hon flämtande upp på Marc som nu hade fattat båda hennes handleder i sin ena hand och lyft dem ovanför hennes huvud där han höll henne fastnaglad. Hans grymma ögon synade henne noggrant medan han tryckte sin hårda kropp mot hennes och lät sin fria hand vandra ner till hennes hals där den fattade ett löst symboliskt grepp. "Tro inte för en sekund att det här är en lek, Petra Dahlén."

Blodet försvann från hennes huvud – det kändes som om hon skulle svimma. Hennes bröst hävde sig långsamt upp och ner pressat mot hans hårda kropp.

"Jag kommer att vara din bästa vän och ta mycket väl hand om dig om du sköter dina kort rätt. Om du trotsar mig kommer jag att vara din värsta mardröm. Förstår du?"

Hon fick inte fram något ljud utan nickade bara.

"Då är vi överens." Han släppte henne lika hastigt som han hade tagit tag i henne och gjorde en gest mot den låga soffan och brickbordet. "Vi dricker kaffe", sa han sedan i fullständigt normal samtalston.

Hon gick på stela ben fram till soffan där hon mekaniskt satte sig bland de mjuka kuddarna. Hon ville gråta men tänkte inte ge honom det nöjet. Istället samlade hon all rädsla inom sig, gömde den i en box och låste omsorgsfullt.

Marc Discenza var djävulen personifierad och han hade valt henne.

# Kapitel tjugofyra

Hennes kropp värkte när hon vaknade i den bekväma sängen dagen efter. Hon masserade uppgivet sina ömma muskler och insåg att det inte var så konstigt då hon var överdrivet spänd i Marc Discenzas sällskap. Hon förde en hand till sin hals och mindes hur han varnat henne för att gå emot honom. Varningen hade lyckats – om hon varit rädd för Marc Discenza tidigare var hon det verkligen nu. Förutom att ha lagt sin hand över hennes några gånger och givit henne en lätt kyss god natt hade han inte rört henne något mer under kvällen. Istället hade de suttit lutade mot de stora bekväma kuddarna och druckit kaffe med tilltugg och pratat om allt möjligt – utom honom. Hon hade till och med haft lite trevligt med honom och insett att han kunde vara ganska okej om hon bara gjorde exakt som han sa. I längden skulle det vara en omöjlighet. Hon passade inte som en burfågel och frågade sig hur hon skulle övertyga honom om detta.

Efter att ha gjort sig iordning och dragit på sig jeans och ett linne lämnade hon sitt rum. Hennes plan var att åka från Discenza-residensen den här dagen och ta sig till Stockholm. Så långt från Marc Discenza som möjligt. Hon hade ingen aning om vad han hade för plan för henne och hennes vistelse här, förutom de mer långtgående, men om hon stannade längre skulle han dra henne djupare in i den här röran. Om hon fortsatte på den banan skulle det hela få förödande konsekvenser.

Hela våningen där hon bodde var tyst, inte ett ljud hördes från någonstans. Våningen ovanför borde innehålla Marcs sovrum, men Petra vågade sig inte upp för att se efter.

Förutom en rokokogrupp utanför hennes rum fanns det bara stängda dörrar på hennes våning. Ett burspråksfönster släppte in solljuset och kastade sina varma strimmor på Petra där hon gick. Hon kvävde sin nyfikenhet och tog trappan ner istället för att utforska de övriga rummen på våningen. En av de mycket tysta kvinnorna från gårdagen befann sig på nedervåningen och arrangerade en vit blombukett placerad på ett bord mitt i hallen. Hon log med snälla ögon och erbjöd sig att visa Petra till matsalen där de ordnade frukost. Hon kunde inte vara så gammal, inte mer än tjugofem, och var mycket söt med ljust lockigt hår och en liten nätt figur. Marc Discenza gillade tydligen att omge sig med vackra kvinnor – något som till Petras förvåning störde henne. Hon ville dock inte tänka vidare på detta faktum utan följde efter flickan genom hallens högra korridor och in i ett enormt kök som var ljust och modernt till skillnad från resten av huset.

Två kvinnor sprang omkring och dukade fram en väldoftande frukostbuffé på ett vitt matsalsbord som var beläget intill stora fönster med vita tunga gardiner. Rummet var inrett i vitt med detaljer i borstat silver; det fanns en vacker skänk och ett stort vitbetsat vitrinskåp med vackra tallrikar och glas.

Båda kvinnorna stannade till i sina sysslor när de såg Petra. Två till vackra kvinnor. Marc Discenza ville förbjuda samtliga män i hennes liv men hade inte några problem att själv anställa tilldragande kvinnor. Han var en mycket dubbelmoralisk man. Som om det förvånade henne.

"Miss Dahlén, slå dig ner!" sa en av kvinnorna mjukt och gjorde en gest mot det dukade bordet. "Jag heter Denise", fortsatte hon, "det här är Leonora och Emma." Hon nickade mot kvinnan som följt Petra in och den andra kvinnan som hjälpt henne med bordet.

"Hej", sa Petra lågt och fann sig överraskat förlägen över hela situationen. Vad visste de om henne? Kände de till vad Marc Discenza hade för planer? – eller trodde de bara att hon var hans älskarinna? Hade de hört de hot han uttalat mot henne? Visste de att hon var här mot sin vilja?

Denise verkade vara ledaren, de andra två inväntade hennes direktiv innan de gjorde sina göromål. Hon var lång och blond, antagligen i trettioårsåldern, och var alldagligt vacker; Leonora var brunhårig och en aning rund och även hon vacker. Petra fann sig undra om Marc Discenza hade haft sex med någon av dem – såklart han hade, han var en demon.

Hon gled ner på en av de vitklädda stolarna och undrade vilken av alla läckerheter hon skulle lägga upp på sin tallrik. Det låg nyrostade bröd på en assiett, en annan innehöll våfflor, den tredje en omelett som såg väldigt frestande ut, sen fanns det bacon, grönsaker, limpor i tre sorter, kokta ägg, fruktsallad – ja allt. Hon lade en krispig våffla på en liten vit tallrik och toppade med sylt och grädde. Hon undrade om Denise och hennes undersåtar var vana vid att kvinnor kom och gick här eller om hon var den enda. Oavsett vilket var hon garanterat föremål för skvaller och gillade det inte alls.

"Så du är redan uppe?"

Petras hjärta hoppade över ett slag och hon vände sig nervöst om. Där stod han, närmare än vad hon hade trott, iklädd svarta jeans och en vit t-shirt med det svarta håret fuktigt bakåtkammat. Han luktade fantastiskt och såg fantastisk ut. Den jäveln.

"Jag har precis kommit ner", svarade hon kort. Situationen kändes med ens så surrealistisk. Hon var hemma hos Marc Discenza – mannen som hade tvingat hennes pappa att skriva ett kontrakt där han sålde henne;

hon satt hemma i hans matsal och åt frukost som om det vore fullt normalt – som om han hade rätt att tvinga henne in i ett liv med honom. Ett kallt och kärlekslöst liv.

Det gladde henne att det var så uppenbart att de inte sovit tillsammans. Då hade kökspersonalen åtminstone lite mindre att skvallra om.

"Om ni är färdiga så kan ni lämna oss", informerade han kort.

Denise torkade av sina händer på en vit handduk. "Ja, mr Discenza", sa hon och nickade åt Leonora och Emma att de skulle gå.

Det gick inte att gå miste om respekten i hennes röst när hon tilltalade Marc, och Petra fick en klump i halsen. Det var inte bara hon som var livrädd för Marc Discenza.

Marc gick fram till den vackra skänken och hällde kaffe från en stor silverkanna i en vit porslinskopp. Han tittade på Petra med sina kalla ögon.

"Vill du ha?"

"Nej, tack, jag tar efter frukosten." Hon iakttog honom under tystnad när han fyllde på lite mjölk och socker i den rykande koppen. Intressant, hon hade gissat att han var typen som drack kaffet svart.

Han stannade ett ögonblick vid skänken medan han kollade något på sin telefon. Hon kunde känna doften av hans parfym – en fräsch manlig doft som fick hennes nerver att vibrera och musklerna i hennes mage att dras samman. Så overkligt allt var, att studera Marc Discenza i hans hem en vanlig morgon. Mannen som kvällen innan hotat henne och tvingat henne till underkastelse. Hur länge skulle han hålla henne kvar hos honom i Chicago?

Han satte sig mittemot henne med sin svarta kaffekopp framför sig. "Det finns kaffe där borta när du vill ha", sa han kort och fortsatte att titta på henne. Hans obehagliga blick brände henne, hon tittade snabbt ner och fastnade med blicken på hans starka händer – det gjorde dock inte mycket för att lugna hennes puls, tvärtom.

"Tack." Hon försökte äta men det var nästan omöjligt när han studerade varenda rörelse hon gjorde. Hon önskade att personalen hade stannat kvar i rummet som en distraktion.

"Är du inte hungrig?" Han gjorde en gest mot maten och började själv att lägga upp bacon på en assiett.

"Det är svårt att äta när du tittar på mig hela tiden."

"Jag trodde att du gillade när män tittar på dig", pikade han med ett lätt leende.

"Mm, men bara under vissa omständigheter."

Han tog en bit bacon och fortsatte att titta allvarligt på henne medan han tuggade.

Hon tog en bit av sin våffla men kände knappt någon smak.

"Har du sovit gott?"

"Ja, så gott man kan sova när framtiden känns mycket oviss."

"Oviss? Jag skulle säga att din framtid aldrig har varit så klar."

"Det är vad du säger men jag kan inte påminna mig om att jag har gjort något val än."

Han höjde på ena ögonbrynet och fortsatte att äta utan att kommentera vad hon sagt. Det gjorde henne mer nervös än innan.

"Du minns det va?" envisades hon. "Du sa att jag var fri att fatta mina beslut själv." Hennes röst var inte mer än en bönfallande viskning och hon vågade inte se in i Marcs ögon. Hon var smärtsamt medveten om rädslan hon känt när hon opponerat sig mot honom dagen innan.

Han lade ner gaffeln och torkade sig runt munnen, hela tiden med blicken på henne. Han kunde vinna pris för det psykologiska spel han spelade – uppenbarligen van att plåga människor.

"Det *är* du också. Du är fri att fatta vilka beslut du vill."

Han förde sin ena hand till hennes kind och tog god tid på sig när han lät fingrarna glida längs hennes käkben. Hur kunde en så ond människa framkalla ett sådant sexuellt begär i henne?

"Vi har bara inte samtalat om konsekvenserna som kan uppstå om du fattar mindre bra beslut."

Det var som en diktatur. Hon var fri att tycka vad hon ville, men om hon tyckte fel så blev hon avrättad. Det fanns inte några valmöjligheter – det var ett luftslott.

"Vad menar du med mindre bra beslut?"

"Allt som innefattar det motsatta könet."

"Så om jag förstår det här rätt så får jag välja mellan att leva fattig, och utan män, eller leva med dig?"

Han tittade på henne med sina bottenlösa kalla ögon. Han behövde inte säga något, hon visste redan svaret.

"Det innebär att jag inte har något val egentligen. Det här är bara ett spel från din sida." Hon lutade sig förtvivlat bakåt och dolde ansiktet i händerna. "Gör inte det här mot mig, Marc", bedjade hon. Hennes ögon var fyllda med tårar, men hon fann inget medlidande i hans.

"Är du klar?" frågade han istället och reste sig upp. "Jag tänker visa dig runt. Jag vill att du ska göra dig bekant med Discenzaresidensen och ägorna runtomkring."

Hon torkade uppgivet de varma tårarna med baksidan av handen och tittade på honom genom den blöta dimman. "Får jag bara fråga dig en sak?"

Han stannade till på vägen ut ur köket och vände sig otåligt mot henne.

”Skulle du förstöra mitt liv om jag inte gör dig till viljes?”

Han synade henne sakta uppifrån och ner. Hans blick brände spår i hennes hud och fick håret att resa på sig.

”Ordentligt.”

# Kapitel tjugofem

Petras känslor befann sig i en omtumlande bergochdalbana med höga toppar och skrämmande dalar. Ena stunden avskydde hon honom och var livrädd för honom, för att nästa stund finna sig titta nästan beundrande på honom flera gånger under dagen. Det var inte hennes fel. Hon kunde inte rå för att denna demon till man var så fantastiskt tilldragande på alla sätt och vis; sättet han rörde sig på, hans dödliga manlighet och den respekt han ingöt i samtliga han talade med. Hon fick se en annan sida av honom när han visade henne runt ägorna; de sträckte sig långt utanför huset och innehöll både tennisbana, golfbana och en vacker trädgård med flertalet platser att slå sig ner. Hon erkände motvilligt för sig själv att hans ägor var fantastiska och hon uppskattade att Marc visade en mjukare sida när han pekade åt olika håll för att förklara vem som hade planterat vad och hur byggandet av de storslagna ägorna hade gått till. Han lade ofta en arm runt hennes midja för att föra henne i en viss riktning, eller för att understryka något han sade, vilket tryckte henne mot hans hårda varma kropp och sände små rysningar av välbehag genom henne som hon ilsket försökte att bekämpa.

Flera gånger under dagen blev de uppsökta av olika män som ville byta några ord med Marc; alla var italienare och klädda i dyra kostymer, de hade samma hårda självsäkra uppsyn som Marc men hälsade vänligt på henne när han presenterade henne för dem. De var långt ifrån det klientel hon i vanliga fall skulle omge sig med. Hon noterade att ingen av dem dröjde med blicken vid henne längre tid än vad som var lämpligt – något hon irriterade sig över då hon var van vid att få männens odelade uppmärksamhet.

Hennes tankar gick tillbaka till den gången på nattklubben i Washington då hon sett Marc Discenza för första gången. Inte en enda man hade givit dem så mycket som en blick och servitören hade nervöst serverat dem utan att dröja kvar längre än några sekunder vid deras bord. Kunde Marc Discenza ha haft något med deras konstiga beteende att göra? Hon tittade på honom när han allvarligt pratade med den senaste i raden av män som sökt upp honom, och insåg en självklar sak.

Marc Discenza hade med *allt* att göra.

Och han var en arbetsnarkoman, det var uppenbart – och gillade att beordra folk till höger och vänster. Alla samtal slutade på samma sätt, han delade ut en kort order, den han pratade med nickade och försvann.

"Petra, jag måste på ett kort möte. Gå till ditt rum och byt om så äter vi middag ute sen."

Han var så snygg när han var trevlig. Hon fann sig titta upp på hans hårda ansikte och le lätt innan hon lät sig föras tillbaka till hallen och trappan där hon hittade till sitt rum själv.

Hon hade fått sms från både James och Martika. *Petra vad händer? Jag måste få veta! Ring mig så fort du kan! Pusssss.* Det var Martika. Sen James: *Syrran, Marc Discenza... Han är inte vem som helst. Hur mycket vet du om honom? För jag vet en hel del. Blev lite förvånad när du ville åka dit faktiskt. Men ring mig när du ser det här! Och jag menar det...*

Hon orkade varken höra av sig till Martika eller James. Hon mådde själv för dåligt över hela den här situationen och hade inte lust att svara på alla deras frågor eller förklara varför det inte bara var att åka härifrån. Man åkte från Marc Discenza när Marc Discenza ville det. Varken förr eller senare.

Hon hade ingen aning om vart de skulle denna kväll, men eftersom han hade sagt middag och Marc Discenza inte gick till någon kvarterskrog, så satte hon på sig en svart fotslång designerklänning som framhävde varenda liten form hon hade på kroppen och blottade det ena välsvarvade benet. Då hennes hår var en av hennes största tillgångar lämnade hon det helt utsläppt men kammade en sidbena och satte det åtstramat bakom öronen så hon visade de vackra diamantörhängen hon en gång hade fått av sin pappa. Läpparna målade hon syndigt röda. Hon studerade sig själv i spegeln väl medveten om hur ofantligt vacker hon var och väl medveten om att det var just det som fått Marc Discenza att lägga märke till henne från första början.

Marcs svarta Mercedes stannade utanför *Park Hyatt,* ett stort hotell beläget på Michigan Avenue. Bilen glittrade i skenet från de tusentals lampor som omgärdade dem i den mörka kvällen. De hade rest under tystnad, Marc upptagen med sina tankar och Petra fingrandes på sina ringar på grund av nervositeten i hans närhet. Ibland vandrade hans blickar mot henne, synade henne, som om de kunde krypa in under hennes hud och granska hennes insida.

Hon kunde inte dela sitt liv med den här skrämmande mannen, det skulle bli en mardröm. *Ge mig Sverige och förutsägbara killar.* Marc Discenzas värld var för komplicerad och skrämmande. För full av män som inte imponerades av annat än makt. För full av män som var farliga och ett hot mot hennes frihet.

På sjunde våningen låg en lyxig och väl ansedd restaurang som erbjöd en vacker utsikt över staden. Lobbyn till hotellet under denna var en vacker uppenbarelse med röda väggar och tjocka mörka pelare i sten. I mitten fanns en stor bekväm beige soffgrupp på en stor ljus matta.

Bakom denna hängde en enorm målning på den röda väggen. Stilrent och vackert.

Här rörde sig enbart välbärgade människor – som Marc Discenza.

Hotellets personal nickade respektfullt mot honom, uppenbarligen välkänd var än han rörde sig.

Väl i restaurangen fördes de till ett bord intill ett stort burspråk med en fantastisk utsikt över staden. Inredningen var beige och utgjorde en smakfull kontrast mot det vackra parkettgolvet i valnöt.

Petra satte sig ner på den mjuka stolen som servitören drog ut åt henne och Marc satte sig ner först efter att hon hade tagit plats. Han var åtminstone en gentleman på ytan.

Han nickade därefter kort och servitören skyndade sig att rulla fram en silvervagn med vin i en ishink; denne hanterade flaskan med vana även om Petra kunde ana en liten darrning på hans hand när han serverade Marc vin för provsmakning.

Hon undrade om Marc lade märke till hur han påverkade sin omgivning, och om han i sådana fall brydde sig om detta eller rent av tyckte att det var positivt.

Efter att Marc hade godkänt vinet fyllde servitören deras glas och gick iväg för att hämta menyer. Han tittade på henne med sina kalla ögon och slog sakta ihop sitt glas med hennes i en skål. "För dig och mig, Petra, och början på något fantastiskt."

"Om det är fantastiskt återstår att se", muttrade hon kort.

"Missta dig inte, miss Dahlén, när vi kommer hem ikväll kommer jag ta dig – hårt – och det kommer vara helt jävla fantastiskt."

Nervositeten for genom hennes kropp och samlades i en het massa mellan hennes ben, där den fortsatte att pulsera farligt. Varför attraherades hon av honom? Hon insåg att hon ville ha sex med honom, för hon var säker på att det skulle vara en annorlunda upplevelse, för han var en hänsynslös demon som antagligen var en djävul i sängen. Det lockade henne. Men det var självfallet en urusel idé. Hon var inte dum. Priset för sex med honom var skyhögt. Hon ville inte bli mrs Discenza. Hon ville fortsätta att vara partyprinssessan Petra Dahlén.

Hon kommenterade inte det han sagt utan slöt sina darrande fingrar kring det kalla glaset och tog god tid på sig när hon drack. Vinet var som vanligt fantastiskt och skulle sedan visa sig passa perfekt till förrätten: karamelliserad hasselnöt med diverse tillbehör.

Marc studerade henne med ett litet retsamt leende medan hon drack och hon undrade vad som rörde sig i hans tankar. Störde det honom att hon inte svarade eller var han nöjd med att enbart notera hur nervös han gjorde henne?

De åt förrätten under tystnad, det enda som hördes var det metalliska skrapandet av bestick mot porslin och övriga gästers låga samtal, delvis dränkta i den lugna musik som spelades. När varmrätten kom in, lax med gul curry och kokos till Petra och lamm till Marc, hade hon fått nog. ”Du har berättat minimalt för mig om din bakgrund, Marc.

”Vad är det specifikt du vill veta?” Han såg en aning irriterad ut men lät henne för tillfället hållas. Marc Discenza var inte van vid att bli utfrågad.

”Jag vill veta mer om din familj och var du kommer ifrån. Du vet uppenbarligen allt om mig redan.”

”Jag föddes i Palermo på Sicilien. När jag var tretton år flyttade vi till Taormina, en annan stad på Sicilien. En mycket vacker plats som jag ska visa dig framöver.”

Han trodde verkligen att de gjorde det här. Hon mötte hans blick men kommenterade inte hans planer. Om Marc

Discenza sa att han skulle ta henne till Sicilien så skulle det antagligen bli på det viset.

"Var finns dina föräldrar? Är de här i staterna också?"

Marc bet ihop käkarna och fastnade tillfälligt med blicken på hennes ansikte. Hans ögon antog en, om möjligt, ännu kallare grå nyans och Petra trodde först inte att han skulle svara på frågan.

"Min mamma bor kvar i Taormina i samma hus jag växte upp. Min far dog när jag var sjutton år."

"Jag beklagar. Var han sjuk eller något?"

"Nej, han blev skjuten." Han fäste en kall blick på henne som bar på sådant hat att hennes blod frös till is i hennes ådror. Vad som än hade hänt hade Marc uppenbarligen inte kommit över det.

"Varför?"

"En uppgörelse om mindre trevliga saker. Det tillhör det förflutna och är ingenting vi ska fördjupa oss i ikväll."

Hon gick inte miste om varningen i hans röst. "Vad hette han?"

"Mina föräldrar är Marco och Frances Discenza." Hans röst färgades av vördnad när han nämnde sina föräldrar – åtminstone några som vunnit hans respekt.

"Varför lämnade du Sicilien om du älskar platsen så mycket?"

"Det stämmer att jag älskar Sicilien, jag har mina rötter där, det är mitt hem. Jag åker tillbaka ofta. Jag har affärer i USA. Sicilien var inte tillräckligt stort. Jag bor på flera platser."

"Har du syskon och släkt kvar där förutom din mamma?"

Hans ansikte mörknade igen och det var uppenbart att han började ledsna på hennes frågor. "Jag hade en bror, Alessandro. Han var tre år äldre än jag och blev skjuten samtidigt som min far."

Petra tystnade förskräckt. Det här skrämde henne. Hans värld var inte hennes värld; den var grym och kall, och hon ville inte vara en del av den. Han hade mist halva sin familj under den känsliga tonårsperioden. Det enda han hade nu var hat och en massa pengar. Inte konstigt att han var så kall och oförlåtande. Det var dock inte rättvist att det drabbade henne. *Hon* hade inte dödat hans familj.

"Jag är ledsen", mumlade hon.

"Saken är utagerad, jag har gått vidare. Jag har min mor kvar och en stor släkt på Sicilien. Vissa kusiner finns här i Chicago."

Med tanke på hans reaktion när han nämnde sin far och bror trodde hon inte alls att han hade gått vidare, men hon sade ingenting.

"Och kusiner är väl som bröder i Italien va?" sa hon med ett leende.

"Absolut. Är du bekant med den italienska kulturen?"

"Jag har väl sett min beskärda del av maffiafilmer."

Han granskade henne ingående innan han tog en klunk av sitt vin. "Vad tyckte du om dem?"

"Spännande och avskräckande på samma gång."

"Verkligheten är betydligt mer avskräckande än filmversionerna."

"Känner du någon från maffian?" frågade hon andlöst. Han var trots allt från Sicilien.

Marc tittade outgrundligt på henne och skrattade sedan lågt. "Så erfaren men samtidigt så naiv", sa han kort utan att besvara hennes fråga.

De åt under tystnad en stund. Petra noterade att restaurangen var fullsatt av välklädda gäster som skrattade, pratade och åt om vartannat. Servitörerna gled vant runt bland borden och fyllde på där det behövdes samt ställde de obligatoriska frågorna om allt var till belåtenhet.

Då och då kastade hon diskreta blickar på Marc som var etikettboken personifierad när han åt. Varenda gång mötte hon hans intensiva blick som studerade henne ingående. Hon kände sig som ett konstprojekt. Vad tänkte han på? Funderade han på att frige henne? Hade han insett att man inte kunde köpa en fru? Eller funderade han på hur han skulle tämja henne? Antagligen.

Det värsta var ändå att hon var fruktansvärt attraherad av honom; när han skar sitt kött fann hon sig studera hans starka händer och fundera över hur de skulle kännas mot hennes kropp, när han förde gaffeln till munnen kastade hon förstulna blickar på hans läppar och undrade hur de skulle kännas mot hennes hud. Ikväll, hade han sagt, och bara tanken fick stormen att börja i hennes mellangärde igen.

Han var typen som fick alla andra män hon varit med att framstå som oerfarna småpojkar.

Desserten dukades fram, en dröm i choklad och hallon, och de utbytte knappt några ord alls medan de åt den.

Efter att hon hade ätit upp den delikata uppenbarelsen funderade hon på att aldrig äta mer i hela sitt liv. Hon lämnade en bit dessert hon inte orkade och nöjde sig med att smutta på det vita dessertvinet. Hennes huvud snurrade en aning trots allt vatten hon hade druckit under kvällen.

"Du kan åka tillbaka till Stockholm imorgon", sa han plötsligt.

Hon tittade förvånat på honom. "Tack." Hon visste inte vad mer hon skulle säga. Menade han att han tagit sitt förnuft till fånga och skulle låta henne gå? Var detta vad han kommit fram till under middagen? Hade hon gjort något fel? – något som avtände honom? Av någon motsägelsefull anledning störde detta henne.

Innan hon kommit för långt i sina tankar dödade han dock hennes förhoppningar.

"Jag har en viktig resa att göra. Jag kommer vara borta i en dryg månad. Under tiden vill jag att du samlar ihop de saker du vill ha med dig till Discenza-residensen så att du är flyttklar när jag kommer och hämtar dig."

Det var bra att hon inte såg sitt ansikte för det måste ha sett helt nollställt och blekt ut. Hon bara stirrade på honom samtidigt som tusentals myror intog hennes ansikte. Om hon inte började andas snart skulle hon svimma.

"Jag ber dig, riv det där kontraktet, låt mig gå", viskade hon förtvivlat. Hon snodde den vita mjuka tygservetten runt sina fingrar tills det smärtade och fingertopparna dunkade.

Hans kalla ögon studerade henne ingående. "Du misstar mig för en människa som bryr sig om din åsikt, miss Dahlén. Du är min."

"Snälla, Marc, du kan hitta hur många kvinnor som helst att dejta, som kan göra dig lycklig på riktigt."

"Jag dejtar inte och jag är inte intresserad av kärlek – det jag vill ha ser jag till att äga."

"Mig?"

"Absolut."

Hon kunde inte ta den här kampen nu. Under de kommande veckorna i Stockholm skulle hon komma på ett sätt att ta sig ur den här situationen. Hon hade lärt sig under den här tiden att det inte var någon mening att försöka övertyga honom. Marc Discenza gjorde bara det han själv ville. När han kom till Stockholm för att hämta henne skulle hon inte vara där och hon skulle vara borta tills han hade lämnat alla idéer om henne bakom sig.

I bilen på väg till Discenzaresidensen var Petra så nervös att hon mådde illa. Hon kunde inte koncentrera sig på något Marc sa. Det enda hon kunde tänka på var hur lockande

tanken var att ha sex med honom – att leka med elden och
se hur allvarligt hon skulle bränna sig.

# Kapitel tjugosju

Hans hand kändes nästan elektrisk när han sträckte ut den och hon lade sin i hans för att bli ledd uppför den breda trappan. Gjorde hon ens det här?

Det verkade så.

Tredje våningen innehöll bara Marcs sovrum och ett jättelikt samlingsrum – och att äntra den kändes lite som att ta hissen frivilligt till helvetet och erbjuda sin kropp till Djävulen. Ingen sa att hennes konsekvenstänkande låg på topp. Men det här var antagligen hennes enda chans att ha sex med den här skrämmande mannen – och som det lockade henne.

Han slog upp dubbeldörrarna som ledde till hans sovrum och gjorde en gest att hon skulle gå in före honom. Hon var så nervös att huden krullade sig på hennes kropp och hennes hjärta lekte orkester i bröstet.

Det var som om hon vandrat in i Draculas slott; golvet var gjort av sten i den mörkaste grå nyans och väggarna var stålgrå. En stor öppen spis i samma färg som golvet dominerade en vägg och möblemanget utgjordes av tunga antika ekmöbler. På golvet låg en stor orientalisk matta som måste ha krävt en lyftkran att få in. Hela rummet doftade honom – mustigt, kryddigt, fräscht och manligt. Farligt.

Hon tog av sig silverskorna och lät fötterna sjunka ner i den mjuka ullen, den kändes fantastisk mot hennes ömma fotvalv. Hon borrade ner tårna medan hon med hamrande hjärta fortsatte att se sig om.

Han hade stängt dörren bakom dem och stod nu bredvid ett av de två runda sängborden och tittade på henne under tystnad.

Hon fann det otroligt svårt att få ner luften i lungorna. Sen Marc Discenza kommit in i hennes liv hade det inte längre känts som om hon befann sig i verkligheten. Istället befann hon sig på något parallellt ställe till densamma där ingenting följde några förutbestämda regler och där Djävulen fanns på riktigt. Marc Discenza hade fått henne att inse att det här med att ha makt över sitt eget liv enbart var ett retoriskt påhitt.

Och ändå ville hon inte något hellre än att ha sex med honom, för hela hennes kropp svarade på hans livsfarliga djuriska hänsynslösa väsen.

Han hade tagit av sig kavajen och slipsen. Den vita skjortan var uppknäppt en bit och blottade hans nötbruna hud. Han satt på sängkanten och studerade henne noga från topp till tå med sina allvarliga ögon som aldrig avslöjade vad han tänkte men som alltid skrämde mottagaren. Han gjorde en gest att hon skulle komma till honom och Petra drog djupt efter andan innan hon började gå.

Hon borde istället springa därifrån, men hennes kropp och hjärna spelade inte i samma lag.

Han slöt sin hand runt hennes handled och tittade upp på henne. Hon försökte att se så samlad ut som möjligt när hon mötte hans blick men hade ingen aning om hur väl hon lyckades. Han kunde antagligen läsa av henne med enkelhet.

Hans starka händer gled utmed sidorna av hennes kropp, från brösthöjd ner till hennes höfter där de stannade tillfälligt innan han snurrade henne runt så hon stod med ryggen mot honom. Hans varma händer fortsatte över ryggens känsliga hud och skickade signaler till hennes mellangärde som drogs samman av obarmhärtigt begär. Han öppnade sakta hennes klänning och lät den falla ner till en vacker svart pöl kring hennes fötter. Hon hörde hur han drog lätt efter andan och insåg att han studerade henne noga. Hon hade svarta spetsunderkläder som framhävde hennes fasta bakdel – den del av henne som han nu förde sina varma händer till. Hon flämtade till när han lät handen glida in mellan hennes lår men utan att röra den del av henne som skrek mest efter hans beröring. "Så vacker", sa han mörkt.

Han drog henne runt igen och lät de varma läpparna kyssa hennes platta mage tills huden knottrade sig över hela hennes kropp. Hans händer slöts runt hennes bakdel och tryckte henne hårdare mot hans ansikte. Doften från hans hud fyllde hennes näsa, så manlig, så förförande. Hans händer vandrade upp mot hennes rygg där hans fingrar knäppte upp bh:n med en snabb rörelse. Den vandrade samma väg som hennes klänning och blottade två fasta bröst som hävdes upp och ner till hennes snabba andning.

Marcs ögon vandrade till hennes rosa bröstvårtor som styvnade under hans granskning. Han slöt ena handen kring hennes bröst samtidigt som han lät den andra glida in bakifrån under hennes troskant. Hans fingrar fuktades av hennes safter när han särade på hennes blygdläppar samtidigt som han lekte med hennes ena bröstvårta och tog den andra i sin mun. Hennes kropp fylldes av lustfyllda fyrverkerier som fick henne att gny av njutning.

"Jag ska knulla dig så hårt", mumlade han mot hennes bröst. Till de orden körde han in två fingrar i hennes öppning och lät dem vandra hela vägen in i henne till hennes kvidande utrop. Hans tunga lekte med hennes bröstvårta samtidigt som han hårt pumpade fingrarna in och ut i hennes inre. Hennes ben hotade att ge vika under henne, hon grep honom om hans ena starka axel för att hålla sig uppe. "Marc, snälla", stönade hon, men han fortsatte hänsynslöst den förintande leken med sina fingrar.

"Du är så våt för mig, älskling. Du säger att du inte vill ha mig men din kropp säger något helt annat."

Just den här sekunden hade hon kunnat lova honom giftermål och allt bara han fortsatte med det han gjorde. Konsekvenstänkandet försvann samtidigt som begäret tog över. Hon tryckte sig mot hans invaderande fingrar och lät honom komma så långt in som var möjligt. Han fällde ner henne på det mjuka svarta överkastet, fortfarande med fingrarna i henne, och körde in ett tredje finger som töjde ut henne samtidigt som han fortsatte sitt pumpande i snabb takt. Hans mun vandrade ner till hennes känsliga klitoris som han erövrade med sin heta tunga samtidigt som fingrarna jobbade outtröttligt i henne. Hon spände kroppen i en båge och förmådde inte längre tysta sina utrop av njutning. Stormen rasade med skrämmande explosivitet i hennes kropp. Hans tunga och fingrar var för mycket, ena sekunden trodde hon att hon skulle dö av njutning – för att nästa sekund flyga högt över stjärnorna. Hon förbannade honom för att vara precis så mycket djävul som hon anat. När hon kom gick hennes kropp i bitar och spreds över hela universum. Hon skulle aldrig bli hel igen.

Marc reste sig ur sängen och ställde sig på golvet där han började knäppa upp resten av sin skjorta – hela tiden med blicken fäst på henne och med samma hårda allvarliga ansiktsuttryck. *Din jävel. Din jävla jävel.* Orden upprepades inom henne medan hon omtumlat studerade hans vältränade överkropp.

Han hade ärr överallt, de slingrade sig över hans hårda muskler; långa, korta, djupa, runda – hundratals – samtliga bleknade sedan länge. Vad hade den här mannen varit med om? Det var som en karta av våld. Hon visste att han inte skulle svara om hon frågade om dem, så hon sade ingenting.

Hon darrade fortfarande i kroppen efter orgasmen och försökte att återhämta sig inför det hon visste skulle komma. Om han tog henne som han gjorde förspel skulle

hon inte komma levande ur hans säng. Han var för mycket
– av allt.

Och han var för snygg. *Fy fan för dig, Marc Discenza.* Hon
hade slutat att andas när han tog sig fram till henne, nu
enbart iklädd sin nötbruna hud. Hon kunde inte hindra sin
blick att vandra neråt, hon var tvungen att se.

Såklart. Marc Discenza kunde inte göra något halvdant.
Hon skulle inte kunna gå efter det här.

Om han varit någon annan man hade hon tagit för sig,
förfört honom – men han var Marc Discenza och hon vågade
inte göra något. *Han* förde i den här dansen, inte hon.

Han tittade ner på henne med ett mörkt leende och
slängde henne sedan runt så hon låg med sin nakna bakdel
uppåt. Han daskade hårt till den, på riktigt hårt, så hon
överraskat kved till. "Jag ska få dig att glömma alla andra
män som har tagit på dig. Jag ska märka dig. Du är min,
Petra. Bara min. Glöm aldrig det." Han kupade hennes kön
med sin hand och förde på det sättet henne upp på knä.
Sedan förde han in sina fingrar i hennes redan ömma inre
och gjorde henne överraskande våt och redo igen. När han
var nöjd drog han ut dem och förde sitt hårda könsorgan
mot hennes öppning. Hon var tvungen att hindra en impuls
att trycka sig mot honom och flämtade överraskat till när
han kastade henne på rygg så att deras ögon möttes. Hans
var mörka av åtrå och han tittade på henne som ett byte
han precis fällt och nu var redo att äta upp. "Jag vill se ditt
ansikte när jag tar dig", sa han lent och drog hennes höfter
upp så hon vilade bakdelen mot hans lår. *Jag är på väg att
ha sex med Marc Discenza,* tänkte hon nervöst. En man hon
lovat att aldrig ens umgås med, och nu var hon i hans säng
efter att ha fått den största orgasm en man någonsin givit
henne och redo att låta honom tränga in i henne. Det här
var galenskap.

Han drog inte ut på det mer än han redan gjort utan tryckte sig in i henne med en snabb rörelse och fick antagligen precis den reaktion han önskat sig. Han fyllde henne ordentligt till både bredden och djupet och det plötsliga intrånget fick henne att överraskat hämta andan. Hennes blick mötte hans och hans ena mungipa drogs nöjt upp när han drog sig ur en aning för att sedan hårt trycka sig tillbaka så djupt han kunde komma. Marc Discenza var inte kärleksfull. Han hade sex på samma sätt som han gjorde allt annat i livet. Våldsamt.

Han fattade tag om hennes rumpa och styrde på det sättet exakt hur hans stötar skulle kännas. Han matchade de hårda stötarna med sin mun som intog hennes i en kyss som fyllde henne med nästan samma vansinniga begär som hans våldsamma stötande.

Petra hade aldrig förenats så totalt med en man förut. Deras kroppar sammanfogades till en i en djurisk sexakt som kunde pågå i timmar och dagar utan att hon skulle hålla isär tiden. Hennes kropp var inte längre hennes, den var hans, och han fick den att flyga runt i ett universum hon aldrig upplevt tidigare.

Han drog henne runt ytterligare en gång i en enkel rörelse och trängde djupt in i henne bakifrån med sin kropp liggandes över henne. Han förde in sin hand under henne och retade hennes klitoris medan han fortsatte sina outtröttliga stötar långt in i henne.

Den här mannen skulle driva henne till vansinne.

Och det gjorde han också när hon kom våldsamt den andra gången den här kvällen medan han fyllde henne med sin sperma.

Petra låg flämtande mot de mjuka kuddarna med fuktig hud och dunkande mellangärde – hon försökte att återhämta sig från det hon precis varit med om.

Men Marc Discenza var inte klar.

Han förde sin hand mellan hennes ben och gav henne en triumferande blick när han förde upp två fingrar i hennes fuktiga hål. Hon drog chockat efter andan och tittade på honom med uppspärrade ögon. Han lät fingrarna cirkulera i henne i någon sekund innan han drog ut dem igen; de var täckta av hennes safter och hans sperma. Med ett retsamt leende lät han de kladdiga fingrarna smeka först hennes hål, sen hennes blygdläppar och sist, med varsamma mjuka rörelser, smorde han in hennes klitoris, sakta, sakta som om den var det vackraste han någonsin sett.

Petra, som trott att hon inte hade någon som helst kraft kvar i kroppen kände hur begäret åter igen började växa och hennes kropp dunkade i gensvar till hans hänsynslösa behandling. Då och då fyllde han på glidmedel genom att föra in fingrarna i hennes hål igen, och återkom till hennes klitoris som han lekte med fortare, fortare, fortare – tills allt vett hade lämnat hennes kropp, tills det bara fanns hans fingrar och hennes klitoris i den här världen. Tills hon flög upp i rymden och hennes kropp skakade i spasmer av njutning.

Och hon skrek – ett vansinnigt skrik som ekade tillbaka mellan väggarna.

När hon åter igen tittade upp på honom hade hon tårar i ögonen och svårt att återfå andningen. "Vem är du?" flämtade hon chockat.

"Din framtid, Petra."


Hon vaknade mitt i natten utan att ha en aning om vad som hade väckt henne. Rummet var förhöjt i dunkel. Hon var fortfarande naken och låg på sidan med hans arm runt sig, som om han ville hålla henne kvar i sömnen.

Han hade tagit henne på precis det sätt hon alltid drömt om att en man skulle ta henne; obarmhärtigt, hårt och djuriskt men kapabel att ge henne full njutning. Hon var helt slut i kroppen, det värkte i varenda muskel, och hon var så nöjd. Tills hon insåg att hon också var livrädd, för att hon inte hade tagit sina p-piller regelbundet de senaste dagarna för att hennes liv var i uppror, och hon hade inte haft någon att ha sex med, och när hon hade för mycket att tänka på glömde hon sådana saker. Hon hade ingen aning om var i cykeln hon var, men var fullt medveten om att tusentals av hans små soldater hade invaderat henne den här kvällen. Om hon blev med barn och han upptäckte det skulle hennes liv vara över. Men risken borde vara minimal.

*Och helvete vad bra han var i sängen – den jäveln.*

Fastän hon trott att hon hade kontroll hade han snärjt henne, lurat in henne i fällan och slagit igen den. Hon hade fångats in i hans nät och fastnat – djupare och djupare i hans liv. Hon befann sig i Discenzaresidensen och nu i hans säng – fastän hon lovat sig själv att inte ens träffa honom. Hur skulle hon någonsin ta sig ifrån honom utan hans tillåtelse? Var det möjligt för honom att kontrollera henne i nutidens samhälle? Var det möjligt för honom att hämta henne var hon än befann sig? Kunde hon ta hjälp av myndigheterna i Sverige, eller något annat land, för att undkomma honom? – eller stod han över alla myndigheter precis som hennes pappa påstod?

Hon fick ta reda på det när hon kom till Sverige.

# Kapitel tjugosju

Nästa gång hon vaknade var det morgon, men dagsljuset gömde sig bakom tunga svarta persienner som verkade styras med elektricitet. Inte för att Petra ändå hade dragit upp dem då hon inte ville väcka den varg som sov bredvid henne.

Hans arm vilade fortfarande tungt på henne, höll henne kvar bredvid honom. Hon låg stilla ett tag och funderade på hur hon skulle ta sig ifrån hans säng utan att bli upptäckt – för hon ville därifrån då hon inte var beredd att möta honom efter deras heta natt. Hon hade givit sig så totalt till honom. Helt motstridigt allt hon sagt till honom under deras korta bekantskap. Hur fantastisk han än visat sig vara i sängen hade hon inte ändrat åsikt. Hon kunde inte ge sig till honom, eller någon annan man, hon var inte redo. Drygt tjugo år var hon och hade planerat att leva livet flera år till. Hon hade ett mål, och det var att erövra världen, inte att se Marc Discenza göra det. Dessutom var den arroganta mansgrisen den sista hon skulle ha valt till livspartner ändå.

Efter att ha legat och tittat på omgivningarna ett tag bestämde hon sig för att göra ett försök. Hon gled, så smidigt som hon kunde förmå sig, framåt för att undkomma hans tunga arm. Att döma av hans andetag sov han djupt så hon fortsatte sin flykt genom att centimeter för centimeter glida framåt mot kanten av sängen. När hans andetag stannade upp stelnade hon till men fortsatte sedan att röra sig när han började andas djupt igen.

"Vart ska du någonstans?" Petra satte andan i halsen och kände hur hans starka hand grep tag om hennes höft och drog henne bakåt mot honom. Utan att säga något mer särade han på hennes ben, spetsade henne med sin hårda mandom och tryckte sig djupt in. Petra tjöt till av överraskningen och Marc tryckte henne mot sin hårda överkropp samtidigt som han arbetade sig in och ut i henne. Hon ville säga nej men hennes kropp förrådde henne omgående. Hans hand gled ner till den ömma knapp han våldfört sig på dagen innan och hon sjönk ner i det hjälplösa tillståndet av njutning som han visat sig expert på att försätta henne i. Hon var så öm sedan gårdagen att det brann mellan hennes ben, vilket paradoxalt nog gjorde hans intrång än mer upphetsande; hon kände varenda centimeter av honom jobba inom henne. Som om han läst hennes tankar sa han: "Jag ska ta dig så hårt att du minns mig varenda gång du rör dig när vi är ifrån varandra."

Han fortsatte att röra sig i henne samtidigt som han stimulerade hennes klitoris med sin fria hand. Den här mannen var för mycket för henne, och medan han hårt pumpade i henne kom hon till sitt eget skrik och han fyllde henne ännu en gång med sin heta säd.

Hon kunde inte förmå sig att prata efter hans sanslösa intrång och kände fortfarande efterdyningarna av den våldsamma orgasm han givit henne.

När hon hämtat sig en aning reste hon sig på ostadiga ben för att leta efter sina underkläder. Hon tittade ner på honom från golvet där hon stod. "Du kommer att bli min död", konstaterade hon flämtande.

Han tittade outgrundligt på henne med sina allvarliga ögon. "Du har en timme på dig, sen kör Hank dig till flygplatsen."

Ivägskickad, som den leksak hon var.


När Petra en dryg timme senare satt i bilen på väg till flygplatsen kände hon för att gråta, fälla så många tårar att de matchade den orättvisa hon blev utsatt för. Hon orkade inte vara stark längre. Hon ville bryta ihop i baksätet och gråta hejdlöst. Hon fick dock spara detta till senare då hon inte ville få ett sammanbrott inför Hank och chauffören. De studerade henne tillräckligt som det var – helst Hank. Petra hade dock inbillat sig att han tyckte om henne och ville henne väl. Vad hon baserade detta på var dock en gåta även för henne själv.

Hon hade ännu inte hört av sig till vare sig James eller Martika. Hon visste inte vad hon skulle säga och var själv tvungen att greppa detta innan hon kunde förklara det för någon annan. Martika skulle höra på hennes röst direkt och det var omöjligt att förklara för henne vad för makt Marc Discenza hade över henne om inte Martika var medveten om vem Marc Discenza var. Och hon skämdes inför sin bror. Hon ville inte visa att hon tagits så hänsynslöst till Chicago mot sin vilja och att Marc Discenza styrde henne precis som han själv önskade. Hon gillade inte tanken på att framstå som ett offer – även om det var precis vad hon var.

Det var med glädje Petra upptäckte att hon var bokad på ett vanligt flyg och inte tvungen att resa med Marc Discenzas privatplan. För ett ögonblick skulle hon åter få vara en vanlig människa, omgiven av andra vanliga människor – vara fri.

Innan hon gick genom säkerhetskontrollen fäste hon allvarliga ögon på Hank och chauffören som hon inte visste namnet på. "Ingen äger mig, bara så ni vet."

Hank skrattade lågt och gav chauffören en menande blick. "Miss Dahlén, vi ses snart igen."

Petra rynkade ilsket ihop ögonbrynen och vände på klacken utan att säga hejdå.


"Pappa säger att du har träffat någon." Katrin synade sin dotter noggrant från soffan där hon satt. De befann sig i salongen i familjen Dahléns hus. Petra hade kommit hem kvällen innan i svensk tid. Hon led fortfarande av jet-lag men gjorde sitt bästa för att tvinga dygnet rätt. Tony var fortfarande på kontoret men hade lovat att komma hem till middagen. Katrin hade blandat en varsin drink åt dem och Petra satt fundersamt och rörde runt i den med drinkpinnen. Hon ville så gärna berätta allt för sin mamma men visste att Tony hade rätt när han sa att det skulle göra mer skada än nytta. Ingenting i hennes liv var som det skulle vara. Allt det roliga var slut och framför henne låg ett hotfullt mörker. Marc Discenza – för henne titulerad som Djävulen. Han åt upp henne inifrån. Med honom vid sin sida skulle hon ruttna och bytas ut mot den uppdaterade versionen som han var ute efter. Och han attraherade henne så fruktansvärt, nästan lika mycket som han skrämde henne. Men han var inte det hon ville ha. Man kunde inte leva på attraktion. Han älskade inte henne och hon älskade inte honom. Deras ”förhållande” var uppbyggt på ägande och sexuellt begär. Om hon någon gång skulle stadga sig ville hon göra det med någon som hon var kär i, precis som hon varit i Eddie; en man som fick henne att känna sig älskad, som gjorde henne glad och fyllde henne med värme. Hon ville inte vara en del av ett känslolöst äktenskap med en grym man. Hon ville inte ens ha något äktenskap. Hon var bara 21 år gammal. Hennes liv kunde inte sluta nu.

”Petra, vad är det för fel på dig? Du har inte varit dig lik sedan du kom hem!” utropade Katrin och ställde ner glaset på bordet. Hon var som vanligt oklanderligt iordninggjord, iklädd blus och svart kjol. Petra hade dragit på sig en rosa mysdress som påminde henne om hennes sorglösa dagar som singel i Stockholm och Washington. Skulle hon försöka ringa Eddie nu när hon var tillbaka i Stockholm? Eller skulle han råka illa ut om han pratade med henne?

"Om det är något som tynger dig vill jag att du berättar det för mig. Jag är din mamma."

Petra tog ett djupt andetag. "Mycket att tänka på bara, mamma."

Om hon hade sett sin egen bleka uppenbarelse hade hon insett att det inte gick att använda den ursäkten. Katrin höjde på ögonbrynen. "Vad hände med Eddie? Hur har du hunnit träffa en ny man redan? Jag hänger inte med."

"Eddie slutade höra av sig. Vi bråkade", sa Petra sammanbitet. Hon tog en stor klunk av sin drink och svalde samtidigt gråten som stockat sig i hennes hals. Hon hoppades att Katrin inte skulle se hur rödögd hon var.

"Nåja, det kanske var för det bästa ändå. Jag var aldrig för ert förhållande. Och den här nya mannen, vem i hela friden är han? Ingen ny fattiglapp hoppas jag."

"Tvärtom, mamma. Du kommer älska honom, han är stenrik", muttrade hon bittert.

"Du verkar däremot inte så förtjust i detta faktum", noterade Katrin frågande. "Har ni redan problem?"

"Vi är inte ens ett par – tror jag." *Hoppas jag.*

"Är det dags för middag?" Tony uppenbarade sig i dörren till salongen, nyss hemkommen fortfarande med portföljen i handen. Han hade svårt att titta på Petra då han så uppenbart skämdes över allt han utsatt henne för, och Petra fäste sina violetta anklagande ögon på honom. "Du kan ju fråga pappa, mamma. Han vet allt om Marc Discenza."

Tony tittade frågande, och med ett visst mått irritation, på sin dotter innan han gav sin fru ett lätt leende. "Vad pratar vi om?"

"Petras nya fling, som du tydligen känner till men inte jag." Hon tittade frågande på sin man. "Petra säger att han är stenrik. Men om han gör henne så här olycklig–", hon gjorde en menande gest med handen mot sin dotter, "så vet jag inte om det är värt det."

Petra reste sig upp förföljd av sin fars oroliga ögon. "Ni får diskutera det här på tu man hand. Jag ska ringa till Martika." Till de orden skyndade hon upp till sitt rum där hon lade sig på sängen och grät tills hon inte hade några tårar kvar.

Det var höst i Sverige, och med andra ord grått, mörkt och trist. Petra och Martika hängde i Martikas tv-rum, beläget på källarplanen i deras rymliga villa. De hade satt på en film som de egentligen inte tittade på. Istället pratade de om den situation Petra befann sig i.

Martikas föräldrar var som vanligt någon annanstans, hon var nästan alltid ensam hemma, vilket antagligen var en av anledningarna till att hon inte ännu hade flyttat hemifrån.

Barskåpet var lägligt placerat bredvid den mörka skinngruppen de var nedslagna i. Martika hade slagit på stort och öppnat en champagneflaska för att fira Petras hemkomst.

"Pappa har berättat för mig om Marc Discenza. Han verkar vara en man utan skrupler. Svår att gå emot."

Petra skrattade avmätt. "Pröva meningen 'omöjlig att gå emot' istället. Jag är rädd att han kommer få sin vilja igenom hur mycket jag än kämpar. Han har för mycket pengar och makt att använda mot mig."

"För mig känns det här som ett dåligt skämt. Jag kan inte greppa situationen. Jag kan inte greppa hur en man, i modern tid, kan välja en kvinna och göra henne till sin mot hennes vilja."

"Det är enkelt, Martika. Det är fortfarande pengar som styr i vår värld. Allt annat är en illusion. Om jag gick till polisen skulle de bara påpeka att Marc Discenza och min pappa har gjort en överenskommelse som handlar om mina pengar, inte något annat. De har full rätt att göra det. De är inte mina och till synes handlar inte detta om mig. Inget olagligt har skett."

Martika drog djupt efter andan och vände sig till hälften mot Petra i soffan. "Och i verkligheten?"

"I verkligheten har jag valet att vara med honom eller vara ensam och fattig. I verkligheten kommer han att sänka hela min familj ekonomiskt om jag väljer en annan man."

"Shit."

"Jag vet."

"Jag har aldrig hört talas om något liknande. Vad säger din pappa?"

"Att jag bör gifta mig med honom. Jag tror till och med att han ser fördelar med det här", muttrade hon avmätt. "Vad sa *din* pappa?"

"Han sa bara att om Marc Discenza vill gifta sig med dig så är det vad som kommer hända."

"Kul."

"Så vad tänker du göra då? Jag menar, hallå, vi är 21 liksom. Ska du dö redan?"

"Jag planerar att supa hjärnan av mig, ha sex med minst två killar och sedan rymma härifrån innan han kommer hit."

Martika tittade på henne med uppspärrade ögon. "Okeeej."

"Det är sant", intygade Petra. "Jag tänker göra revolt."

"Och utifrån vad min pappa har berättat om Marc Discenza skulle jag tänka mig för både en och två gånger."

"Det har jag gjort. Jag skiter i vilket. Han får hänga mig från ett träd om han vill, men jag tänker rymma."

"Och du tror att han kommer glömma dig då?"

"Japp."

Martika höjde på ett ögonbryn men sade ingenting.

# Kapitel tjugoåtta

De tre dagar som Petra varit i Stockholm hade inte Marc hört av sig en enda gång. Det störde henne. Han dikterade villkoren för hennes liv men kunde inte ödsla sin tid på ett telefonsamtal? Nog för att hon inte velat svara om han verkligen ringt henne – det var själva principen. Å andra sidan, vad sjutton pratade man med Marc Discenza om i telefonen? – hon kunde inte ens föreställa sig det samtalet. Skulle de tala om hur dagen varit? Vädret? Marcs affärer? Petras senaste partyrunda?

Missnöjet till trots så hade hon börjat planera sin resa bort från Stockholm, och bort från Marc Discenza och sin pappa. Hon skulle låna pengar av James tills Marc hade givit upp sina horribla planer.

Hon höll dock sitt löfte och såg till att göra Stureplan till sitt igen – och Stureplan hade saknat henne. Liksom Martika hade saknat sin vän. Den enda som fattades var James. Men James hade fullt upp med att lägga Miami för sina fötter; hans hotell gick bra, hans kärleksliv gick bra och även hans faderskap över Colin. Petra avundades sin bror. Medan hans liv gick i den riktning han önskade sig, gick hennes liv åt helvete. Hon var dock inte missunnsam. Hon älskade sin bror för mycket för det.

Hans uttalanden om Marc Discenza, när hon pratat med honom i telefonen senast, hade dock förvånat henne. Hon hade fått känslan att han, liksom Tony, inte tyckte att detta eventuella förhållande var så dåliga nyheter. De såg tvärtom fantastiska möjligheter om hon gifte sig med Marc Discenza, något som sårade henne och fick henne att känna sig som en handelsvara. "Syrran, jag vet att du känner dig illa behandlad, men det är ändå jävligt coolt att Marc Discenza, en av de rikaste i den här världen, visar dig sådant intresse.

Han vill för helvete göra dig till sin fru! Fattar du hur stort det är? Du skulle ha allt!"

"James, han är en djävul. Han skulle styra varje steg jag tog. Det är inte ett liv."

"Stureplan är inte heller ett liv, älskade syster. Om jag haft makt över dig hade jag också hindrat dig från att springa runt där. Du vet att jag vill att du ska vara lycklig. Jag tror att du skulle få ett tryggt liv med Marc Discenza."

Petra grimaserade till minnet av samtalet. "Petra, vad tänker du på?" log Robert brett. "Det är fest! Lämna dina bekymmer bakom dig." Hon log sitt vinnande leende och slog ihop sitt glas med hans. De var på en av alla stora klubbar runt Stureplan och alla var där. Alla som räknades i Petras liv vill säga. Både Robert och Andreas såklart, de hängde alltid på Stureplan, sen några av James kompisar och Petras och Martikas kompisar: Julie, Nicola, Anton och Teres. Hon hade saknat dem alla så mycket. Det kändes äntligen som om hon levde sitt eget liv igen, för första gången på flera veckor. Hon tänkte minimalt på Eddie, trots att det skar i hennes hjärta så fort han dök upp i hennes tankar. Hon tänkte allt för mycket på Marc Discenza, även om hon gjorde allt för att inte tänka på honom. Hon fann sig själv se sig omkring oroligt flera gånger som om han skulle dyka upp på klubben. Han skulle inte gilla detta och det gladde henne en aning när inte rädslan tog över.

Martika, som var den enda som kände till detta förutom hennes familj, noterade Petras oro. Hon gav henne ett medlidsamt ögonkast och visade att vännens paranoia smittade av sig genom att se sig omkring hon med. Steve var med, han satt bredvid James andra vänner, Filip och Jeremy. Petra var så glad för Martikas skull. När hon såg hur Steve smekte Martika över handen och gav henne små pussar tänkte hon på Eddie. Det var så hon hade haft det med honom, och det förhållandet hade Marc Discenza, helt kallt och egoistiskt, satt stopp för. I utbyte kunde hon få ett kärlekslöst förhållande med honom. Hon kunde definitivt inte se *honom* behandla henne så där kärleksfullt. Det knöt sig i hennes mage när hon tänkte på allt hon förlorat och vad som nu väntade henne om hon inte lyckades undkomma.

Efter att ha dansat på bardisken och andra passande möbler, och sprutat ner barens gäster med alldeles för dyr champagne, åkte Petra hem med Andreas. Hon hade våldsam och desperat sex med honom för att hämnas på Marc, sin pappa, sin bror och sig själv. Hon insåg dock att ingen hon varit med i sitt liv kunde mäta sig med den extas Marc Discenza försatt henne i, och medan Andreas förde sin mandom ut och in i henne spökade Marcs ansikte bakom hennes slutna ögonlock. Hur hårt han än tog henne kände hon inget annat än kall tomhet.

Dagen därpå var första gången hon såg sin pappa riktigt rädd. Så fort Andreas lämnat Dahlénhuset, framför Tony och Katrins överraskade uppenbarelser, stormade Tony in på hennes rum och smällde igen dörren bakom sig. Hans ögon lyste av vrede och Petra ryggade förskräckt tillbaka. "Är du från vettet?" dånade han. Petra var tacksam att hennes mamma hade åkt till jobbet och inte kunde höra Tonys utbrott. Hon fäste trotsiga ögon på sin far.

"Jag förstår inte vad du menar", sa hon med låtsat stadig röst.

"Du vet gott och väl vad jag menar!"

"Jag är 21 år, pappa. Jag får ha umgänge med vem jag vill. Jag vet att du kan se det som stötande att jag tog hem honom, men du vet att jag har känt Andreas i flera år. Det är knappast första gången vi har sex."

Tony tittade på henne som om hon var en fabel. Hans bröst höjdes och sänktes upprört under hans välstrykta vita skjorta. "Är du medveten om vad Marc Discenza kommer att göra med mig om han får veta det här?" Han sjönk ner på hennes soffa som om benen vek sig under honom. Han stirrade på henne samtidigt som han drog en nervös hand genom sitt silvergråa hår. Det var en bruten man hon såg framför sig, inte sin starka far.

"Han har oss helt i sitt våld och jag kan inte göra något åt saken." Hans förtvivlade röst skar genom Petras hjärta. Hon gick fram till honom och lade en tveksam hand på hans rygg. "Jag har inte gjort något fel, pappa. Jag är inte bunden till någon och kan träffa vem jag vill."

Han tittade åter på henne som om hon var något främmande väsen och skakade trött på huvudet. "Petra, du vet inte vad som menas med Marc Discenza. Om han får veta att du sov här med en annan man kommer han tro att jag gav mitt medgivande. Det kommer få förödande konsekvenser." Han fattade hennes hand i sin och studerade den ett tag. "Jag älskar dig mer än allt annat på den här jorden, min dotter. Det vet du. Om jag kunde ändra på något hade jag gjort det – för din skull. Men Marc Discenza är min överman. Jag har inte något att sätta upp emot honom. Förstår du det?"

"Jag vill inte förstå något", mumlade Petra förtvivlat. "Jag kan inte acceptera det här. När jag var hos honom, pappa... Han är en så intensiv och hård människa. Jag kan inte leva så. Jag kan inte leva styrd på det sättet han vill styra mig. Och låt mig inte ens börja prata om kärlek."

"Petra, du kommer att leva ett tryggt liv i överflöd. Du kommer att få det bra."

"Vill du att jag ska gifta mig med honom?" viskade hon lågt. Hennes ögon tårades sårat när hon tittade på sin far och besvikelsen värkte i hennes kropp.

"Ja, det vill jag. För motsatsen skulle krossa både dig, mig
och resten av vår familj. Vad har vi kvar då?"

"Frihet."

"Frihet är inte värd någonting om man inte har pengar,
och det vet du."

"Jag kommer inte ingå ett äktenskap med Marc
Discenza", sa Petra med panik i rösten. "Ni kan lika bra sätta
en plastpåse över mitt huvud och kväva mig. Och jag
kommer inte stanna här tillräckligt lång tid för att han ska
kunna hämta mig heller. När han kommer hit kommer jag
vara någon annanstans, och inte ens du kommer veta var.
Men först ska jag visa Marc Discenza hur man lever livet.
Han kanske får lite lättare att glömma mig om han får veta
exakt hur roligt jag kan ha."

Och det hade hon. Petra festade mer än hon gjort på
mycket lång tid och såg till att dra med sig alla sina vänner i
sin galenskap. Hon ville leva sitt liv fullt ut, utan några
måsten och regler, den lilla tid hon hade kvar innan hon
lämnade allt bakom sig. Och medan hennes pappa hjälplöst
såg sin dotter gräva sin egen grav gjorde sig Marc Discenza
redo att resa till Sverige för att hämta sin blivande fru.

"Jag måste säga att du är ganska vild för att ha träffat en
ny kille", kommenterade Katrin en morgon i köket. "Har han
inte några åsikter alls om ditt sätt att leva?"

Petra hävde i sig färskpressad apelsinjuice och ställde
ner glaset på diskbänken med en smäll. "Nog har han åsikter
alltid", sa hon avmätt.

Katrin lutade sig mot bänken med armarna i kors och
studerade sin dotter ingående. "Petra, berätta för mig vad
som händer. Jag vet att något är fel. Jag ser det på dig hur
väl du än försöker att dölja det.

Petra dröjde några sekunder medan hon reflekterade över hur gärna hon ville berätta allt om Marc Discenza för henne. Hur gärna hon ville att hennes mamma skulle bli chockad och antagligen väldigt arg på männen i familjen – men hon kunde inte. Det skulle leda till mer negativa saker än positiva. Så hon höll den förintande smärtan för sig själv och förnekade att det var något på gång.

"Jag får, som sist ut, veta att du träffar en miljardär, men jag får inte veta några detaljer om honom. Du verkar inte lycklig och jag får inte heller träffa honom." Katrin synade sin dotter med de där genomborrande ögonen som ofta lyckades leta reda på alla hemligheter man bar på. "Jag ser att du festar och rumlar runt som du alltid har gjort, men jag anar en mer destruktiv framtoning än vanligt. Vem försöker du hämnas på, Petra? Försöker du vinna din pojkväns uppmärksamhet på det här viset?"

Petra bet ilsket ihop och mötte sin mammas intensiva blick. "Mamma, du förstår absolut ingenting!" fräste hon och lämnade köket.

"Då hade det ju varit bra om jag fick några upplysningar!" ropade Katrin efter henne. "Och kom tillbaka till jobbet och gör någon nytta åtminstone!"

# Kapitel tjugonio

"Jag har varit hemma i fyra veckor nu. Han har inte ringt eller något, jag har ingen aning om var han är eller om han har för avsikt att komma hit eller om han kommer skicka efter mig. Jag vet inte vad jag ska göra med avsaknaden av information. Men det gör mig galen att inte veta var jag har honom. Den arroganta jäveln. Bara jag hinner åka innan han kommer så är jag nöjd." Hon hade bokat en resa kommande fredag. Ingen visste var hon skulle utom hon själv. Enbart Martika visste att hon skulle resa den här veckan. Hon hade inte vågat säga något till sin pappa eller bror – vem visste vad de var kapabla till för att gifta bort henne till den där tyrannen?

Hon hade hyrt ett litet hus i Västindien under två månaders tid. Hon hade vänner där sedan tidigare som hon hört av sig till. Även om hon inte hade någon önskan att åka dit just nu så var det helt klart ett bättre alternativ än att stanna kvar. Allt var klart: pengar som hon fått låna av sin bror, packning undangömd i garderoben, skjuts till flygplatsen, avskedsbrev och allt.

Efter två månader skulle hon ringa till sin pappa och kolla om kusten var klar eller om hon behövde hålla sig undan ett tag till.

Martika hade redan uttryckt en befogad rädsla över den press Marc Discenza skulle lägga på dem alla tills han insåg att de inte visste något. Men Petra kunde inte tänka på det. Hennes öde om hon stannade kvar var långt värre än deras.

Det var en fin höstdag och Martika och Petra hade satt sig ner på ett café efter ett härligt träningspass på ett närliggande gym. Petra kände sig som ett vrak. Oron gnagde i henne, liksom festandet. Det var dock det enda sättet för henne att hålla sig mentalt frisk just nu, hur konstigt det än lät.

"Pappa har sagt till mig att det här med kontraktet egentligen bara är ett spel för gallerierna. Tony hade råkat illa ut om han inte skrivit under det, och han kommer att råka illa ut om han inte fullföljer det. Jag tycker faktiskt synd om din pappa. Han måste vara väldigt plågad." Martika tittade på Petra med sina bruna rådjursögon. Hennes nötbruna hår var fortfarande lite rufsigt efter träningen, men hon såg lika bra ut ändå. Sommaren hade färgat hennes hud vackert gyllenbrun och bristen på oro i hennes liv gav henne en sorglös utstrålning.

"Jag önskar jag hade ditt liv, Martika", suckade Petra. "Jag var åtminstone nära." Hon syftade på Eddie såklart och den lycka hon känt med honom. Hon hade velat ringa Set men tog aldrig mod till sig. I deras tidigare samtal hade han tydligt visat att han ansåg henne ligga bakom uppbrottet mellan henne och Eddie. Hon kunde inte heller ringa Jeanne då Tyler vakade över henne som en hök. Marc hade sina spanare överallt. Hon undrade om de varit i närheten när Robert tagit henne bakifrån mot sitt köksbord knappt en vecka tidigare. Hon log åt minnet. Någonstans i denna galenskap njöt hon av att gäcka Marc Discenza. Hon gjorde fortfarande allt hon hade gjort innan hon träffat honom – hon levde fortfarande livet i frihet. Bara en lite mer paranoid sådan.

"Jag saknar, James", suckade Martika. "Kan inte fatta att han har flyttat, träffat tjej och blivit låtsaspappa."

"Jag vet", instämde Petra. "Vi är så unga och helt plötsligt ska vi stadga oss."

Martika flinade retsamt. "Ja, jag har hört att du ska gifta dig snart så."

"Superkul verkligen", muttrade hon anklagande.

Petra festade inte bara under sin tid i Stockholm, hennes mamma fick henne tillslut till jobbet också. Hon deltog i fotografering för den nya kollektionen och noterade att hennes mamma var extra hård på retuscheringen. "Petra, du börjar se sliten ut. Ta det lugnt med festandet."

Hon önskade att det var så enkelt. Att ha roligt med sina vänner var ungefär det bästa i hennes liv just nu. Och så mycket drack hon inte. Hon var bara mer lättpåverkad än vanligt, vilket måste ha att göra med hennes mentala tillstånd som vid det här laget var trasigt.

Hon drog på sig ett beigt linne som framhävde hennes bröst och vältränade midja och matchade det med ett par mycket åtsittande vita jeans. Hon sminkade sig och gjorde i ordning håret och drog sedan på sig ett par beigea högklackade skor som matchade linnet. Hon studerade sig därefter i spegeln. Det var ytterst sällan hon inte var nöjd med det hon såg – den här gången var inte något undantag, hon såg fantastisk ut. Den enda skillnaden var att oron åt upp henne och avspeglades i hennes ögon, hon såg ut som ett jagat djur. Hon log konstlat mot spegeln och vände sedan på klacken för att åka in mot centrum för sista gången på obestämd tid. Allt var klart – imorgon var det dags för avresa.

Karl var på semester och hans stand-in, som hon inte lärt sig namnet på, hade ingen aning om var de olika klubbarna låg i Stockholm. Det irriterade henne galet mycket.

De hämtade upp Martika på vägen och mötte sedan upp resten av gänget i stan. Sen gick de som en vacker inne-klick i samlad trupp till kvällens brottsplats. Alla såg bra ut, alla luktade gott och alla bar de senaste märkeskläderna. Ingenting de gjorde var egentligen betydelsefullt för andra än krogägarna och klädkedjorna.

Petra satt inklämd mellan Robert och Andreas som båda lyssnade till allt hon pratade om samtidigt som de tittade beundrande på henne. James vänner, som fortfarande agerade extrabröder, tittade irriterat på varandra och skakade på huvudet. Martika hade intygat att hon skulle ta det lugnt den här kvällen med tanke på att hon skulle upp till skolan dagen därpå – det verkade dock som hon glömt det när hon hällde upp sitt tredje glas vin. Petra tog det ganska lugnt då hon kände sig lite ostadig i magen – mensvärk. Det påminde henne om att hon måste få ordning på sitt p-pillerintag. Hon hade dock kört kondom med både Robert och Andreas, även om hon föredrog utan. Det var bara Marc Discenza som hade gjort oskyddat intrång – det var tillräckligt illa.

Hennes mellangärde drogs ihop när hon tänkte på honom och den natt de delat. Den jäveln. Som han fått henne att komma. Han hade gjort henne till en besatt varelse. Varför, varför var hon attraherad av honom? – och varför var hon arg över att han inte gav henne någon uppmärksamhet? Den jäveln.

Hon släppte tankarna på Marc Discenza och gungade istället med till den sköna musiken. Allt var uträknat, hennes svankande framhävde hennes bakdel där hon satt och brösten gungade förförande till musiken. Det fanns inte en kille vid bordet vars ögon inte vandrade till henne.

Ett litet ögonblick senare hände det som hon fasat för de här veckorna.

Marc Discenza klev in på nattklubben.

Han var flankerad av två män, och han fick syn på henne direkt. Deras ögon möttes och Petras hjärta stannade.

Medan hon kände hela sitt innanmäte frysa till is noterade Martika vad som hände. Hon följde Petras blick och ställde långsamt ner glaset på bordet. De var som två barn påkomna med fingrarna i godisskålen och funderade nu på hur de skulle kunna fly därifrån utan att bli straffade.

Medan Marc gick mot henne i något som upplevdes som slow motion, hann hon tänka miljoner tankar. Han kom, vilket både förvånade henne, skrämde henne och gjorde henne ologiskt upprymd.

Vad visste han om hennes tid i Stockholm? Skulle hon resa sig upp och springa därifrån?

Nu när han väl stannade framför henne kände hon sig inte lika kaxig som hon gjort tidigare när hon roat sig genom Stockholmsnätterna och tänkt på de olika sätt hon kunde gäcka honom. Hennes liv var officiellt över. Jävlar vad snygg han var. Åter igen drogs hennes mage samman av attraktionen som fyllde henne när hon tittade på honom. Vad hade han gjort under de här veckorna? Tyckte han inte själv att det var lite underligt att han inte hade hört av sig till henne på hela tiden? Eller tyckte han att hon skulle sitta och vänta på honom som om hon inte hade något annat för sig? – ja det tyckte han. Hon behövde bara titta på hans hårda sammanbitna ansikte för att få svaret på den frågan.

Hank var självfallet med, och kunde skrämma slag på hela omgivningen enbart genom att visa sig. Den andra mannen kände inte Petra igen – men en snabb blick på honom gav henne känslan att han inte var en man att stöta sig med.

Åh, vad de inte passade in på det här stället. Här hängde Stockholms-bratz och wannabes – inte stenrika äldre män som kunde äga halva staden.

Hon sänkte med darrande hand sitt vinglas och lyckades få det att stå stadigt på bordet framför henne. Hon blev pinsamt medveten om Andreas hand som vilade på hennes ben och Roberts arm som var uppslängd på stolsryggen bakom henne. En person med mer än två hjärnceller kunde läsa av den nya situationen. Det var helt uppenbart att de här männen inte var att leka med, det var uppenbart att de inte var på sitt bästa humör, det var uppenbart att de inte hörde hemma på den här platsen, eller i Sverige, och det var uppenbart att de hade pengar. Det var även uppenbart att Petra kände igen dem och ville springa därifrån.

"Ta bort handen." Ordern, som yttrades på engelska med tydlig italiensk accent, kom från Marc. Det tog inte många sekunder för Andreas att förstå att den var riktad till honom. Han insåg snabbt att det inte var läge att trotsa mannen som tornade upp sig framför honom och drog snabbt undan sin hand. Marc fäste sedan blicken på Roberts arm och Robert flackade nervöst med ögonen innan han drog den tillbaka.

Hank och den andra mannen stod bredvid och studerade händelseförloppet. Petra hade kunnat känna Hanks irritation över hennes beteende på flera mils avstånd, men hade fullt upp att koncentrera sig på det största hotet.

Marc synade henne med de kalla ögonen. Hans ansikte förrådde inte hans humör så det var omöjligt för Petra att veta hur arg han var. Han sträckte ut handen mot henne och hon vred sig mekaniskt åt hans håll och lade en mycket skakig hand i hans. Han slöt den hårt i sin och drog upp henne på fötter. Det var det första tecknet på hans ogillande.

Andreas och Robert utbytte frågande blickar men ingen vid bordet vågade opponera sig. Inte ens James vänner som annars yttrade sig när helst de fick möjlighet.

Marc drog Petra bakåt så hon hamnade mellan honom och Hank, ungefär som om någon skulle sno henne med sig annars. "Vem av er är Martika?"

Martika tittade på Marc som om alla hennes mardrömmar besannades och Steve kastade en förvånad blick på henne och fattade hennes ena hand i sin. "Jag är Martika", svarade hon ostadigt.

"Jag är Marc Discenza, det här är Hank Montgomery och Tomaso Oriani." Han gjorde en gest mot de båda männen som i sin tur nickade kort mot samlingen. "Vill du ha skjuts hem?"

Petra mötte Martikas blick. Det kändes som om hela golvet gungade under henne. Hon försökte väta sin torra strupe men lyckades sådär. Hon orkade inte ta itu med Marc Discenza ikväll – om någonsin.

"Tack för erbjudandet, mr Discenza", svarade Martika ostadigt. "Men jag får skjuts hem med min pojkvän."

"Som du vill." Han vände åter blicken mot Andreas och Robert som stelnade till i sina stolar. "Ni två har från och med idag inte någon rätt att ta kontakt med Petra igen. Jag vill inte höra några telefonsamtal, inte några sms – ingenting. Förstått?"

Petra dog. Sa han verkligen det här? – till hennes vänner som hon känt i flera år. Hon ville sjunka genom jorden och aldrig komma upp igen. Som de måste undra vad som försiggick. Hon gav dem båda en hjälplös blick men hoppades att de inte skulle säga något utan bara spela med.

Hon hade dock inte sådan tur.

Andreas, som var den mest hetlevrade av de två, flög upp ur stolen och spände ögonen i Marc. "Hallå där! Jag vet inte vem du är, men–"

Hank klev fram ett steg och Marc höjde handen. Andreas stannade mitt i meningen då han insåg sitt misstag och Robert tog tag i hans handled för att dra honom tillbaka.

"Du vet inte vem jag är?" upprepade Marc med mycket lugn röst. Just den rösten som man skulle akta sig för. Marc slog ut med händerna och vände sig mot Hank och Tomaso med ett kallt skratt. "Han vet inte vem jag är." Hank och

Tomaso skrattade roat och stämningen tjocknade runt de samlade. Marc vände sig till Petra och tog ett kliv bakåt så att samtliga kunde se henne. "Petra, vem är jag?"

Hon mötte hans kalla blick oförmögen att kunna andas ordentligt. Helt plötsligt var hon ofrivilligt i centrum och hon var så rädd. Vad ville han att hon skulle säga? Hennes kropp var som omsluten av bomull och hennes öron tjöt. "Marc Discenza", sa hon lågt. Hennes vänner hade aldrig sett henne så osäker tidigare. Det här var något de skulle prata om i veckor, om inte månader.

Han höjde på ett ögonbryn och tittade frågande på henne. "Mitt namn känner de redan till. Men *vem* är jag?"

Hon insåg plötsligt vad han var ute efter och drog förskräckt efter andan. Han hade bestämt sig för att plåga henne maximalt och hon tittade hjälplöst på honom utan att förmå läpparna att forma de ord han väntade på. "Du är... du är min..." Hennes ögon fylldes av tårar, enbart synliga för Marc, Hank och Tomaso.

"Det Petra försöker säga är att jag är hennes blivande man." Han vände sin djävulslika uppsyn mot Andreas igen.

"Mr Heurlin kanske vill sätta sig igen?" fyllde Hank i.

Samtliga vid bordet tittade förfärat och överraskat på henne. James vänner vände frågande blickar mot varandra och Andreas och Robert vände samma frågande blickar mot Petra. De tänkte antagligen tillbaka på de senaste veckornas äventyr och ställde frågan hur hon så väl kunnat dölja det faktum att hon var förlovad, och det med en man som praktiskt taget ingen skulle våga vara otrogen mot. De undrade antagligen också varför hon hade hållit den glada nyheten hemlig.

Ingen av dem sa något mer och Andreas sjönk tillbaka ner i sin stol.

# Kapitel trettio

Petra hade lämnat nattklubben med sina vänners blickar brännande i ryggen. Hennes ben tog henne på något vis till den väntande bilen utanför och hon satte sig på det mjuka skinnsätet med känslan att hon satt på brinnande lava. Marc satte sig bredvid henne på andra sidan och bilen spann iväg. Det här hände inte. Hon vågade knappt röra sig i väntan på att han skulle säga något men han yttrade inte ett ord.

Om det var en del av hans sätt att plåga henne så lyckades han och hon bet sig hårt i underläppen medan hon tittade ut genom fönstret på de bekanta, och en gång trygga, omgivningarna i centrala Stockholm.

Hans manliga doft fyllde det trånga utrymmet och fick hennes mellangärde att vakna till liv.

Hank och Tomaso pratade lågmält på italienska i framsätet och Marc satt i tystnad och trummade fingrarna mot bildörren. Hon ville fråga honom vart de skulle men vågade inte starta en konversation med honom där hon riskerade att öppna upp Pandoras ask.

Tyckte han verkligen att han hade rätt att vara arg på henne? Det var hon som borde vara arg på honom. Hon hade aldrig gått med på hans krav. Hon kunde inte bryta en överenskommelse som hon inte hade ingått.

Det tog över en halvtimme för dem att ta sig till utsedd destination, trettio minuter av kvävande tystnad där Petra hela tiden hörde sin puls dunka i tinningarna. Den utsedda destinationen visade sig vara Dahlénhuset och Petra fäste en förfärad blick på Marc när bilen svängde upp framför hennes barndomshem. Hon klev ur på ostadiga ben som hade fler förklaringar än klackar och berusning. Hank och

Tomaso åkte iväg och Marc gjorde en gest att hon skulle gå före honom mot dörren.

Jävlar, jävlar, jävlar. Petra upprepade svordomen hela vägen fram till dörren. Hon påminde sig om att detta inte var Marcs första gång i hennes hem. Det var här allt hade börjat för några månader sedan.

Hon tänkte inte låtsas vara en gäst utan knappade in koden utanför dörren och klev in i hallen. Det luktade mat och svag musik hördes från salongen. Hon vände sig osäkert mot Marc som studerade henne frågande. "Gå in till dina föräldrar", uppmanade han med en enkel gest.

Hon tog av sig sina skor och sköt in dem med foten i ett hörn av hallen. Hon önskade att hon kunde springa upp för trappen och gömma sig under täcket på sitt rum som ett litet barn. Men istället tog hon sig de få metrarna till den vita dörren som ledde till salongen. Hon öppnade den försiktigt och förväntade sig att hennes föräldrar skulle bli chockade när de såg hennes sällskap. Det blev de dock inte och Petra insåg att Marc Discenza hade varit i Dahlénhuset innan han kommit till henne. Hon hade nästan velat vara en fluga på väggen när det hade inträffat.

Tony reste sig ur soffan, kostymklädd och allt, och gick fram till dem. "Välkommen tillbaka, mr Discenza." Det var uppenbart att han försökte dölja hur obekväm han var i situationen då han utstrålade ett konstlat lugn. Petra kände honom dock alldeles för väl för att bli lurad. Det fanns olika Tony och det här var vare sig AffärsTony eller HängaMedVännerTony.

"Tack, mr Dahlén", sa Marc lugnt. Han tog emot Tonys utsträckta hand och tryckte den. "Jag hade inte anat att jag skulle bli tvungen att hämta upp din dotter på krogen när jag kom till Sverige", lade han till innan han släppte Tonys hand. Om man kände till det minsta om Marc Discenza så förstod man att detta var en varning till Tony att han hade misslyckats att se efter Petra. Tony harklade sig nervöst. "Hrm, nej, det var olyckligt, mr Discenza."

Katrin, som tydligen hade slunkit i en figursydd vit klänning kvällen till ära, reste sig ur soffan med ett brett leende. Det var hennes "miljardärleende" och hon var aldrig så vacker som när hon log det. Hon gjorde en gest mot Marc Discenza att han skulle sätta sig i soffan mittemot dem.

"Mycket trevligt att du kommer tillbaka, mr Discenza. Och jag ser att du har hittat vår dotter också." Hon kastade en uppenbart missnöjd blick på Petra som bar med sig tusen fördömanden om vad hon sysslat med de senaste veckorna. Det Katrin såg i Marc Discenza var en snygg man med högar av pengar som kunde rädda hennes dotter från fördärvets väg som hon slagit in på. Petra ville skrika att den här mannen hade köpt henne från hennes far och att de båda hade för avsikt att tvinga henne in i ett giftermål. Hon kunde inte tänka sig att hennes mor skulle bli något annat än förfärad över en sådan information och att hon skulle hjälpa sin dotter.

Varför Petra inte sa något, utan istället tog sin mekaniska gång till soffan, kunde hon själv inte svara på. Kanske var det, det faktum att Marc Discenza skrämde livet ur henne som försatte henne med munkavle, eller att hon innerst inne tvivlade på att hennes mor verkligen skulle hjälpa henne när hon insåg att hela deras förmögenhet stod på spel. Tony studerade henne noga under hennes färd till soffan och hon anade att han var rädd för ett utspel från hennes sida. Hela situationen gjorde henne illamående och hon drog djupa andetag för att inte magen skulle vända sig.

Tony och Marc började ganska omgående att diskutera affärer och Petra insåg att hon sällan skådat Tony prata med någon som han hade så uppenbar respekt för.

Marc Discenza i deras salong. Det kändes som en komedi. Hände det här ens?

Hon drog upp telefonen ur fickan och såg att Martika hade skickat sms. Hon tittade diskret på dem medan Katrin hällde upp drinkar till dem från det frikostiga barskåpet. De lyssnade på klassisk musik och stråkarna skar genom hennes kropp – de drev henne till vansinne med sitt ihärdiga skrålande. Hon försökte att lugna sitt skenande hjärta med djupa andetag.

*Vågar man skicka sms till dig, eller kommer han se?*

*Det blev värsta diskussionen när du hade gått. Ingen fattade något.*

*Han skrämmer mig som fan! Värre än vad jag trodde.*

*Shit, Petra. Shit.*

*Du måste höra av dig när du kan. Och radera det här!*

Petra passade på att radera all meddelandehistorik hon hade i telefonen medan hon hade chansen, och när hon lade ner telefonen i fickan igen kände hon Marcs blickar på sig. Han höjde frågande på ett ögonbryn men sade ingenting. Hennes väldigt inkännande mamma noterade dock varenda detalj.

Marc satt så nära henne att hon kunde känna värmen från hans kostymklädda lår; hans ena arm vilade bakom ryggstödet på henne och fick henne att känna sig som en fånge. Kunde hon ursäkta sig och gå på toaletten? Hon behövde luft. Eller fly? – vem visste.

Hon reste sig nervöst och mumlade fram att hon behövde besöka toaletten sedan flydde hon snabbt ut ur rummet. Hon sprang uppför trappan till sitt rum och stängde dörren bakom sig. Hon önskade att hon kunde skala av sig de kläder hon bar och krypa ner under sitt täcke och stänga resten av världen utanför. Hon andades djupt för att hindra ett sammanbrott och gick in till toaletten för att fukta sin nacke och sina kinder med kallt vatten. Hon tittade in i den väl upplysta spegeln utan att känna igen ansiktet som tittade tillbaka på henne. Vem var hon? Vad var det som hände? *Befria mig snälla.*

Hon hörde dörren till sovrummet öppna sig och var livrädd att Marc skulle komma in till henne, men det var hennes mamma som uppenbarade sig i dörröppningen.

Hon tittade utrönande på sin dotter med sina intelligenta ögon och suckade djupt. "Jag börjar förstå den här situationen", sa hon lugnt.

Petra vände sig hastigt om utan att försöka dölja hur hon kände inombords. "Gör du?"

"Det här är en mäktig man som din pappa respekterar väldigt mycket och ser fördelar med att du gifter dig med. Du däremot är rädd för honom."

"Syns det?"

"Jag känner väl min egen dotter." Hon gick fram till Petra och satte hennes hår med en öm gest bakom ena örat. "Din skönhet ger dig fler problem än fördelar, min vän. Marc Discenza är en skrämmande man. Han har sannerligen förmågan att fylla ett helt rum."

Petra nickade tyst. "Jag vet inte vad jag ska göra, mamma. Jag vet knappt vad han har för plan. Han är inte direkt typen som delar med sig av sina planer heller."

"Hur träffades ni?"

"I Washington på en restaurang."

"Låt mig gissa, det var din far som ordnade mötet er emellan?"

Hennes mamma var verkligen bäst. Petra nickade.

"Och nu kommer han bli arg om du inte fullföljer det hela?"

Det var ju åtminstone tillräckligt nära sanningen. Petra nickade igen.

"Vad känner du för honom?"

"Skräck och attraktion", svarade hon ärligt.

Katrin skrattade lätt. "Det låter som ett fantastiskt äktenskap."

"Eller hur."

"Du vet att det är en stor komplimang att han vill göra dig till sin fru. Han är en av de mest eftertraktade ungkarlarna i USA. Stenrik, snygg. Vad mer begär du?"

"Mamma–" Petra föste sin mamma ut ur badrummet och stängde dörren efter dem. "Det finns ingen kärlek mellan oss. Jag vill ha kärlek."

"Som du hade med Eddie?" sa Katrin med avsmak. "Den kärleken hade du inte kommit långt med."

"Men jag var lycklig."

"Testa ett tag och se vad det leder till. Eddie har du inte i ditt liv i alla fall. Om du ångrar dig är det bara att lämna honom."

Petra log bittert. "Jovisst."

Tillbaka i salongen avnjöt de lite matigare tilltugg, vilket var svaret på matlukten Petra hade känt tidigare, och ytterligare en drink. Hon spelade med i charaderna under tystnad väl medveten om att hon och Marc skulle bli ensamma någon gång. Hon hörde tickandet av klockan, den tickade i samma takt som pulsen i hennes öron, och det oundvikliga kom närmare och närmare.

"Så, mr Discenza, vad har du för planer nu? Ska du stanna i Stockholm några nätter? Vill du möjligtvis att vi ordnar ett gästrum här?" frågade Katrin med värme i rösten. Det var uppenbart att hon hade fallit för hela paketet Marc Discenza. Petra kunde definitivt inte se Marc glida omkring i morgonrock i Dahlénhuset, och hon kunde absolut inte se honom i hennes rum. Det kunde tydligen inte han heller.

”Tack, mrs Dahlén. Men vi kommer sova på hotell i natt och åker redan imorgon.”

Då Petra inte visste vilka ”vi” var, visste hon inte om hon skulle dra en lättnadens suck eller förbereda sig på sin död.

”Vi ska till Sicilien imorgon, jag ska presentera Petra för min familj.”

Det kändes som om någon huggit en kniv i hennes mage. Hon mötte sin fars blick som sa åt henne att inte göra något förhastat. Hon såg även en glimt av stolthet i den och insåg hur stort det var att bli presenterad för hans familj.

”Du driver med mig?” flämtade hon förfärat. ”Marc, jag är inte redo att träffa din familj.” Hon tittade på honom så bedjande hon kunde men hans ansikte var orubbligt.

”Klart du är”, sa han bara kort.

Hon dog inom sig men visste att hon inte kunde ta upp den här kampen inför sina föräldrar – det skulle bli mycket pinsamt för alla inblandade.

”Jag har inte hunnit packa eller någonting. Om vi kunde skjuta upp det till i övermorgon kanske?” försökte hon istället med en plan att fly dagen därpå till Västindien, precis som planerat.

Marc log en aning roat. ”Din väska var redan packad inför din resa till Västindien. Den finns på vårt hotellrum.”

”Västindien?” utbrast Katrin förvånat.

Tony tappade färgen och tittade på sin dotter med fasa i blicken. ”Petra–” flämtade han.

Petra bara stirrade rakt framför sig, hon kände inte sin kropp. ”Hur...?” viskade hon.

Han fäste sina oförlåtande ögon på hennes ansikte, fullt medveten om alla känslor som utspelades inom henne – fullt medveten om att hennes hjärta dunkade sig ur hennes bröst.

Han visste.

Klart han gjorde. Det var därför han kommit idag. Han hade känt till hennes planer. Han hade låtit henne tro ända in i det sista att hon skulle lyckas. Bara för att visa henne vilken makt han hade. Visa henne att han kunde leka med henne som det passade honom. Vilken grymhet. Hon blev helt kall, så kall att fingrarnas leder värkte där de vilade i hennes knä och munnen fylldes av en metallisk smak.

Men hur hade han vetat? Svaret på den frågan skrämde henne mest. Om han fick veta det ingen annan visste. Vad mer kände han till?

Frasen ”vårt hotellrum”, fortsatte att ringa i Petras huvud. Hon försökte att andas så normalt det var möjligt medan hon funderade över sina alternativ. Hon var fullt medveten om att hennes mor kunde läsa henne som en öppen bok och vågade inte möta hennes blick.

”Är resan redan bokad?” frågade hennes mamma hjälpsamt.

”Jag kom i mitt eget plan, mrs Dahlén.”

Hon såg hur hennes mamma räknade pengar i huvudet och insåg att slaget var förlorat. Om någon dag skulle hon befinna sig i himmelriket tillsammans med Petras far.

”Det börjar bli dags för oss att röra oss, vi kommer att resa i relativt bra tid imorgon. Syftet med kvällen är uppfyllt. Jag ville träffa er båda ordentligt innan Petra flyttar från Stockholm.”

”Flyttar från Stockholm?” frågade Katrin förvånat. ”Vad har jag missat?” Hon tittade överraskat på Petra och sedan på Tony – den sistnämnda inte lika förvånad.

”Jag är ledsen om Petra har missat att informera dig, mrs Dahlén–” han kastade en frågande blick på Petra, ”men Petra flyttar in med mig i Discenzaresidensen nu – i Chicago. Ni är självfallet varmt välkomna att hälsa på när än ni önskar.”

Efter att de sagt sina hejdå gick de ut till den väntande bilen och åkte till hotellet som låg i centrala Stockholm. Resan till hotellet var lika tyst som resan till Dahlénhuset och Petras hjärta och nerver spelade i samma orkester. Ibland sneglade hon på Marc men vågade inte säga något. Hon vågade inte heller ta upp sin telefon för att avleda sina tankar. Man lekte inte med telefoner framför Marc Discenza.

# Kapitel trettioett

De bodde i ett av de absolut lyxigaste hotellen i Stockholm, i en svit högst upp med utsikt över Kungliga Dramaten.

När Petra klev in i det enorma rummet med Marc efter sig visste hon inte vad hon skulle göra med sig själv. Hela kvällen hade varit en påfrestning för hennes nerver och nu hade stunden kommit när hon var ensam med honom efter flera veckor. Hon lade sin vita handväska på ett av de svarta vardagsrumsborden och tittade sedan på Marc med nervösa ögon. Han hade hängt av sig sin mörka kavaj på en galge i hallen och gjorde tecken åt Petra att sätta sig ner i soffan. Rummet doftade fräscht av citron och sandelträ. Hon tog plats i den svarta soffan utan att säga något och Marc satte sig i en beige fåtölj bredvid; den matchade de golvlånga gardinerna vid de stora fönstren. Från ovan hängde stora kristallkronor.

Han satt bakåtlutad och studerade henne under en mördande tystnad. Han lät blicken glida från hennes ansikte ner hela vägen över hennes kropp ner till hennes bara fötter. Satan vad han gjorde henne nervös.

”Ser du det här som en lek, Petra Dahlén?”

Hans röst var mycket låg men skar i henne som en kniv. Hon klarade inte av att titta in i hans ögon.

”Ser jag ut att vara en man som man leker med?”

”Nej”, sa hon nästan ohörbart.

”Och ändå förnedrar du mig genom att låta mig hämta dig på en krog där du sitter omgärdad av flera män?”

Det lät så hemskt när han sa det på det viset och Petra vågade inte svara.

"Tycker du att jag bara borde låta det passera obemärkt?" Han lutade sig framåt en aning och synade henne noggrant.

"Jag gick bara ut med Martika", försvarade hon sig. "De andra är mina vänner och vi träffade dem där."

"Du underskattar min intelligens, Petra." Han reste sig plötsligt ur fåtöljen och gick fram till henne. Han lade en hand på var sida om hennes axlar och lutade sig över henne. "Vad hade hänt om jag inte hade kommit?"

Hon var så rädd att hon knappt kunde prata. Hon tvingade sig själv att titta in i Marcs ögon. "Absolut ingenting."

"Absolut ingenting", ekade han hånfullt. "Så det faktum att du tidigare har haft sex med både Robert och Andreas, och att de nu hade händerna på dig, är *absolut ingenting*?"

"Vi är bara vänner." Hon hoppades innerligt att Marc inte kände till något om hennes äventyr med Andreas och Robert dessa veckor. Det skulle sluta i total katastrof. Helt plötsligt kände hon sig inte så trotsig längre.

"Min blivande fru ska *inte* sitta tätt samman med män ute på klubbar. Tycker du att det är mycket begärt?" Han hade plötsligt höjt rösten och Petra tittade upp på honom med tårar i ögonen. Hon skakade sakta på huvudet.

"Ingen annan än jag har rätt att röra dig. Du är min. Jag kommer döda varenda jävla man som kommer i din närhet." Han rätade på sig igen och tittade allvarligt ner på henne. "Om du inte lyder mig, Petra, och fortsätter förnedra mig, kommer jag att förgöra dig och din familj, bit för bit tills det inte finns något kvar av er. Tvivla inte för en sekund på att jag har makten att göra det." Han smekte henne över kinden, i total motsats till det han precis hade sagt och Petra stirrade på honom med större skräck i kroppen än hon någonsin hade känt tidigare i sitt liv. "Angående Västindien.

257

Du är väl medveten om att jag hade hittat dig var som helst? Du hade slösat både din och min tid. Du åker inte någonstans själv igen."

Så det var så det skulle vara nu? Inga mer charader där de pratade kontrakt, valmöjligheter och överenskommelser. Marc Discenza hade tydligt visat vem han verkligen var och det fanns ingen väg ut som inte skulle innebära enormt lidande. En polisanmälan skulle på sin höjd leda till besöksförbud. Det skulle dock vare sig hindra honom från att hämta henne eller förgöra hennes familj.

För första gången sedan Marc Discenza gjort intåg i hennes liv gav Petra upp sin kamp. Hon tittade på den fasansfullt tilldragande man hon hade framför sig och kapitulerade. Om han ville ha henne fick han ta henne. Hon orkade inte göra motstånd längre. Han var för mäktig och för stark.

Petra hade praktiskt taget en utomkroppslig upplevelse när hon dagen efter landade på *International Airport of Catania* i Sicilien. Därifrån var det 50 km till Taormina där Marcs familj bodde. När hon klev ur planet i det varma vädret med dofter av hav och flygplansbränsle insåg hon att detta verkligen hände. Och det hände *henne*. Hon befann sig i Sicilien tillsammans med Marc Discenza och hon hade ännu inte kommit på något sätt att ta sig ur den situation hon befann sig i. Hon kände sig illamående efter flygturen och av den nervositet som fyllde hennes kropp. Hon tog tacksamt emot en flaska vatten som Marc räckte henne innan de hoppade in i den väntande bilen. Hon önskade att hon hade något att tugga på då hennes mage kurrade trots att hon inte varit utan mat mer än tre timmar.

Hon och Marc hade haft en fantastisk natt tillsammans. Hur hon än ansträngde sig fördes hennes tankar tillbaka till den. Han hade tagit henne lika intensivt som de två tidigare gångerna och fört henne till extas flera gånger. Efter den heta älskogen hade han dragit henne mot sig i sängen med hennes rygg mot honom och legat så under lång tid medan han smekte henne över kroppen så varje hårstrå reste sig i spåret efter hans fingrar. Han var en sådan dubbelnatur. Ena sekunden hotade han henne till livet och nästa var han så öm mot henne att hennes hjärta värmde.

Taormina låg en bit söder om Catania, på Siciliens östkust. Staden låg på klipphyllan *Monte Tauro*, och hade en fantastisk utsikt över det glittrande vattnet. Värmen var överväldigande och Petra var tacksam över bilens väl fungerande klimatanläggning. Allt hade varit en fantastisk upplevelse om hon inte varit på väg till Marc Discenzas familj. Det kändes mer som om hon skulle bli uppäten av rovdjur. Vad skulle ens hans mamma tycka om det här? Det var en sjukt stor sak att träffa någons mamma. Hon hade inte träffat någon killes mamma tidigare – kanske för att hon aldrig menat allvar med någon.

Det pep till i hennes telefon, ett sms. Hon svor tyst för sig själv för att hon inte hade stängt av signalen. Marc kastade en blick på henne men sa till hennes förvåning ingenting.

Det var Martika som undrade vad sjutton som hände och informerade om att hon hade ringt hem till Petra och fått veta att hon åkt med Marc till Sicilien. *Det kan väl inte stämma, Petra? Är du inte klok? Vad fan är det som händer?*

Petra gjorde en grimas och lade ner telefonen i sin handväska. Hon fick prata med sin vän när tillfälle gavs.

”Jag vill se den där telefonen sen”, sa Marc lugnt.

Hon vände sig mot honom med en frågande blick. ”Driver du? Jag måste väl få ha något sorts liv?”

"Absolut", sa han och tittade allvarligt på henne. "Men jag kommer avgöra vilka som ska ingå i det."

Hon vände sig bort från honom under en rad ljudlösa svordomar och fokuserade på utsikten istället. Någon gång skulle möjligheten komma och då skulle hon lämna honom och aldrig komma tillbaka.

Vattnet var så blått att det nästan slog över i turkost och bergen var så mäktiga och grönbeklädda att hon inte kunde mätta sina sinnen enbart genom att titta på dem. Hon ville kliva ut i luften och röra vid dem. Bilen klättrade högre och högre upp – landskapet fylldes av palmer och väldoftande vackra blommor i alla världens färger.

Någon gång längs vägen måste hon ha somnat. Hon vaknade av att Marc lade sin hand på hennes ben och informerade om att de var framme. Förvirrat öppnade hon ögonen och såg att de hade stannat på en stor gårdsplan utanför ett enormt puderrosa hus med vita välvda fönster. Stora pelare höll upp en rymlig veranda som sträckte sig längs hela övervåningens framsida.

Chauffören och Tomaso hade redan klivit ur, liksom Hank. De stod utanför bilen och rökte en varsin cigarett.

Till hennes förvåning böjde sig Marc fram och lät sina mjuka läppar täcka hennes. Han tittade på henne med sina allvarliga ögon. "Nu börjar ditt nya liv, Petra Dahlén."

Någonstans inom henne blixtrade det till av begär som ett svar på hans kärleksfulla behandling, sedan tog besvikelsen över då allt var ett spel och inte på riktigt, sedan tog nervositeten över på grund av det hon stod inför.

Hon lät honom hjälpa henne ut ur bilen och rätade sedan trött på sig. Det kändes som om hon hade gått tusen mil för att komma hit. Hon var helt slut. Hon slätade till sin vita klänning och drog fingrarna genom håret för att det inte skulle vara tovigt. Fåglarna sjöng vackert för att välkomna henne och havet brusade avlägset i takt med deras sång. Den heta luften doftade av salt och blommor.

Hela gårdsplanen var gjord av stenplattor som såg ut ha legat på samma plats i över hundra år. Växtligheten som omgärdade huset var prunkande med stora palmer på väl utvalda platser bland alla blommor. Det var så vackert. Hon önskade att hon kommit hit under lyckligare omständigheter – inte som en fånge.

Det var så varmt och håret klibbade i hennes nacke. Hon förde det åt sidan för att lufta den lite och andades djupt.

Marc slöt upp vid hennes sida. "Innan vi går in", sa han kort och räckte ut handen.

"Vad menar du?" frågade hon förundrat.

"Ge mig telefonen."

Hon gapade bara men hämtade sig snart. Telefonen var hennes enda kontakt med verkligheten. Hon vägrade lämna den. "Nej."

"Du kommer få den tillbaka, oroa dig inte", sa han lugnt. "Och bråka inte om det här. Jag kommer ta den i vilket fall. Antingen på ett fint sätt eller med tvång."

Hon blinkade bort tårar av förnedring; ingen i hennes omgivning hade någonsin behandlat henne på det här viset. Det var oförlåtligt. Hon bet ilsket ihop och plockade upp sin telefon ur väskan. Hon släppte den i hans hand utan att nudda honom och vände bort ansiktet för att slippa se hans retsamma leende.

"Hank, ta den här. Gör en bakgrundscheck på alla kontakter hon har och ta bort alla som inte tillför något i hennes liv."

Hank tog emot telefonen med en nickning och mötte för några sekunder Petras blick. Hon undrade om han tyckte att det här var rätt som Marc gjorde mot henne. Tyckte han att

Marc hade rätten att styra henne som han önskade? – eller tyckte han synd om henne?

"Du kommer driva mig till vansinne", sa Petra irriterat och började gå mot huset.

Framför de stora dubbeldörrarna som ledde in i huset stod en lång vacker kvinna och väntade på dem. Hank och Tomaso var redan på väg fram till henne för att hälsa. De omfamnade henne med glada utrop och respekt och mottogs lika varmt av henne.

Kvinnan visade sig vara Marcs mamma, Frances Discenza, och hon var vacker med mörkt hår som grånat och var uppsatt i en bakåtstramad svans. Hon var kurvig och klädd i en stilren svart klänning. Hennes bruna ansikte bar linjer av ett långt liv men de pigga ögonen skvallrade om lycka. Petra önskade att hon kunnat vända om och åka tillbaka till flygplatsen. Det kändes inte rätt att träffa Marcs mamma när deras förhållande vilade på en lögn. Det här var inte ett kärleksförhållande där kvinnan fick träffa sin blivande svärmor – det var en kidnappning.

"Madre", sa Marc med värme. Han kramade henne så hon lyftes från bron och pussade henne på båda kinder. Frances svarade på italienska och kupade Marcs ansikte i sina delikata händer och tittade på honom med djup kärlek.

Här fanns åtminstone en person som fick Marc Discenzas kärlek och respekt. Så typiskt italienskt.

Var det avundsjuka hon kände? Som om hon *ville* ha hans kärlek.

Hon var så nervös inför att träffa denna kvinna, hennes hjärta bultade och händerna blev fuktiga. Hon tog ett djupt andetag och rörde sig lamt framåt mot bron. Hennes klackar krossade små stenar på vägen och ljudet ekade oproportionerligt högt i hennes öron.

Marc vände sig mot henne med en blick som sa: om du inte visar min mamma respekt kommer du råka mycket illa ut. Även Frances riktade all uppmärksamhet mot Petra nu och mumlade något till Marc på italienska innan hon räckte ut båda händerna mot henne.

"Vackra flicka!" utropade hon på bruten engelska. "Hon är vacker som en blomma, Marc."

Petra log blygt och lade händerna i Frances utsträckta, denna drog henne mot sig och pussade henne överväldigande på båda kinder så hennes tunga smycken klirrade mot varandra. En svag doft av mysk letade sig in i Petras näsa. "Välkommen till mitt hem, kära barn. Jag har sett fram emot din ankomst." Hon vände sig sedan åter mot Marc. "Min son, du har varit borta alldeles för lång tid."

Marc log varmt mot henne. "Det säger du även då jag bara varit borta i en vecka."

"Mio dio! En vecka är en evighet!"

"Är allt bra här, mamma?" Han lade armen om henne och tryckte henne intill sig.

"Självklart. De andra väntar i salongen", lade hon till med ett vackert leende.

Petra stelnade till när hon hörde det. De andra? Åh nej. Hon hann dock inte gripas av panik då Frances grep tag i hennes hand och drog henne med sig in i huset. "Nu, min kära, ska du få träffa din familj."

Petra följde osäkert med. "Hon är så svensk, Marc", utropade hon över axeln, "det måste vi ändra på."

Vad hon menade med detta hade Petra ingen aning om.

Inredningen var självfallet storslagen med ljusa golv och nougatfärgade väggar. Möblerna var tunga och antikviteterna dyra och många. Allt speglade Marc Discenzas karaktär, eller möjligtvis Discenzafamiljens. Petra fann sig starkt sakna Martika, sina föräldrar och James – sitt liv. Hon hade ingen aning om vad hon var på väg att kliva in i för något.

Marc var inte så lik sin mor, förutom de grå ögonen. Hon undrade nyfiket hur hans far sett ut.

"De är här!" utropade Frances förtjust och drog Petra framför sig in i ett stort vackert rum som var fullt med folk. Hon kände sig som ett föremål på utställning när allas blickar vändes mot henne. De måste vara drygt tjugo personer och samtliga studerade henne uppifrån och ner med både nyfikenhet, uppskattning och förtjusning. De pratade högljutt på italienska och samtliga kom fram för att pussa henne på kinderna och krama henne hårt. Hon log osäkert mot ansikten som blev till en suddig massa i vimlet framför henne och nickade när de pratade med henne på ett språk hon inte förstod ett ord av.

Marc avbröt tumultet med några snabba fraser som Petra inte förstod. Han gick fram till henne och lade en arm runt hennes midja. Golvet gungade under henne och hon lutade trött huvudet mot hans arm. "Det här är Petra Dahlén, hon är min blivande fru." Så, då var det helt officiellt helt plötsligt, utan att hon ens gått med på att gifta sig med honom. Hon fick knappt ner någon luft i sina lungor och ansträngde sig för att hålla sig vid medvetande.

Marc började därefter prata på italienska och hon insåg att han kom helt till sin rätt när han talade sitt modersmål, hon insåg även i samma sekund att samtliga tittade på honom med samma respekt som hon gjorde. Han var absolut familjens ledare.

"Kom, vi går upp och fräschar till oss. Jag har informerat mina släktingar om att vi återkommer när vi är klara. Vi ska äta middag tillsammans."

Petra nickade omtumlat mot samtliga i rummet innan hon tacksamt följde med Marc ut ur rummet och upp för en

trappa. Helt plötsligt var han hennes enda trygga punkt –
hon var dock för trött för att skratta åt den ironin.

# Kapitel trettiotvå

Petra låg i en rymlig jacuzzi som var helt gjord av grå marmor och steg som ett berg ur det vackra golvet i samma stil. Det varma vattnet, som doftade underbart av välgörande oljor, mjukade upp hennes stela muskler och överhettade hud; hon hade satt upp håret i en knut på huvudet och slöt ögonen i ett försök att fly verkligheten.

Det var inte hon som hade ordnat badet, det var upptappat redan när hon anlände till deras rum – eller hon kanske borde säga våning. Marc var utanför i vardagsrummet som angränsande till sovrummet och badrummet. Hon var tacksam över att få några minuter för sig själv. Hon längtade efter att ringa till Martika och få lite perspektiv på allt som hände. Som det såg ut just nu skulle hon dela sitt liv med Marc Discenza. Hon behövde någon som kunde råda henne hur hon skulle ta sig ur situationen.

Hon hörde hur dörren till badrummet öppnades och Marc kom in. Han hade mörka finbyxor på sig men hade lossat på sin vita skjorta. Hjärtat rusade i bröstet bara vid åsynen av honom och hon gav honom en nervös blick. Han stod stilla några sekunder på golvet och studerade henne med sina kalla ögon innan han gick fram och kände på vattnet. Han sa ingenting när han gick runt och ställde sig bakom henne. Hon vägrade vända sig om och väntade på att han skulle säga något. Det gjorde han dock inte. Istället lade han händerna på hennes blöta axlar och masserade dem lätt. Hon andades tungt medan han sakta knådade de ömma musklerna för att sedan låta fingrarna snudda vid hennes nacke där han fångade hennes fuktiga nackhår mellan sina varma fingrar och lekte med det. Det dunkade mellan hennes ben av nervositet och förväntan men hon höll andan för att han inte skulle höra hur hon reagerade på honom. Han böjde sig ner och lät sina läppar möta hennes nacke. Hennes bröstvårtor styvnade och hon flämtade till av begäret som sökte sig genom hennes kropp. Så mycket fick hon för att hålla andan.

"Min vackra kvinna, " mumlade han och rätade på sig. Hon hörde hur han knäppte upp byxorna, sedan gick det några tysta sekunder av förväntan när han tog av sig övriga kläder innan han gled ner i vattnet mittemot henne.

Hon skulle aldrig vänja sig vid åsynen av honom, så tilldragande och skrämmande på samma gång; hans svarta hår låg bakåt, redan blött av vattnet, det skarpa manliga ansiktet med de kalla ögonen, hans hårda manliga överkropp och den nötbruna huden. De flesta kvinnor skulle kalla honom för tilldragande – även hon. Men han skrämde livet ur henne. Hans arrogans, hans makt och allt han gjort mot henne fick hennes puls att rusa av mer än sexuellt begär. Hon kände sig fångad som ett djur och helt hjälplös, utelämnad till hans nycker. Han styrde henne fullständigt och hon försökte desperat komma på en lösning för att ta sig ur den situation han satt henne i.

"Vad tänker du på, Petra?" frågade han allvarligt. Det var som om han kunde utläsa hur hennes tankar rörde sig och hon svalde nervöst.

"Allt och inget."

Han log ett leende som inte nådde ögonen. "Så svarar bara människor som har något att dölja."

"Hur ska jag kunna dölja något? Du har mer koll på mig än vad jag har själv."

"Vad tycker du om Sicilien?"

"Av det jag har sett är det en fantastisk plats. Jag gillar huset också. Och din mamma."

"Hon var mycket glad över att träffa dig – liksom resten av familjen."

"Hur länge har din mamma och dina släktingar vetat om mig?"

Han tittade allvarligt på henne. "Vill du verkligen ha svar på den frågan?"

"Jag tror det", svarade hon osäkert.

"Sen du kom till restaurangen i DC och lämnade kuvertet till mig."

Hon drog förskräckt efter andan – när hon delade sitt liv med Eddie och inte ens kände till Marc Discenza eller hans onda planer. Hennes ögon sved av hotande tårar.

"Men–"

"Menar du att det förvånar dig?" frågade han lugnt.

"Men vad visste de?"

"Att jag snart skulle ta min blivande fru till Sicilien. De har väntat tålmodigt – liksom jag."

"Men, jag kände inte ens dig, jag var med en annan man. Du kunde inte veta vad som skulle hända."

"Jag visste. Jag var bara tvungen att göra mig av med din pojkvän först." Marc tog med en snabb rörelse tag i hennes ena hand och drog henne mot sig. Han lade handen i hennes svank och drog henne framåt så hon hamnade gränsle över hans nakna kropp.

Hon kunde känna hans hårda mandom snudda mellan sina ben och elden började sakta brinna inom henne. Han lade armarna runt henne och lät sina läppar sluta sig runt hennes ena bröst. Petra böjde huvudet bakåt och slöt ögonen medan han lät sin erfarna tunga erövra båda hennes känsliga vårtor. Han fortsatte med läpparna upp längs hennes nyckelben samtidigt som ena handen retade det ena bröstet. Utan att tänka på det började Petra gunga sina höfter förväntansfullt. "Bara min", mumlade han mörkt och lät samma hand som tagit hennes bröst vandra ner mellan hennes ben. Hon stönade högt när han förde upp två fingrar i hennes varma sköte medan han stödde henne med en hand på ryggen. "Fortsätt att röra höfterna", beordrade han med tjock röst. Hon red hans fingrar hårt medan han retade hennes klitoris med tummen. Han hjälpte till i hennes gungningar med handen som höll hennes svank och förde fingrarna så långt in det var möjligt. Det välbekanta pirrandet började i fötterna och arbetade sig uppåt och när orgasmen tog över henne kvävde hon sitt skrik i hans axel. Innan den ebbat ut helt tryckte han in sin hårda mandom i henne vilket gjorde intrånget än mer intensivt. Hennes muskler vibrerade fortfarande och slöt sig kring hans hårda skaft i de sista sammandragningarna. Hennes kropp var som gelé, men samtidigt som han började pumpa i henne med hårda stötar började begäret byggas upp igen. Hans starka händer slöts om hennes höfter och hjälpte henne att gång på gång outtröttligt rida honom till roten. Hon tappade totalt greppet om verkligheten och stönade högt till hans stötar obrydd om någon kunde höra dem, helt fångad i det galna begär han skapade inom henne. När han sprutade i henne kom hon igen och han tryckte henne tätt intill sin kropp medan hans säd fyllde hennes inre.

Den andra gången Petra träffade Marcs släkt kände hon sig betydligt mer redo. Hon hade satt på sig en beige åtsittande kort klänning och sparsamt med smycken. Hon lämnade håret utsläppt och sminkade sig med fokus på sin fylliga mun.

"Helvete", sa Marc irriterat när hon kom ut från badrummet. "Jag kommer vara tvungen att hålla dig inlåst hela livet."

Själv var han som vanligt oklanderligt klädd i kostymbyxor och skjorta. Han synade henne missnöjt från topp till tå.

”Var det där ditt sätt att ge mig en komplimang?” frågade hon med höjda ögonbryn.

”Du är för vacker för ditt eget bästa – och för mitt”, konstaterade han mörkt. ”Jag vet inte ännu om det är något positivt.”

Petra fingrade på sitt halsband och studerade honom med sina vackra ögon. ”Jag trodde det var anledningen till att du ville ha mig från första början. Är det ett problem nu?”

”Det finns inte en man i den här världen som inte vill ha dig när han ser dig.”

”Och vissa går längre än så och tar mig mot min vilja”, sa hon sarkastiskt.

Han gick långsamt fram till henne och drog fingrarna genom hennes hår och placerade en varm puss på hennes rödmålade mun. ”Sant. Och jag kommer se till att få behålla dig också – även om det innebär att jag måste undanröja några män på vägen.”

”Du driver med mig.”

”Det får tiden utvisa, Petra Dahlén.”

Nu satt hon på husets baksida på en enorm stenterrass och tittade på den djävul som gjort henne till sin mot hennes vilja. Hon kände något för honom, det gjorde henne nästan lika arg som själva tvånget. Han fascinerade henne och hans makt attraherade henne – för att inte tala om deras sex. Vilket ledde hennes tankar in på mens som ännu inte kommit. Sådan otur kunde hon väl inte ha ändå? Att hon skulle ha blivit gravid efter sin första natt med Marc? Det var omöjligt. Eller rent tekniskt sett inte, men ändå. Hon måste göra graviditetstest på något vis när Marc inte var med. Och om det visade sig vara positivt måste hon ta sig till en klinik i hemlighet för att ta bort det. Hur skulle hon lyckas med detta när hon alltid var övervakad? Marcs blick mötte hennes och han tittade frågande tillbaka på henne. Hon tittade ner, rädd att han på något vis kunde läsa hennes syndiga tankar.

Grillarna gick heta med både kyckling, lamm och diverse grönsaker. Det var en varm och behaglig kväll som bar med sig dofter från blommor och hav tillsammans med grillens delikatesser. Två män spelade behaglig italiensk musik bredvid dem. Det hade varit en fantastisk tillställning om hon inte vore så nervös över eventuell graviditet och den obehagliga situation hon befann sig i.

Fastän hon tidigare blivit presenterad för samtliga så kom hon nästan inte ihåg ett enda namn. Hon hade frågat hur nära släkt som fanns i sällskapet och Marc hade berättat att det var far- och morbröder, kusiner, fastrar och mostrar. Dock långt ifrån alla, det här var bara släkten som bodde närmast, i Taormina. Med en underliggande ton hade Marc talat om för henne att italienare hade stora familjer.

Hank och Tomaso satt redan vid det långa mörka bordet och åt av det helgrillade lammet. Samtliga skrattade och pratade om vartannat och Petra förstod inte ett ord. Hon var iakttagen från alla håll och skruvade obekvämt på sig i stolen.

"Ursäkta, älskling att vi pratar italienska. Det faller sig bara mer naturligt än engelska", log Frances. Hon satt bara två platser från Petra, mittemot Marc.

Marc vinkade åt en rund kvinna i tjänstefolket att hon skulle servera dem kött.

"Jag vet att det är mycket att smälta just nu, kära du. Helst när du inte förstår språket. Men du kommer snart att vänja dig och då kommer det kännas som om du alltid har varit här och en del av den här familjen. Det kan vara svårt i början."

Petra, som förvisso var glad över att någon tilltalade henne direkt, log en aning eftertänksamt. "Vad menar du?"

"Många traditioner och regler att följa", förklarade hon lågt. "Men när du lär dig språket kommer det bli lättare. Ja, och era framtida barn ska ju såklart spendera mycket tid här i Italien, och då måste även du kunna prata italienska, Petra."

Hon hade inte ens vant sig vid att ha en pojkvän, eller blivande man, och nu skulle hon gå språkkurs också. Hon mötte Marcs vaksamma ögon och tittade sedan ner för att slippa bli granskad.

"Självklart kommer det bli så, kära moder", konstaterade han.

Petra log bara blekt och tog tacksamt emot sin tallrik med kött, grönsaker och bröd. Tack och lov kunde hon koncentrera sig på något så basalt som att äta istället för att tänka.

"Du måste smaka, miss, köttet är underbart", sa en äldre man på knagglig engelska. Hon informerades snabbt om att det var Marcs morbror, Luigi Magalotti.

Kött var inte hennes favorit men hon insåg att alla väntade på henne så hon skar en liten bit och åt den första tuggan med samtliga blickar på sig. Hon tuggade sakta och längtade starkt efter marinad som kunde döva köttsmaken. Tack och lov för sallad och bröd.

"Väldigt gott", konstaterade hon med ett leende och alla nickade nöjt och återgick till sin mat. Ljudnivån ökade i styrka, liksom musiken, och Petra befann sig i en bubbla omgiven av ett språk hon inte förstod ett ord av och människor som hon inte kände. Hon stängde av och försvann in i sin egen värld. Hon var för trött för att visa intresse av de som satt bredvid henne och för illamående för att äta. Detta land och dessa människor var hennes framtid – det här var hennes blivande släkt. Det var dags att någon väckte henne nu.

Hon fascinerades över det faktum att Marc, som inte var äldst, ändock verkade vara hela familjens överhuvud. Alla vände sig till honom och frågade om råd, precis som hans anställda gjort när de varit i Chicago. När Marc pratade lyssnade alla.

”Min kusin vill veta när vi ska gifta oss”, sa Marc plötsligt och tittade på Petra. Hans kalla blick startade en eld i Petras mage och frågan förlamade henne. Kusinen var Lorenzo Discenza; han såg bra ut, ganska lik Marc förutom de bruna ögonen. Alla hade hört Lorenzos fråga och förväntansfull tystnad sänkte sig över terrassen. Samtliga tittade på Petra och färgen steg i hennes ansikte. Hon tittade hjälplöst på Marc. Han i sin tur verkade såklart inte det minsta bekymrad över uppmärksamheten och log lätt. ”Så fort som möjligt. Men först ska Petra konvertera till katolicismen.” Han tittade menande på henne och varenda del av hennes kropp frös till is.

”Det är klart hon ska”, instämde Frances och log varmt mot Petra. Petra kunde inte säga något, hon hade tappat fotfästet helt. Frances och de övriga släktingarna var bara en suddig dimma och hennes öron var fulla av bomull. Hon andades sakta genom näsan för att döva illamåendet och hålla sig vid medvetande.

”Hur lång tid tar det att konvertera nu igen?” frågade en annan släkting som Petra hade för sig var en syster till Marcs pappa. Petra hade dock glömt hennes namn.

”Egentligen över ett år, men jag ordnar så det går fortare.”

Det här var så dåligt. Hon visste knappt något om sin egen religion och än mindre om katolicismen. Hon hade ingen som helst avsikt att låtsas bli troende nu. Och vad innebar det egentligen att vara katolik? Det enda hon visste var att man i Italien var väldigt troende. Och den fräckheten! Först stormade han in i hennes liv och tog henne mot hennes vilja och nu skulle han forma henne efter eget behag. Hon var så arg. Aldrig att hon skulle gå med på det här. En katolik kunde utan problem gifta sig med en kristen, det var inte obligatoriskt att konvertera. Det här gjorde han bara för att påvisa sin egen styrka.

"Så ni tänker leva i synd under tiden?" frågade Frances missnöjt.

Herregud, om hon bara visste vilken synd de hade levt i redan, tänkte Petra skadeglatt. Som Marc tagit henne hade ingen annan man tagit henne – han var synden personifierad. För att inte tala om de synder han begått för att få henne i säng till att börja med.

Marc skrattade roat och reste sig upp. Han gick fram till Frances och kysste henne på kinden. "Inte alls." Han stoppade handen i kavajfickan och drog fram en turkos liten ask och gick sedan fram till Petra och tog hennes hand i sin. Med en snabb rörelse lade han asken i hennes hand. Petra slutade att andas helt. Hon blev så nervös att hon inte ens vågade titta på den. Alla vid bordet hade slutat att äta och väntade med spänning på att hon skulle öppna den. Den var från Tiffanys, det såg hon direkt. Hon var helt tyst när Marc tillslut tog asken från henne och öppnade den. Han höll fram den mot henne och förde sedan handen till hennes haka och vände upp hennes ansikte så att hon var tvungen att titta direkt på honom. Det var svårt.

"Petra Dahlén, vill du gifta dig med mig?" frågade han med sammetslen röst.

Hon hade knappt tittat på ringen som gnistrade från askens inre. Hon ville säga något i stil med: "Idiot, du har tagit mig mot min vilja och hotat min familj. Du har tagit mannen jag älskar ifrån mig. Du har tvingat mig med till din familj i Taormina och tvingar mig nu att spela med i ditt avskyvärda spel. Det är klart som fan att jag inte vill gifta mig med dig." Men nu sa hon inte det eftersom det inte var något man gjorde när man hade Marc Discenza framför sig. Och den frågan han precis hade ställt var bara ett spel för gallerierna. Det var inte som om hon hade något val. Hon bet ihop hårt och hoppades att det inte syntes på henne hur upprörd hon var. Hon mötte som hastigast Hanks blick och den bar på en varning. Hon hade inte någon luft kvar i lungorna och försökte dra in så mycket som möjligt genom sina näsborrar. Marc stirrade stint in i hennes ögon med en underliggande varning. "Ja, det vill jag", hörde hon sig själv svara med för låg röst. Det lät som om någon annan hade svarat istället för henne. Hon hade för tillfället ingen kontakt mellan sin hjärna och resten av kroppen. Dessa hade blivit två helt självstyrande entiteter.

Yr i huvudet såg hon hur han lösgjorde ringen ur den turkosa sidenbädden och tog Petras vänstra hand i sin. Han trädde försiktigt på den tunga ringen på hennes ringfinger — självklart passade den perfekt. För att förhindra en svimning eller att kräkas fortsatte hon att dra in luft genom näsan i lugna koncentrerade andetag. Hon hoppades att ingen kunde se den kamp som utkämpades inom henne. Marc lade sin ena hand om hennes bakhuvud och gav henne en väldigt nöjd blick innan han krävde hennes läppar framför alla. Släktingarna applåderade och sedan bröt ett tumult ut när alla skulle se ringen. Frances tog tag i hennes vänstra hand och höll fram den för alla att se. Den var självklart storslagen, vitt guld med en stor cushiondiamant på säkert fyra karat. Den stora diamanten var omgiven av mindre diamanter i två rader och hade därtill ett dubbelt diamantband längs halva ringens ytterkant. Den var makalös och måste ha kostat en förmögenhet. Petra tittade på den med dunkande hjärta, helt bländad av diamanternas prakt. Hon lyfte sedan sin blick och tittade förundrat på Marc. Tyckte han att hon var värd en sådan ring? Marc såg en aning road ut då han böjde sig mot henne och placerade en puss på hennes hjässa.

"Complimenti per il fidanzamento." Den sista släktingen grattade och kysste Petra på handen och båda kinder, därefter Marc. Frances torkade sina glädjetårar och viftade med en servett för att musikerna skulle spela en låt för att fira det nyförlovade paret.

Marc höll om sin mamma och tittade på henne med en värme övriga personer i hans liv bara kunde drömma om.

"Åh, min son. Jag har väntat så länge på att du ska hitta en fru. Jag har varit så orolig."

"Jag var tvungen att hitta den bästa först", sa han kort och tittade på Petra. Petra som åter igen var på sin plats log lätt mot sin blivande svärmor. Menade han verkligen detta eller uppehöll han bara en charad för att göra sin mamma lycklig?

"Självklart, min son. Nu kan jag äntligen få barnbarn."

"Du ska få många barnbarn, det lovar jag."

Marcs blick mötte Petras med löftet hängande i luften. Om han suttit bredvid henne hade hon upplyst honom om att det var en dröm från hans sida. Nu skickade hon bara ett falskt leende mot honom som hon hoppades att han kunde se igenom.

Hon försökte att socialisera så gott det gick resten av kvällen, men fann sig många gånger hamna i sina egna bekymrade tankar. Hon studerade Marc på håll, den skrämmande man hon tydligen skulle dela sitt liv med. Det värkte i magen när hon tänkte den tanken. Skulle hon någonsin lära känna honom? Det verkade vara en omöjlig uppgift.

# Kapitel trettiotre

"Du har knappt ätit något", noterade Marc irriterat dagen efter vid frukosten. Det var tydligen helt okej för honom att anmärka på hennes beteende framför både sin mor, personalen och Hank.

"Jag känner mig inte hungrig. Jag mår lite illa. Det måste vara värmen." Hon tittade ner på sin tallrik där det låg ägg och bacon. Hon hade ätit typ två tuggor och sedan bara druckit juice.

"Värmen va?" sa han tveksamt och studerade henne ingående.

Frances drack en klunk av sitt kaffe och spände blicken i sin son. "Marc, var snäll. Många reagerar på värmen när de kommer hit. Petra kommer trots allt från norra delen av Europa."

Marc svarade något på italienska och Hank fyllde i. Frances höjde på ögonbrynen och svarade tillbaka. Alla skrattade. Petra orkade inte ens fråga vad som var så roligt. Hon kände sig som 180 år och ville gå tillbaka till sängen. "Ursäktar ni mig? Jag ska bara besöka damrummet."

Frances nickade men Marc tog tag i hennes vänstra hand när hon passerade honom. "Var är ringen?"

Hon tittade förläget ner på sin tomma hand. "Den är på nattduksbordet i asken. Jag vågar inte ha den på mig för—"

"För?"

Sanningen var att hon inte kände sig förlovad och av den anledningen var det svårt att sätta på sig en förlovningsring. "Den är så dyrbar. Tänk om jag tappar den?"

Marc höjde på ögonbrynen. "Det är en förlovningsring. Den ska *alltid* vara på ditt finger och om jag ser den någon annanstans kommer jag att limma dit den."

Petra nickade kort. Hank fortsatte äta och Frances synade sin sons flickvän noggrant. "Marc, ta det lugnt. Allt är nytt för henne." Petra gav Frances en tacksam blick innan hon lämnade rummet.

Hon hann bara låsa dörren till toaletten innan hon var tvungen att kasta sig fram till toalettstolen och kräkas. Hon hade knappt något att kräkas upp men blev av med det lilla som fanns. Hon torkade sig sedan snyftande om munnen och lade sig på det kalla golvet där hon grät tyst. Efter att ha kommit till sans tog hon sig upp på skakiga ben och gick fram till den stora spegeln. Hon vaskade sitt ansikte med kallt vatten och borstade tänderna. Hennes ansikte var vitt och ögonen blanka. Det skulle inte passera Marc obemärkt.

När hon kom ut till sovrummet satt Marc i en fåtölj och väntade på henne. Hon tvärstannade mitt på golvet och tittade förskräckt på honom.

"Du har kräkts?"

Petra nickade stumt och vägrade titta in i hans ögon. Hon fingrade på remmarna till den rosa morgonrock hon hade på sig.

"Titta på mig", beordrade han lent. Hon tittade upp och han fångade hennes blick med sina allvarliga ögon. "Varför mår du illa?"

"Jag vet inte."

"När började du må illa?"

"För två dagar sedan kanske." Åh, vad hon inte kände för att ha den här konversationen nu.

"Och du är inte dålig på något annat sätt, ingen feber eller något?"

Hon skakade tyst på huvudet och tittade ner igen.

"Varför vill du inte titta på mig när jag pratar med dig?"

"För du skrämmer mig."

"Kom hit." Hon gick sakta över det vackra trägolvet i detta underbara vita romantiska rum och stannade med dunkande hjärta framför honom. Han knöt långsamt upp morgonrocken och blottade hennes, förutom små vita sidentrosor, nakna kropp. Han studerade henne noga uppifrån och ner. Han lät handen slutas kring hennes varma bröst och studerade hennes bröstvårtor under tystnad. Därefter lät han en varm hand glida ner över hennes mage där den cirkulerade strax ovanför hennes pubisben. Hans hand stannade mitt på hennes nedre buk och pressades inåt med ett lätt tryck. Hon flämtade överraskat till och hennes ögon fylldes av oväntade tårar.

"Petra, är du gravid?"

Hon skakade på huvudet och tårarna svämmade över och rann ner för hennes kinder.

"Ljuger du för mig?" Hans tonfall var en varning och Petra klarade inte av att möta hans blick. "Dina bröstvårtor är mörka och din buk är hård och svälld. Behöver jag nämna illamåendet?"

"Jag kan inte ljuga om något jag inte själv känner till."

"Hade du för avsikt att ta reda på hur det låg till på egen hand? – bakom min rygg?"

Hon skakade på huvudet. Hur kunde han gissa så rätt på allt? Hans hand cirkulerade fortfarande över hennes mage.

"När hade du din mens senast?"

"För typ–", hon drog ett djupt andetag medan hon räknade efter, "–sex till sju veckor sen kanske."

Marc bet ihop käkarna och fattade ett mycket hårt tag om hennes handled. Hon tittade oroligt ner på honom och smärtan spred sig i hennes underarm. "Om du är gravid, finns det någon risk att det är någon annans barn än mitt?"

Så tacksam hon var över att kunna svara ärligt nej på den frågan, för hon hade inte velat uppleva hans reaktion om det stod till på något annat sätt. "Självklart inte", flämtade hon. "Jag åt p-piller regelbundet fram till strax innan du förde bort mig på flygplatsen."

"Om du ljuger för mig om det här–"

"Jag ljuger inte!" utropade hon upprört. "Ingen annan än du kan vara far till det här barnet som du inte ens vet om det existerar."

"Jag kommer ringa hit läkaren på en gång så får vi reda på det."

"Åh, nej, snälla gör inte det!" bad hon desperat. "Jag vill inte veta än. Det är säkert bara värmen eller något jag har ätit."

"Jag har all rätt i världen att ta reda på om du bär *mitt* barn", sa Marc mörkt. "Lek inte med mig, Petra Dahlén. Jag varnar dig."

Hon slöt ögonen och nickade tyst. "Jag lägger mig."

Efter en förnedrande undersökning, framför ögonen på Marc Discenza, konstaterades att Petra var gravid, och de tårar som rullade nerför hennes kinder togs av läkaren som glädjetårar medan de i verkligheten var tårar av förtvivlan.

Petra vägrade att lämna sängen på hela dagen. Marc åkte iväg för att arbeta och bad tjänstefolket att servera henne mat på rummet.

Hon grät hela dagen, tills kudden var blöt, tårarna slut och hennes huvud värkte.

Marc hade varit så nöjd, även om han såg tydligt att hon inte var det. Han hade böjt sig ner och kysst henne på munnen. "Mycket glädjande nyheter." Sen hade han fortsatt titta allvarligt på henne och tillagt: "Allt har ändrats nu, Petra Dahlén. Du bär mitt barn. En del av mig växer inom dig. Det finns inte längre några *om* och *när*. Vi måste gifta oss långt innan det börjar synas något på dig. Jag ska prata med min mor så får vi ordna det så fort som möjligt – nu medan vi är i Sicilien."

Petra hatade det här barnet. Hon fattade ännu inte att det ens fanns där, än mindre att hon skulle ta hand om det och än mindre att det knöt henne till Marc Discenza för all framtid. Tanken på vad det här innebar för henne fick hennes tårar att svämma över gång på gång. Den förtvivlan hon kände var omätbar. Hennes plan hade varit att fly så fort hon fick möjlighet. Hur skulle hon kunna göra det nu? Helst om han hade för avsikt att göra henne till mrs Discenza innan de lämnade Sicilien. Det här var ett skämt. Tjugoett år gammal – inte mer än ett barn i sina egna ögon – hon hade inte i någon framtidsvision planerat något liknande för sig själv.

Abort var den enda lösningen, på något vis skulle hon ta sig till en klinik när hon rymde. När hon sedan tänkte mer sunt på det hela var hon fullt medveten om att en rymning, där hon dessutom aborterade Marc Discenzas barn, skulle innebära en fara för hennes liv. Han skulle definitivt förgöra henne.

"Petra, jag vet inte vad jag ska säga. Jag tror att jag är i chock." Petra, som ännu inte hade lämnat sin säng hade äntligen tagit mod till sig och ringt till Martika.

"Säg att jag sover och drömmer en mardröm. Säg att allt kommer bli bra och att vi fixar det här." Hon kände för att gråta igen, men det kom inte några tårar.

"Petra, hur i helvete kunde du bli med barn?"

Petra återgav snabbt alla detaljer för Martika som suckade tungt. "Det verkar nästan helt jävla ödesbestämt att du ska fastna med Marc Discenza."

"Nej. Jag tar hellre livet av mig än sitter i bur, Martika."

"Säg inte så. Och vad sjutton kan jag göra åt saken?"

"Hjälp mig att komma på en plan för abort. Finns det inte något jag kan äta eller stoppa upp eller något?"

Martika skrattade torrt. "Du vill att jag ska hjälpa dig att ta bort Marc Discenzas barn?" Hon skrattade igen. "Du är mycket rolig du, Petra. Bara en galning skulle ställa upp på något sådant – och jag är ingen galning."

Petra vägrade ringa sin bror, hon klarade inte av det. Hon ville inte ens veta vad han skulle säga om allt det här. Hon kunde inte ringa sin mamma heller. Hon var knappt insatt i problematiken och skulle inte vara till någon hjälp. Hennes pappa var beredd att offra henne så det var inte någon idé att ringa honom heller. Petra insåg snabbt att det inte fanns någon i denna värld kvar att hjälpa henne. Den enda som kunde erbjuda henne hjälp var hon själv, och det var en klen tröst.

När Marc kom in i sovrummet låg Petra fortfarande kvar i sängen, i samma morgonrock, stirrande upp i taket. Han tittade med höjda ögonbryn på henne och kastade en missnöjd blick på matbrickan som stod vid hennes sida.

"Varför har du inte ätit?"

Petra tittade med rödgråtna ögon på den skrämmande man som hotade hela hennes existens och rätade på sig en aning. "Inte hungrig."

"Inte hungrig säger du?" Han drog av sig kavajen och kastade den på en stol innan han gick fram till henne och satte sig på sängkanten. Brickan stod på det vita nattduksbordet och innehöll en väldoftande köttgryta. "Mitt barn behöver mat och det behöver du också. Om inte du äter kommer jag att tvångsmata dig."

Hans sätt att uttala hotelser fascinerade henne. De brännande orden föranledde inga känslor i hans manliga ansikte. De var bara ett säkert konstaterande från en man som lekte med världen som det passade honom. Han var mycket farlig.

Han tittade på hennes tårstrimmiga ansikte och lyfte på täcket som slöt sig kring hennes vältränade kropp. Han öppnade sakta morgonrocken och studerade hennes kvinnliga kurvor med åtrå i blicken. Hon kände hur hon motvilligt blev våt mellan benen och försökte att dölja hur hennes förrädiska kropp reagerade på honom. Det var svårt, med tanke på att den starkt mindes den fantastiska njutning han kunde ge henne.

"Jag älskar tanken på att mitt barn finns i dig", sa han mörkt och lät sin hand glida upp längs insidan av hennes lår. Han lekte med fingertopparna på hennes känsliga hud nära hennes varma sköte och placerade samtidigt sina läppar på hennes mage. "Jag kommer ge dig ett fantastiskt liv", viskade han till barnet där inne. Samtidigt lät han fingertopparna sära hennes varma fuktiga läppar. "Du är så blöt, Petra. Så missnöjd med den situation du befinner dig i men samtidigt så blöt."

Hon slöt ögonen i protest men särade ändock på benen så han kunde leta sig in. När han pressade in sina fingrar höjde hon sina höfter för att möta honom och stönade högt när han arbetade sig in och ut i henne.

"Snälla, ta mig", hörde hon sig själv viska, fortfarande med ögonen stängda. Hon hörde hur han knäppte upp sina byxor och lade sig till rätta mellan hennes ben. Han spetsade henne till bådas utrop och började föra sig in och ut i hennes fuktiga inre. Han snodde dem hastigt runt så hon satt på honom i sängen och tryckte henne ner mot sig så hon vilade mot hans bröst samtidigt som han tog henne hårt med höfterna arbetandes upp mot henne. Hennes klitoris stimulerades av hans hårda pubisben och med en enkel rörelse förde han in ett finger i hennes bakre hål så sexakten blev mer intensiv. Var han hade lärt sig allt hade hon ingen aning om men han var en expert på det han gjorde. Hans mun hittade hennes och Petra öppnade villigt sin och lät hans tunga leta sig in. Det sättet han tog henne på, med fingrar, tunga och sin mandom drev henne till vansinne. Hon kved mellan hans kyssar och red hans stav och finger med galen lust. Hon skrek ut sin orgasm mot hans axel och kände hur han arbetade rytmiskt i hennes pulserande sköte innan han fyllde henne med sin varma säd. Petra kollapsade med kinden mot hans överkropp, oförmögen att säga något under en lång stund. Marc tryckte henne hårt mot sig och kysste henne på håret. Hans mandom var fortfarande inuti henne, kvarhållen av hennes ömma muskler. Han gjorde ingen ansträngning för att ta ut den utan fortsatte att stryka henne över ryggen med sina varma händer.

När de låg sådär kärleksfullt omfamnandes efter en fantastisk sexakt var det lätt för henne att låtsas att de var ett vanligt förälskat par.

Som hon önskade att det verkligen var så.

Medan hon slöt sina ögon och minuterna tickade förbi växte han sig hård inuti henne igen. Han kupade hennes ansikte i sina händer och lyfte hennes huvud så att deras ögon möttes. Medan han sakta började att röra sig i henne, mer varsamt den här gången, höll han kvar hennes blick i sin – en blick som sa att hon var hans och att det inte fanns någon väg ut ur det här. Han lät händerna glida ner längs hennes rygg medan han fortsatte den ljuvligt plågsamma penetrationen. Han fattade hennes fasta skinkor i sina händer och tryckte henne mot sig för varje varsam stöt så hon fylldes så djupt det var möjligt. Hon slöt ögonen och lät sig än en gång föras på den våg av extas som Marc visat sig vara mästare på att skapa.

# Kapitel trettiofyra

Dagen efter vid frukosten fann sig Petra sitta och tänka tillbaka på deras fantastiska älskog. Hennes mage stormade bara hon tänkte på den och musklerna i hennes mellangärde spelade. Hon vred sig en aning generat i stolen och mötte Marcs roade blick. Anade han vad hon tänkte på? Hon tittade ner för att dölja sina röda kinder och koncentrerade sig på ägget hon hade framför sig istället.

Den jäveln. Hon var så arg. Han hade gjort henne gravid, han hade fångat henne här mot hennes vilja och han älskade med henne så mästerligt att hon var rädd att hon aldrig skulle vilja lämna honom. När hon var med honom i sängen inbillade hon sig att hon älskade honom och att han älskade henne. Tillbaka i verkligheten var hon säker på att han såg henne som en leksak som han kunde göra vad han behagade med och hennes känslor för honom spretade som en gammal borste.

Hank och Tomaso var kvar i Taormina. De var upptagna tillsammans med Marc varje dag, antingen i möten i huset eller någonstans i Taormina. Människor kom och gick i det här huset på samma sätt som de kommit och gått i Discenzaresidensen. Vem i hela friden var Marc Discenza som åtnjöt sådan respekt att alla frågade om råd och lov innan de gjorde något?

Hon lekte med tanken hur det skulle vara om *hon* bara drog iväg sådär utan att säga vart hon skulle eller hur lång tid hon skulle vara borta. Marc skulle såklart bli galen, men hon tänkte inte sitta som en fånge här hemma medan hennes blivande man kom och gick som han ville.

Efter att Marc och Hank hade lämnat dem vände sig Frances mot Petra med ett leende.

"Berätta, är det du eller min son som har tvingat den andre in i det här förhållandet?"

Petra blinkade förvånat. Det fanns fler här som sysslade med raka puckar. "Varför tror du att någon har tvingat den andre?"

"Kära barn, jag har levt i många år. Jag läser av situationer ganska väl. Antingen har Marc tvingat dig eller så har du blivit gravid för att tvinga honom. Det är trots allt en gammal beprövad list från kvinnans sida." Hon synade Petra med sina genomträngande ögon.

Petra gillade henne. Hon hade gjort det från första gången de träffades. En sådan där kemi som man inte hade någon aning om var den kom ifrån men som bara fanns där. Hon hade sådan pondus, sådan stil – väl medveten om att hon var den enda den mäktige Marc Discenza lyssnade på.

"Tro mig att jag inte har lurat in Marc i någonting. Och att jag är gravid kom som en lika stor överraskning för mig som för din son. Om du frågar mig så är jag villig att göra abort."

Frances tittade allvarligt på henne. Hon lade ner gaffeln på sin tallrik med omelett och lutade sig bakåt med de grå ögonen fästade på sin blivande svärdotter. "Du kan inte prata om abort i ett katolskt hem. För övrigt hade det inte varit ett alternativ i alla fall. Varför vill du inte ha barnet?"

"Jag har inte ens fyllt 22 år. Det var inte riktigt så här jag hade tänkt mitt liv."

"Du menar att gifta dig med en stenrik man och sätta barn till världen?"

"Jag ville ut och erövra världen, inte låsas inne med en man som jag inte vågar säga emot." Det var så skönt att anförtro sig och sluta att låtsas framför en person som hon faktiskt respekterade – även om hon råkade vara Marcs mamma. Det var därtill uppenbart att Frances förstod mer än hon låtsades om.

"Min son kommer ta mycket väl hand om dig, Petra." Frances log lätt mot henne och lade handen på hennes. Petra tittade på henne med fundersam min. Hon visste inte exakt *hur* ärlig hon vågade vara mot Frances. Kunde hon säga hela sanningen eller skulle Marc bli arg på henne?

"Din son har inte låtit mig välja själv. Han… tog mig bara." Hon tittade tveksamt på Frances som tyst tittade tillbaka på henne. Det fanns inte något i hennes ansikte som avslöjade hennes tankar.

"Min son älskar dig."

"Nej, det gör han inte." Till hennes förvåning fylldes hennes ögon med tårar; hon var verkligen ett vrak. Hon tog tillbaka sin hand och torkade bort dem med en servett. "Han vill ha mig för att han tycker jag är vacker. Ingenting annat."

Frances skrattade lågt. "Man lär sig mycket med tiden, Petra. Lita på mig."

"Då visar han det på ett mycket konstigt sätt i sådana fall. Han kan omöjligt älska mig." Och vad spelade det ens för roll? – det var inte som om hon älskade honom ändå.

"Han skulle inte vara så hård mot dig om han inte älskade dig. Han är helt såld. Om han kunde skulle han antagligen låsa in dig i en gyllene bur och kasta nyckeln. Jag har aldrig sett honom så här tidigare. Han har aldrig tagit hit en kvinna och presenterat för mig."

"Det ändrar inte rädslan jag känner för honom. Han skrämmer mig."

"Jag var sexton år när jag träffade Marco Discenza. En av de mest skrämmande män jag har träffat, som kom att bli min stora kärlek."

"Marcs pappa?"

Frances nickade och hennes blick vandrade ut i fjärran som om hon såg honom framför sig. "Mina föräldrar hade redan bestämt att jag skulle gifta mig med honom – och så blev det. Min pappa jobbade för Marco, så jag överraskades inte lika mycket som du över den värld jag var på väg in i. Men i början skrämde han mig. Han var så ståtlig och respektingivande, och den bästa maken och fadern. Han styrde familjen hårt men rättvist. Fastän han dog tidigt så skulle jag aldrig gifta om mig. Det finns ingen som kan ta hans plats i mitt liv." Frances blick var plågad, men hon fortsatte. "Marc är precis som sin far. Jag är så stolt över honom. Han fick axla ett stort ansvar för tidigt i livet då hans far och min älskade son, Angelo, gick bort. Det var inte lätt – inte för någon av oss. Han har haft ett tufft liv och det har gjort honom hård. Men han har ett gott hjärta. Du kommer märka det när du lär känna honom ordentligt."

"Vad hände med din man och son?"

"Vi pratar inte om det", sa Frances kort och visade tydligt att den frågan var förbjudet område.

"Varför tvingade dina föräldrar dig att gifta dig med honom?" frågade hon istället och tog sig in på säkert område igen.

"Vilken far vill inte att hans dotter ska gifta sig med en rik man som kan skydda henne hela livet?"

Petra nickade sakta och tänkte på sin egen far. Hon kände ett sting av besvikelse och bet hårt ihop käkarna.

"Jag blev mycket lycklig, Petra, och det kommer du också bli", konstaterade Frances. "Vi ordnar ert bröllop så fort som möjligt, *innan* det syns vad du är i för tillstånd, och sen välkomnar vi ert barn när det är dags. Du och Marc kommer att finna varandra under tiden."

Hon hade rymt från huset – och det var en fantastisk känsla. Frances visste ingenting, hon hade gått ut i trädgården nära uteplatsen de grillat på tidigare. Hon trodde antagligen att Petra var på sitt rum. Men Petra hade klätt sig i vita shorts och ett rosa linne, satt på sig silversandaler och smugit ut. Stället var lika övervakat som Vita huset, så självfallet skulle hon synas på tusen övervakningskameror. Men det gick att öppna de stora grindarna inifrån och hon fick med lätthet en taxi att köra henne in till den vackra staden, Taormina.

Frihet.

Hon kunde ha gråtit av lycka när hon lät sandalerna nudda stadens heta gamla stenar och lät solen bada hennes ansikte i sina välgörande strålar. Det spelades musik från uteserveringar i stadens alla hörn. Doften från fantastisk italiensk mat letade sig in i hennes näsa och fick magen att kurra. Turister fyllde stadens gator och kameror fångade de många sevärdheterna. I de små idylliska gränderna låg modebutiker och juvelerare med smycken i handgjort silver och guld. Antikaffärer och souvenirbutiker trängdes med delikatessdiskar och glassbarer. Gatan Petra vandrade på, *Corso Umberto,* löpte genom hela staden mellan de två stadsportarna.

Här kunde hon känna sig som en vanlig turist, inte en kvinna som kidnappats från Sverige och nu väntade barn med förövaren. Hon lade en tveksam hand på sin mage och gjorde en grimas. Det kändes såklart ingenting, förutom möjligtvis en liten svullnad längst ner i buken som kunde ha förväxlats med en sedvanlig "mensmage". Hon hade så svårt att tro att det verkligen fanns någon där inne – än mindre hennes och Marcs barn.

Hon hade ringt James direkt när hon kommit till stan och berättat allt för honom. Han hade växlat mellan att vara mållös, upprörd och upprymd. Ena sekunden hade han sagt att Marc Discenza var livsfarlig och att Petra borde passa sig för honom, och nästa sekund hade han talat om för henne vilket kap densamme var och sagt hur strategiskt bra det var att hon väntade hans barn. Det var ju kul att James, som hade kvar sin frihet att göra vad han ville, uttalade sig om det vackra i hennes situation. Ett bevis på att världen inte hade utvecklats så mycket eftersom männen i hennes familj såg henne som en kvinna att gifta bort. Det var inte som om man pratade om James på samma sätt.

Hon vandrade runt i Taormina och njöt av att åter befinna sig mitt i världens vimmel. Musiken väckte hennes partyådra till liv och hon önskade att Martika varit där så att de hade kunnat festa hela natten lång och lagt ännu en stad för sina fötter. Men i den riktning Petras öde pekade skulle det inte bli några fler städer eller nöjen. Hejdå livet.

Hon satte sig på en uteservering och beställde en latte samtidigt som hon önskade att det varit ett glas vin. Turister njöt i solskenet pratandes på flertalet olika språk, hon kunde till och med urskilja svenska bland dem och hennes hjärta värmde. Servitörerna sprang stressat omkring och tog beställningar klädda i alldeles för mycket kläder i denna värmebölja. Svetten pärlades i deras pannor och de passade på att svalka sig intill klimatanläggningarna inne på restaurangerna samtidigt som de lassade glas och tilltugg på sina silverbrickor.

Hennes telefon vibrerade i handväskan. Hon hörde på ilskan i vibrationerna vem det var. Hon tog med darrande händer upp telefonen ur väskan och insåg att hon aldrig hade sparat Marcs nummer. Hon kände inte igen siffrorna på displayen men var redan säker på att det var han. Hon lade ner telefonen igen och smuttade på sin latte. Det spelade ingen roll vad han tyckte. Hon gjorde inget fel. Hon satt inte i fängelse och hade all rätt i världen att gå ut på stan.

Det ringde två gånger till, och Petra fortsatte att dricka sin latte och låtsas oberörd, samtidigt som hennes hjärta hamrade för varje vibration. Två unga killar gled förbi och såg att hon satt själv, de var definitivt italienare. De sa något på italienska som hon inte förstod och log välkomnande mot henne. Petra fyrade av ett av sina tusendollars leenden och killarna gled ner vid ett bord nära henne. De pratade sinsemellan och kastade blickar åt hennes håll. De såg till och med skapligt bra ut. Om hon varit med Martika hade de antagligen redan välkomnat killarna till bordet och mot kvällen hade de gått ut på någon nattklubb och dansat natten lång medan champagnen flödade. Hennes hand vandrade ner till hennes mage – hennes fiende – och hon suckade djupt.

Det vibrerade kort i hennes telefon igen – ett sms. Hon drog efter andan och tog upp sin telefon. *Jag vet att du hör din telefon. Stanna där du är.*

Hon såg sig omkring men kunde inte se Marc, eller någon av hans män, någonstans. Han kunde väl inte på fullt allvar bli arg över det här?

Sen hände flera olika saker samtidigt. De två killar som suttit och försökt få kontakt med henne reste sig upp och närmade sig hennes bord. En servitör höll på att tappa brickan han höll i och flaskorna klirrade mot varandra medan han räddade den. Han stelnade sedan till och tittade rakt fram med orolig blick. Italienare som satt vid några av borden på serveringen rätade på sig och tittade åt samma håll som kyparen. Petra följde deras blickar och såg att Marc var på väg mot henne tillsammans med Hank.

Han såg inte glad ut.

Å andra sidan, gjorde han någonsin det?

De två killarna insåg att Marc var på väg mot just hennes bord och tvärstannade. De tittade på varandra som om döden var nära och försvann som två pilar tillbaka till den plats de nyss suttit på. Servitören nickade mot Marc och stammade: "Mr Discenza, det är en ära. Jag hämtar Pauli omgående." Han tog sig tillbaka med brickan och flaskorna som klirrade oroväckande mot varandra – utan att lämna dem hos de väntande gästerna. Petra höjde frågande på ögonbrynen och noterade att ett antal gäster kastade nyfikna blickar mot deras bord. Vad var det som hände?

Marc slog sig ner bredvid henne och Hank satte sig mittemot. De tittade på henne som om hon vore åtalad för ett brott och Marc slöt sin hand runt hennes haka och vred hennes ansikte mot sitt. "Vi pratar sen", konstaterade han kallt. Sen böjde han sig fram mot henne och placerade en varm puss på hennes mun som fick alla känslor i hennes kropp att vibrera. Den jäveln. I just det ögonblicket funderade hon inte heller på hur han kunnat hitta henne.

"Miss Dahlén", sa Hank mörkt och tittade på henne med en blick som sa till henne att hon var en idiot. Hon svarade med en blick som sa att hon sket totalt i det.

Mannen som tydligen var "Pauli", skyndade fram till deras bord. Hon skulle senare få veta att han var restaurangens ägare. Han var halvflintis, kort och hade nötbrun hud som rynkade ihop sig i pannan när han fäste en orolig blick på Marc Discenza. Han hälsade nervöst på Marc och kysste hans hand som ett tecken på respekt. Det enda Petra förstod av hans nervösa babbel var Marcs efternamn som upprepades flera gånger. Han fäste sedan en blick på Petra när Marc presenterade henne som sin fästmö. "Miss Dahlén, det är en ära att få träffa dig. Om jag hade vetat att det var självaste Marc Discenzas fästmö som var här hade jag bjudit dig på vad än du önskat dig." Han bugade överdrivet djupt för henne och gjorde en gest åt servitörerna att komma till bordet. "Vad vill ni ha? Jag ger er allt ni önskar er." Två servitörer som såg ut att precis ha fått sina dödsdomar skyndade fram för att ta deras beställningar. Petra noterade full i skratt att den första servitören äntligen lyckats ge de klirrande flaskorna till rätt personer.

Pauli tog vägen förbi de unga killarna och skällde högt på dem på italienska. Han slog till den ena killen i bakhuvudet som för att understryka att han var extra dum. Petras hjärta slog hårt. Hon sneglade osäkert på Marc som pratade med servitören. "Du behöver äta. Jag har beställt pasta boulognes åt dig. Den är fantastiskt god här. Vad ska du dricka?"

"Mineralvatten bara", sa hon ostadigt. Servitörerna antecknade med darrande händer vad de skulle äta och önskade sig antagligen mest därifrån. Petra studerade dem fascinerat. Vad var det som pågick här?

Hank yttrade några ord på italienska till dem och gjorde en gest så att de försvann.

Marc lät blicken glida över Petras kläder och höjde på ena ögonbrynet. "Du borde inte få lämna hemmet utan livvakter."

Han vände sig därefter till Hank och sa något på italienska. Hank fäste blicken på Petra och nickade innan han svarade. Hon slöt ögonen för några sekunder och förbannade dem båda i tankarna. Hon skulle lära sig italienska bara för att hindra dem från att prata över hennes huvud.

Maten var självfallet fantastisk även om Petra hade svårt att få ner mer än några enstaka bitar. Hon var tacksam att hon satt på sig ringen innan hon lämnat huset. En sak mindre för honom att anmärka på.

Medan Marc och Hank diskuterade på italienska njöt hon av solen och den goda maten. Ibland tittade hon på Marc, denna mäktiga tilldragande man som hade förmågan att sluka allt syre och allt utrymme var än han befann sig. Hennes hjärta slog fortare bara vid åsynen av honom och hennes mellangärde drogs samman i spasmer.

# Kapitel trettiofem

"Vad i hela friden tänkte du när du gav dig iväg sådär utan att säga något till någon?" Marc satte ner sitt glas vin på det svarta metallbordet och tittade frågande på henne. De satt ute på terrassen utanför deras sovrum. Kvällen var ljummen och blommorna doftade fantastiskt. Hon kunde höra vågornas skvalpande och ljudet från cikadorna som spelade vackert.

"Jag inbillade mig möjligtvis att jag är en vuxen människa som har rätt att gå ut på en promenad om jag känner för det", muttrade hon irriterat. "Eller har jag missat något? Är det bara du som får röra dig ute som du vill?"

"Är du medveten om vilket lovligt och värdefullt byte du är?"

Hon tittade förvånat på honom. "Vad menar du?"

"Jag har många fiender, Petra. Om någon av dem såg dig ute och förstod vem du var skulle de ta dig på en gång och utpressa mig. Behöver jag måla upp för dig vad de skulle göra med dig?"

"Varför har du många fiender?"

"För att jag är rik och hänsynslös."

Han behövde inte övertyga henne om någotdera. Hon levde med hans hänsynslöshet dagligen. "Så vad innebär det för mig? Kommer jag aldrig kunna gå någonstans? – ska jag vara din fånge här mer än jag redan är?"

"Du ska ha livvakter med dig när du går någonstans – för din egen skull. Det handlar inte om att låsa dig inne."

"Så passande för dig. Jag antar att jag inte får välja dessa själv utan det blir dina anställda som ska följa mig var jag än går?"

Han tittade allvarligt på henne. "Jag litar bara på mina egna män. Och jag förstår inte problemet. Om man inte har något att dölja så är det inte ett problem."

"Problemet är att jag inte har något liv kvar och nu kommer jag vara ständigt övervakad av män som jobbar för dig."

"Du bär mitt barn och är min blivande fru. Jag kommer göra allt som står i min makt för att skydda er. Är det så svårt att förstå?"

"Jag har inte bett om att vare sig bära ditt barn eller bli din fru, och ändå ska jag få lida för det nu."

"Så, om jag gav dig en möjlighet att välja, skulle du då ta bort barnet?"

Petra iakttog honom under tystnad några sekunder i ett försök att utröna vad han var ute efter. Det var dock omöjligt att gissa. Den här stenhårda affärsmannen hade länge övat på att se neutral ut – han var kung över varenda muskel i sitt ansikte. Och det lät så hemskt när han sa "ta bort barnet" sådär rakt på sak. Hon lade omedvetet handen på sin mage och Marcs ögon följde hennes rörelse.

"Jag vet inte", ljög hon, "kanske."

Hon flämtade förskräckt till när han fattade tag om hennes handled och drog henne mot sig så att hans ansikte, med de fruktansvärt skrämmande ögonen, var bara någon centimeter ifrån hennes. "Tror du, Petra Dahlén, att mitt barn är något förhandlingsbart? Tror du att jag skulle låta dig ta bort det?"

Hon stirrade med rädsla in i Marcs gråa ögon medan hennes hjärta slog hårt. "Du ska bli min fru, du ska föda mina barn och du ska definitivt stanna vid min sida tills någon av oss dör. Det här är inte något jag någonsin kommer att kompromissa om. Förstår du mig, Petra? – jag låser hellre in dig livet ut än låter någon annan få dig."

Petra nickade tyst för rädd för att våga säga emot och med hans sista ord ringande i öronen kapitulerade hon fullständigt.

Drygt två veckor senare gifte sig Petra med Marc Discenza på en storslagen tillställning med hundratals speciellt inbjudna gäster.

Hon hade inte varit nervös innan bröllopet, antagligen för att hon inte ens fattade att det skulle hända. Men när dagen kom, och samtidigt som bilarna började rulla in på de stora ägorna, började hennes hjärta slå och hennes hud att knottra sig av nervositet.

Martika var tack och lov den enda som var inne i rummet med henne när hon gjorde sig iordning. De övriga hade för länge sedan blivit utschasade. Sminköserna, med sina penslar och färger, och frisörerna som skulle ordna hennes redan perfekta hår till ännu större perfektion. Hon vandrade nervöst fram och tillbaka över golvet, iklädd endast vita silkesunderkläder, och kunde ha byggt en vallgrav helt för egen maskin. Den mycket dyra brudklänningen hängde på en galge och hotade henne med sin närvaro. Martika satt i samma fåtölj som Marc suttit i när han konstaterat att Petra var gravid. Hon var klädd i en plommonlila åtsittande klänning som gjorde henne all rättvisa i världen. Hon var perfekt sminkad och perfekt stylad. Petra kastade en jagad blick på henne och all den frihet hon stod för. "Martika, jag kommer dö. På riktigt, jag kommer dö. Jag kan inte göra det här, det är galenskap. Jag kan inte gifta mig med honom. Mitt liv är slut. Jag kommer dö på riktigt. Vi rymmer."

"Petra, lugna ner dig nu. Du babblar och pratar orimliga scenarion. Du kommer varken dö eller rymma. Det vet både du och jag. Du är på väg att gifta dig med Marc Discenza och du ska föda hans barn. Acceptera faktum och klä på dig. Det finns ingen väg ur det här."

"Får jag döda dig istället?" fnös Petra. "Det är meningen att du ska vara på min sida!"

"Jag *är* på din sida. Det är därför jag hindrar dig från att göra något du får ångra. Kom igen nu. Klä på dig, säg dina löften och fortsätt ditt liv. Vårt partyliv är slut. Tro inte för en sekund att jag är glad över detta."

"Nej, men du är däremot glad över att du har fått jobb på *Chicago Tribune*", sa Petra menande. "Den jäveln. Nu kommer du stå i skuld till honom för all framtid."

Martika hade blivit uppringd av tidningen för någon vecka sedan och blivit erbjuden en tjänst som journalist. Ett jobb som de flesta kämpade en livstid för att få. Martika hade inte ens gått ut skolan och var knappast en person de kände till. Marc hade givit sin blivande fru ett retsamt leende när hon konfronterat honom om saken och sagt att hon fick se det som ytterligare en bröllopspresent att hennes nära vän flyttade till samma stad som hon. Petra var självfallet jätteglad över just detta faktum, men hon var också medveten om att Martika på detta vis stod i skuld till Marc, precis som alla andra i Petras närhet. Katrin och Marc hade redan affärer på gång med att expandera *Katrin D,* Tonys advokatbyrå gick bättre än någonsin; en mängd nya rika klienter stod nu på hans lista i all världens typer av mål. James, som länge försökt att få byggnaden bredvid sitt hotell för att expandera, hade nu fått säljaren att ändra sig. Eller rättare sagt, Marc Discenza hade fått säljaren att ändra sig.

Alla stod de i tacksamhetsskuld till Marc Discenza, och Petra var väl medveten om att han skulle använda dem alla som han ansåg passande.

Martika kunde såklart ha tackat nej mot bakgrund att hon inte förtjänat detta jobb, men ärligt talat struntade hon totalt i det på sant Petra- och Martikamanér. Hon ville ha ett toppjobb och när erbjudandet kom så tog hon det. Hon var väl medveten om hur världen fungerade och det där med att jobba sig upp till en topptjänst på grund av möda och bedrifter var allt som oftast skitsnack. De båda visste att pengar och makt föddes ur pengar och makt. Det var inte mer anmärkningsvärt än så. Hon hade dumpat Steve och köpt en lägenhet i Chicago på en gång. Skolan tackade hon hejdå till och flyttlasset var redo efter bröllopet. Hon såg fram emot sitt nya liv men ömmade samtidigt för sin väns situation. "Jag vet", sa hon eftertänksamt, "men å andra sidan är du redan hans fånge så det spelar ingen roll. Vi sitter båda i Marc Discenzas båt, liksom resten av sällskapet på det här bröllopet."

"Sant", konfirmerade Petra och började dra på sig klänningen. På undervåningen hördes sorlet från gästerna, amerikanska blandades med italienska och svenska, och ett liveband spelade på husets baksida. Hennes hjärta hotade att hoppa ut ur hennes bröst, det trummade smärtsamt mot bröstbenet. Hon drog de tunna axelbanden över axlarna och rättade till det pärlbeströdda tyget. Klänningen var en designerdröm i tunt vitt tyg som smet åt runt hennes kurvor och lät hennes ena ben skymta i en slits. Hon tackade en gud hon inte trodde på för att det fortfarande var så tidigt i graviditeten att magen nästan var platt. Som om Martika läst hennes tankar tittade hon uppskattande på Petra och sa: "Jag kan inte fatta att du är med barn, det syns inte alls."

"Tack och lov för det, och jag fattar det inte över huvud taget. Den där djävulen har planerat det här bra."

"Tycker du verkligen att han är så hemsk?"

"Ja? Martika, vad i helvete? Han är en hemsk människa som har utsatt mig för det värsta jag någonsin har varit med om och han skrämmer livet ur mig. Men... jag är också helt galen i honom. Vilket är beviset på att han har drivit mig till vansinne."

Martika nickade. "Han är en intressant man – och snygg."

"Och grym i sängen."

"Tur det i alla fall nu när du måste dras med honom för all framtid." Petra gjorde en grimas mot sin väninna och vände ryggen åt henne för att få hjälp med klänningens dragkedja.

Det knackade på dörren och Katrin kikade in. Hon var såklart supersnygg, iklädd en figursydd aftonblåsa i beige spets och en håruppsättning som framhävde både hennes vackra ansikte och de dyrbara smyckena. Hon stängde dörren efter sig och stannade sedan med en flämtning. "Åh, Petra, du är så vacker", utbrast hon och lade händerna mot bröstet. Hennes ögon tårades och hon stod där några sekunder orörlig. "Marc Discenza har sådan tur."

"Vi ska se till att påminna honom om det varje dag", sa Martika lugnt. "Jag ska även påminna honom varje dag att han stjäl min bästa vän från mig och att det är bäst för honom att han lämnar tillbaka henne då och då." Hon mötte Petras sorgsna ögon och bet ihop käkarna för att hålla sina tårar tillbaka.

Katrin gled fram till sin dotter på klackar som smattrade mot trägolvet. "Petra, det här blir så bra. Jag hade aldrig kunnat hoppas att du skulle gifta dig med en man som Marc Discenza. Jag och pappa är så glada för din skull. Han har allt." Hon fattade Petras händer i sina och tittade med glansiga ögon på sin dotter. "Alla väntar där nere. Din pappa ska möta dig i trappan och ta dig ner till gården. Frances sa åt mig att hämta dig. Vilken underbar svärmor du kommer få. Och din bror är så stolt så han spricker."

Petra slöt ögonen några sekunder för att samla sig. Det här var verklighet, det var ingen dröm. Hon var på väg att bli mrs Discenza – en person hon svurit på att aldrig bli. Ändå kändes det ganska okej. Hon var åtminstone på väg att gifta sig med den enda man hon någonsin hade respekterat förutom sin far. Det kunde inte bara vara dåligt – även om hon anade att det någonstans på vägen skulle bli en katastrof.

När Petra skred ner för trappen på höga klackar som hon bemästrade som ett proffs, väntade Tony längst ner i en kolsvart och svindyr smoking. Han såg så stilig ut med sitt gråsprängda hår och med en kroppshållning som kunde få den mest självsäkre att avundas. Han fattade Petras händer i sina och suckade djupt när han tittade på henne. "Du är vacker som en dag, min dotter. Jag vet att du är besviken på mig – det har du all rätt att vara – men det här kommer bli bra, det lovar jag dig."

Petra nickade utan att säga något, hon täppte till den känslostorm som dånade innanför den samlade fasaden som hon blivit en mästare på att upprätthålla. Tony rättade till hennes långa vackra hår som, till skillnad från många andra brudars, var utsläppt istället för uppsatt. Det var Marcs önskan och med andra ord en order. "Nu gör vi det här. Hela världen väntar på dig utanför."

Petra drog djupt efter andan och lade sin hand på Tonys arm för att låta honom föra henne till hennes öde.


Trädgården var helt förvandlad, och förtrollande, med orkester, stolar i hundratal, blommor, bord med mängder av mat och tilltugg och all dryck man kunde önska sig – samt, såklart, alla stenrika gäster som tävlade i både designerplagg och smycken. Från Petras sida fanns både vänner och släktingar, inklusive hela familjen Harris och Tyler. Martikas föräldrar var självfallet på plats. Det var roande enkelt att se vilka som var svenskar och vilka som var italienare. Italienarna var så mycket mer färgstarka, både i kläder och sätt, samt överväldigande; svenskarna var mer lugna och avskalade, och amerikanerna var något slags mellanting. Petra anade dock att detta skulle ändras under kvällen då alkoholen tinade upp hennes landsmän. Som hon önskade att hon själv kunde ta sig ett glas för att lugna nerverna. Det skulle bli så uppenbart för de som kände henne bättre att hon var gravid. Som hennes föräldrar till exempel. Hon hade ännu inte kommit så långt att hon förmått sig att berätta det för dem – helst när hon inte ens accepterat faktum själv.

Hänförda utrop gick genom samlingen när Petra påbörjade sin vandring uppför den provisoriska altargången. Ja, hon var bedårande vacker med sitt svarta hår och stora vackra ögon i ett perfekt ansikte. De som inte sett henne tidigare nickade uppskattande mot varandra och männen höll andan till skådandet av denna vackra skönhet. Det fanns inte en enda person i samlingen som undrade över Marc Discenzas val av brud, det var snarare en självklarhet att han hade plockat henne direkt. De mer insatta var medvetna om att han använt alla tillgängliga medel för att lägga beslag på henne. Det var dock ingen av dessa som funderade över det moraliska i fallet. Detta var män som tog vad de ville ha vad priset än var. Och det de tog gav de aldrig tillbaka.

Petra höll sin fars arm i ett krampaktigt grepp när hon vandrade på den stenbelagda gången mot Djävulen som stod längst fram bredvid prästen, iklädd en perfekt mörkgrå kostym, med svart bakåtkammat hår och de kalla ögonen fästade på sin blivande brud – granskande vartenda steg hon tog mot honom – utan att vare sig blinka eller vika med blicken från henne. Hennes hjärta slog i takt till orkesterns trumslag och doften från trädgårdens alla blommor gjorde henne yr. Människorna kring henne blev en suddig massa utan ansikten. Den enda person hon såg klart och tydligt var Marc Discenza och den italienska präst som stod bredvid honom.

Tony lade ceremoniellt Petras hand i Marcs, ett gammalmodigt sätt att visa en kvinna att ansvaret för henne lämnades över från fadern till den blivande maken. *Slaveri* var det ord som dök upp i Petras huvud. Denna insikt skulle dock inte rädda henne. Marc lyfte Petras hand och placerade en kyss på den precis bredvid den stora förlovningsringen. Hans ögon lämnade inte hennes ansikte och hon andades djupt för att få sitt hjärta att lugna sig. Marcs hand var varm och torr, han var inte alls nervös som hon. När de vände sig mot fader Alberti, familjens präst, drog han henne närmare sig och höll hennes hand i ett stadigt grepp. Fader Alberti såg ut som en typisk katolsk präst med lång svart kaftan och ett stort silverkors hängande runt halsen. Han tittade på Petra med ögon som bar på år av visdom och fördömande och nickade mot henne i en kort hälsning. Petra hörde knappt något av det som sades därefter. Hennes blod trummade i öronen och världen snurrade kring henne. Tack vare fader Albertis stadiga blick som plötsligt fästes på henne ansikte förstod hon när det var dags att säga de ålderdomliga meningarna som så många före henne hade yttrat. Hennes hals var torr och ögonen sved av hotande tårar. Var de av lycka eller sorg? – det visste hon inte själv.

"Vad Gud har fogat samman, får människan inte skilja åt. Marc Discenza, du får kyssa bruden."

Marc vände sig mot Petra med ett retsamt leende, hans ögon letade sig djupt in i hennes – Marc Discenza var nu hennes man.

"Äntligen", mumlade han och höll hennes ansikte mellan sina händer. Han lade sedan ena armen runt henne midja och tryckte henne hårt intill sig när han lät sina mjuka läppar möta hennes i en intensiv kyss som skulle komma att besegla deras och många andra människors öden i flera generationer.

# Kapitel trettiosex

Petra stod mitt på golvet i det sovrum de delade i Taormina. Hennes puls rusade när hon såg sin nyblivna man stänga dörren om dem – han var hennes man på riktigt.

Han vände sig sedan sakta om, hela tiden med blicken fäst på henne, medan han lossade sin slips och slängde den i fåtöljen. Han lät blicken glida, på det intensiva sätt som bara han kunde, över hennes kropp – en blick som skvallrade om den äganderätt han kände över det byte han precis hade fällt.

Petra mötte hans magnetiska blick och försökte att se mer självsäker ut än vad hon egentligen kände sig.

"Mrs Discenza, du ser överjordiskt vacker ut i den där vita klänningen." Han gick sakta fram mot henne.

"Du visste hela tiden att det skulle bli så här", sa hon anklagande. "Du visste att jag skulle bli din fru första gången du såg mig."

"Självklart. Jag sa till dig från början att jag alltid får det jag vill ha." Han lade sin hand mot hennes ena kind och tittade in i hennes ögon med omisstaglig ömhet. "Och nu är du min."

Hon slöt ögonen när han drog bak hennes hår så hennes hals blottades. Hon rös i hela kroppen av förväntning när hans heta läppar vandrade över hennes hals och nerför hennes nyckelben. Han drog samtidigt ner dragkedjan på hennes brudklänning och lät den falla till ett vitt fluffigt moln runt hennes fötter, blottandes den vita spetskorsett hon bar under – komplett med strumpeband och allt.

Han backade några steg bakåt som för att skåda sin skapelse och log nöjt. "Jag vill se mitt barn. Ta av dig korsetten."

Petra förde sina händer till de vackra silkesbanden som höll ihop spetskreationen, och knöt sakta upp dem, hela tiden med blicken fäst på den farlige man hon hade framför sig. När hon var färdig lämnade hon den öppen utan att ta av den och gjorde en min till honom att han fick komma och ta för sig om han ville ha henne. Han log lätt och antog utmaningen. Med en hand om hennes handled drog han henne med sig bort mot sängen där han satte sig på sängkanten och tittade upp på henne med sina allvarliga ögon. Han lade sin stora hand på hennes mage och lät sina läppar följa samma väg. "Mitt barn", sa han mörkt och smekte den lilla svullnaden, "jag kommer göra allt för dig och din mamma."

Petra slöt ögonen oförmögen att hindra den känslostorm han framkallade i henne. Hon kände sig värdefull och upphetsad på samma gång. Den Djävulen.

Hon hade fortfarande slutna ögon när han knäppte upp hennes strumpeband och kysste henne hungrigt genom de tunna trosorna och lät tungan cirkulera hennes klitoris genom tyget. Det räckte för att hon skulle bli het av upphetsning i hela kroppen och hon förbannade honom i tankarna för den makt han så snabbt hade fått över henne. Kidnappad och inlåst för resten av sitt liv – det var priset hon skulle betala för den här njutningen. Ingen väg ut. Fast i Djävulens klor och med insikten att hon började gilla det.

Hon drog huvudet bakåt med en flämtning när hans varma mun intog hennes nu blottade kön. Han fattade ett stadigt tag om hennes höfter och begravde sitt huvud mellan hennes ben. Hans tunga invaderade vartenda litet skrymsle och hanterade hennes klitoris som Picasso hanterat sin pensel. Han åt av hennes väta som om den vore den godaste frukt och förde henne till klimax på pinsamt kort tid. När han var klar tittade han triumferande på henne med en blick som sade att han var fullt medveten om att hon inte blivit tillfredsställd på samma sätt av någon man tidigare. Han vred henne runt och knuffade ner henne på sängen. Fortfarande med de sista efterdyningarna av orgasmen lade hon sig till rätta på den mjuka madrassen och iakttog honom när han klädde av sig.

Så mycket man. Så farlig. Och så tilldragande.

"Jag älskar att ha sex med dig, det vet du", sa han lugnt när han helt naken klev upp i sängen. "Men nu när du är, mrs Discenza, och min på riktigt, så är det oslagbart. Jag har aldrig tidigare velat ha en kvinna så mycket som jag vill ha dig."

Hon tittade på hans manliga ansikte och särade inbjudande på sina ben.